遊仙窟
玉梨魂(合刊)

張鷟
徐枕亞　著
黃瑚
黃珅　校注

三民書局

遊仙窟

張鷟　著
黃珅　校注

總目

引言

唐人小說，是中國古典文學園地的一朵奇葩。元稹酬白學士代書一百韻詩云：「翰墨題名盡，光陰聽話移。」自注：「樂天每與余遊從，無不書名題壁；又嘗於新昌宅說『一枝花話』，自寅至巳（寅時至巳時，凌晨三時至中午十一時），猶未畢詞也。」「講話」（講述故事）是唐代新興的一種藝術形式，「一枝花話」講述的，就是著名小說李娃傳記載的故事。唐代文人不僅愛聽「講話」，也開始有意識地從事小說創作。與六朝志怪小說相比，唐代小說結構完整，情節生動，敘述婉轉，文辭華美，富有情趣，令人耳目一新。就語言、情境而言，前唯有世說新語，後唯有聊齋誌異，能與之媲美。宋洪邁說：「唐人小說，不可不熟。小小情事，淒婉欲絕，洵有神遇而不知者。與詩律可稱一代之奇。」（唐人說薈例言引）在唐代小說中，張鷟的遊仙窟是較早出現、也是比較特殊的一篇。也許還可以說，這部作品可能是現存世界上最早的在形式上已經合乎規範的短篇小說。

張鷟，字文成，自號浮休子，深州陸澤（今河北深縣）人。新、舊唐書均附見於其孫張薦傳。據本傳載：張鷟少時聰警絕倫，曾夢見紫文鸑鷟，其祖張齊調「紫文，鸑鷟也，為鳳凰之佐，吾兒當以文章瑞於朝廷」，因名鷟，字文成。「凡應八舉，皆登甲科」。唐高宗調露初登進士第。時人以鷟文「天下無雙」，稱「張子之文如青錢，萬簡萬中」，號「青錢學士」。但生性躁卞，儻蕩無檢，不為正人君子所喜，宰相姚崇尤其鄙視他。開元初，御史李全交劾張鷟訕謗時政，貶至嶺南。不久回朝，為司門員外郎。張鷟言語詼諧，下筆成章，辭采富麗，風行一時，在國外也享有盛名。「天后朝，中使馬仙童陷默啜（突厥主，武后時為唐擊敗契丹，冊為立功報國可汗），默啜謂仙童曰：『張文成在否？』曰：『近自御史貶官。』默啜曰：『國有此人而不能用，漢無能為也。』新羅、日本使至，必出金寶購其文。」張鷟著作，除作於高宗調露初的遊仙窟外，尚有朝野僉載六卷，龍筋鳳髓判四卷。前者為記隋、唐兩代朝野佚事遺聞的筆記小說，對武后時期的朝政頗多譏評抨擊。後者以駢文作判詞，文字縟麗。

這篇小說首創以自敘的形式，寫作者在旅途的一次豔遇。唐人習稱女道士或冶豔女子為神仙，故以「遊仙」為題。開篇頗似志怪小說，縹緲恍惚，如入神仙境地。唐人小說為文言小說，最重文采。這篇小說有關場面的描寫，辭采絢麗，而情景的抒寫，則頗有意味。人物描寫如十娘的半嗔半喜、欲推還就，五嫂的調侃戲謔，乃至侍女的偷聽竊視，無不繪影繪聲，栩栩如生。特別是寫因孀居而幽居的少婦，處境寂寞但依然情熱如火，言語、舉止、神情、心態，均十分傳神。至於細節刻畫，也為以前的小說所少有。

雖然從嚴格的意義上說，傳奇只能說是小說的一支，並不能與小說等同。不過唐代傳奇，常被用作唐人小說的別名。遊仙窟也被後人收入唐代傳奇集中。元虞集說：「蓋唐之才人，於經藝道學，有見者少，徒知好為文辭，閒暇無所用心，輒想象幽怪遇合、才情恍惚之事，作為詩章答問之意，傅會以為說，盍簪之次，各出行卷，以相娛玩，非必真有是事，謂之傳奇。」（寫韻軒記）以此參照，說遊仙窟開「傳奇體」之先，似乎也不為過。

但這篇小說，在形式上實與後來的傳奇有所不同。遊仙窟的內容，在前代雜賦中已經出現，如宋玉的高唐賦、蔡邕的青衣賦、曹植的洛神賦、張敏的神女賦等。這篇小說駢散相間，文中有不少駢字儷句，有些文字且押韻，輯錄如同一篇小賦，也顯示了它和辭賦的關係。另外，在這篇小說中還摻雜了許多五言詩，從中透露出唐詩興盛的消息。其中有些詩善用比興，頗似六朝民歌。如寫十娘款待文成一段：「於時五嫂遂向果子上作機警曰：『但問意如何，相知不在棗。』十娘曰：『兒今正意密，不忍即分梨。』下官曰：『勿遇深恩，一生有杏。』五嫂曰：『當此之時，誰能忍柰。』十娘曰：『暫借少府刀子割梨。』下官詠刀子曰：『自憐膠漆重，相思意不窮。可惜尖頭物，終日在皮中。』十娘詠鞘曰：『數捺皮應緩，頻磨快轉多。渠今拔出後，空鞘欲如何！』」十分難得的是：作者能將最工致的駢儷文字，與最俗的民諺俚語，交織在一起。如寫張郎與五嫂相見：「五嫂迴頭笑向十娘曰：『朝聞烏鵲語，真成好客來。』下官曰：『昨夜眼皮瞤，今朝見好人。』」因所用純為民謠俗諺，充滿生活氣息，形象生動，呼之欲出。不少當時的口語、名物，也賴此書保存。日人源順撰倭名類聚鈔二十卷，雜引「五經」、爾雅、說文、史記、文選諸書，其中也包括遊仙窟，因文中所載名物，有助於考訂。

史稱張鷟輕佻浮豔，這篇小說寫其風流韻事，津津樂道，毫不掩飾，確非誣詞。但最後寫與十娘告別，深情綿邈，唏噓欲絕。比起後來元稹作鶯鶯傳，對一個失怙的良家少女，始亂之而終棄之，非但棄之，還要文過飾非，編出一派道貌岸然的謊詞，對被侮辱的少女進行無端的貶斥，張鷟畢竟還保留著一些真情，不那麼虛偽。這篇小說大膽描寫性愛，可見唐代禮教對青年男女的束縛，遠不像宋以後那麼厲害。「伏願歡樂盡情，死無所恨。」這和中國古代傳統的「樂而不淫」的理想，南轅北轍，倒和十九世紀歐洲的「自然主義」以及今人的「性解放」，有幾分相似。

作為一篇風格新穎的韻文體小說，遊仙窟風行一時，流傳海外，可能在作者生前（開元年間），已傳入日本。自唐以來，一直流傳不衰，頗為日人推重。日本有鈔本和刻本流傳。現存最早的鈔本為醍醐寺本，康永三年（西元一三四四年）鈔寫；次為真福寺本，文和二年（西元一三五三年）鈔寫。刻本有慶安五年（西元一六五二年）本和元祿三年（西元一六九〇年）本。遊仙窟在中國久已失傳。直至光緒年間，黎庶昌出使日本，方才鈔錄回國。現有陳乃乾古佚小說叢刊初集，川島校點、魯迅作序的北新書局印行本，以及汪辟疆校錄的唐人小說本。汪辟疆於遊仙窟篇後記云：「按張文成遊仙窟一卷，唐時流傳日本。書凡數刻，中土向無傳本。河世寧曾據之以補全唐詩，楊守敬始著錄於日本訪書志。治唐稗者，始稍稍稱焉。余舊藏鈔本，卷首有『平等閣』及『忠州李士棻隨身書卷』二印記；卷尾有『壬午三月，借遵義黎氏影寫本，重校』小字一行，乃知此本為芋仙舊藏。芋仙與蒓齋有縞紵之雅。黎氏在日本刻古逸叢書，嘗以初印本寄李，李累索之，不以為貪。則此本原鈔，或即出諸黎氏，未可知也。原鈔卷首，題寧州襄樂縣尉張文成作。世因定為唐張鷟所撰。」黎庶昌，字蒓齋，貴州遵義人，為曾國藩弟子。在使日期間，曾搜羅典籍，刻古逸叢書二十六種，計二百卷。李士棻，字芋仙，四川忠州人。為官政聲卓著，去官後生活貧困，流寓上海近二十年。

遊仙窟

若夫積石山❶者，在乎金城❷西南，河❸所經也。書❹云「導河積石，至於龍門❺。」即此山是也。僕從汧隴❻，奉使河源❼。嗟命運之迍邅❽，嘆鄉關之眇邈❾。張騫古跡，十萬里之波濤❿；伯禹

❶積石山：大積石山即今阿尼瑪卿山，又稱大雪山，在青海東南至甘肅南部。小積石山在今甘肅臨夏西北，即古唐述山。

❷金城：古時置金城郡，治所在今甘肅蘭州。

❸河：黃河。

❹書：即尚書，為上古歷史文件的彙編。儒家「五經」之一，故又稱書經。

❺導河積石二句：語出尚書禹貢。舊說謂大積石山為黃河始入中土之處。這裏積石指大積石山，而本文所云，當指小積石山。龍門，即禹門口，在山西河津西北和陝西韓城東北。黃河至此，兩岸峭壁對峙，形如闕門，故名。

❻汧隴：唐初置隴州，治所在汧陰（今陝西隴縣東南）。汧，音ㄑㄧㄢ。

❼河源：唐初置河源軍，治所在今青海西寧東南。

❽迍邅：艱難困苦。音ㄓㄨㄣ　ㄓㄢ。

❾眇邈：杳遠，遙遠。音ㄇㄧㄠˇ　ㄇㄧㄠˇ。

❿張騫古跡二句：張騫，官大行，封博望侯。奉漢武帝之命，兩次出使西域，越過葱嶺，並探黃河源頭，在外

遺蹤，二千年之坂隥⑪。深谷帶地，鑿穿崖岸⑫之形；高嶺橫天，刀削崗巒之勢。煙霞子細⑬，泉石分明。實天上之靈奇，乃人間之妙絕。目所不見，耳所不聞。

日晚途遙，馬疲人乏。行至一所，險峻非常：向上則有青壁萬尋⑭，直下則有碧潭千仞⑮。古老相傳云：「此是神仙窟也，人跡罕及，鳥路⑯纔通。每有香果瓊枝，天衣錫缽⑰，自然浮出，不知從何而至。」

余乃端仰一心，潔齋三日。緣細葛，溯輕舟。身體若飛，精靈似夢。須臾之間，忽至松柏巖，桃華⑱澗，香風觸地，光彩遍天。見一女子向水側洗衣，余乃問曰：「承聞此處有神仙之窟宅，故來祗候⑲。山川阻隔，疲頓異常，欲投娘子，片時停歇。賜惠交情，幸垂聽許⑳。」女子答曰：「兒㉑家堂舍賤陋，

長達十多年。見漢書張騫傳。

⑪ 伯禹遺蹤二句：傳說夏禹治水時，曾從積石山開始疏導黃河。坂，同「阪」，山坡。隥，險峻的山坡。

⑫ 崖岸：山崖，堤岸。

⑬ 子細：即「仔細」。

⑭ 萬尋：古代八尺為一尋。萬尋喻其極其高峻。

⑮ 千仞：仞的長度說法不一。說文以八尺為一仞。千仞喻其高深。

⑯ 鳥路：也作「鳥道」。謂山路陡險狹窄，僅通飛鳥。

⑰ 天衣錫缽：天人所穿之衣，佛徒所用之錫杖飯缽。

⑱ 華：同「花」。下同。

⑲ 祗候：恭敬地訪問。祗，敬。

⑳ 幸垂聽許：希望聽了能夠答應。幸，希望。

供給單疏，只恐不堪，終無吝惜。」余答曰：「下官是客，觸事㉒卑微，但避風塵，則為幸甚。」遂止㉓余於門側草亭中，良久乃出。

余問曰：「此誰家舍也？」女子答曰：「此是崔女郎之舍耳。」余問曰：「崔女郎何人也？」女子答曰：「博陵㉔王之苗裔，清河㉕公之舊族。容貌似舅，潘安仁㉖之外甥；氣調㉗如兄，崔季珪㉘之小妹。華容婀娜㉙，天上無儔㉚；玉體逶迤㉛，人間少匹。輝輝面子㉜，荏苒畏彈穿㉝；細細腰支㉞，參

㉑ 兒：古時婦人自稱。

㉒ 觸事：任職。

㉓ 止：收留。

㉔ 博陵：古時置博陵郡，治所在今河北安平。南北朝至唐，崔姓為博陵、清河望族，這兩地為崔姓郡望。唐代著名的世族有五姓七族，即清河崔氏、博陵崔氏、范陽盧氏、趙郡李氏、隴西李氏、滎陽鄭氏、太原王氏。這裏言其出身高貴。

㉕ 清河：古時置清河郡，治所在今河北清河。

㉖ 潘安仁：潘岳，字安仁，西晉滎陽中牟人。工詩賦。潘岳姿容秀美，少年時曾出洛陽道，途中遇見的婦女，都將水果向他投去，以示愛意，往往滿載而歸。見世說新語容止。後常將潘岳用作俊男的代稱。

㉗ 氣調：氣質風度。

㉘ 崔季珪：崔琰，字季珪，三國魏清河東武城人。聲姿高暢，眉目疏朗，鬚長四尺，甚有威重。曹操將見匈奴使者，自以為形貌醜陋，不足以威服遠人，使崔琰代己接見。見世說新語容止。

㉙ 華容婀娜：言容貌像花一樣美麗迷人。

㉚ 無儔：無可比擬。儔，同「類」。

差疑勒斷㉟。韓娥㊱宋玉㊲，見則愁生；絳樹㊳青琴㊴，對之羞死。千嬌百媚，造次㊵無可比方；弱體輕身，談之不能備盡。」

須臾之間，忽聞內裏調箏㊶之聲，僕因詠曰：

自隱㊷多姿則，欺他獨自眠。
故故㊸將纖手，時時弄小絃。

㉛ 玉體逶迤：言體態窈窕多姿。逶迤，曲折宛轉的樣子。

㉜ 輝輝面子：言臉上光彩照人。

㉝ 荏苒畏彈穿：言臉上皮膚柔嫩得讓人擔心一碰就會破裂。荏苒，柔弱的樣子。

㉞ 腰支：腰肢。身段，體段。支，通「肢」。

㉟ 參差疑勒斷：言腰肢細得幾乎讓人懷疑輕輕一抱就會折斷。

㊱ 韓娥：列子湯問載：韓娥善歌，曾在齊雍門賣唱，在離開後，「餘音繞梁欐，三日不絕」。

㊲ 宋玉：戰國時楚國辭賦家。作登徒子好色賦，言「玉為人體貌閑麗」，其東鄰女子，為天下絕色，「然此女登牆窺臣（玉）三年」，宋玉仍未答應她的求愛。後來常將宋玉作為俊男的代稱。

㊳ 絳樹：古代歌女名。藝文類聚引曹丕答繁欽書：「今之妙舞莫巧於絳樹，清歌莫善於宋臈。」

㊴ 青琴：古代神女名。司馬相如上林賦：「若夫青琴、宓妃之徒，絕殊離俗。」

㊵ 造次：輕易。

㊶ 箏：撥絃樂器。戰國時已在秦地流行，故又名秦箏。

㊷ 自隱：自忖。

㊸ 故故：屢屢，常常。

耳聞猶氣絕，眼見若為憐㊹。
從㊺渠㊻痛不肯，人更別求天。

片時，遣婢桂心傳語，報余詩曰：

面非他舍㊼面，心是自家心。
何處關天事，辛苦漫㊽追尋。

余讀詩訖，舉頭門中，忽見十娘半面。余即詠曰：

斂笑偷殘靨㊾，含羞露半唇。
一眉猶叵耐㊿，雙眼定傷人。

㊹ 若為憐：將會怎樣喜愛。若為，如何，怎樣。憐，愛。
㊺ 從：通「縱」。縱然。
㊻ 渠：他。
㊼ 他舍：別人之意。
㊽ 漫：徒然。
㊾ 靨：臉上酒渦。
㊿ 叵耐：不可忍耐，受不了。叵為「不可」的急讀。音ㄆㄛˇ。

又遣婢桂心報余詩曰：

好是他家好，人非著意人。
何須漫相弄51，幾許52費精神。

於時夜久更深，沉吟不睡，彷徨徙倚53，無便披陳54。彼誠既有來意，此間何能不答！遂申懷抱，因以贈書曰：

余以少娛聲色，早慕佳期，歷訪風流，遍遊天下。彈鶴琴於蜀郡，飽見文君55；吹鳳管於秦樓，熟看弄玉56。雖復贈蘭57解佩58，未甚關懷；合巹59橫陳60，何曾愜意。昔日雙眠，恆嫌夜短；

51 弄：作弄，戲弄。
52 幾許：疑問代詞。若干，多少。
53 徙倚：徘徊，流連不去。
54 披陳：披露，表白。
55 彈鶴琴於蜀郡二句：漢書司馬相如傳載：文君，卓文君，西漢蜀郡臨邛富豪卓王孫女。司馬相如在卓家飲酒，當時文君新寡，相如以琴心挑引，文君於夜間私奔，和相如回成都。
56 吹鳳管於秦樓二句：列仙傳載：春秋時蕭史善吹簫，作鳳鳴。秦穆公以女弄玉妻之，建鳳臺居住。一夕吹簫引鳳，與弄玉共升天而去。
57 贈蘭：詩經鄭風溱洧：「士與女，方秉蕑兮。」蕑，即蘭草。此詩寫鄭國三月上巳節青年男女在溱河、洧河岸遊春的情景。

今宵獨臥，實怨更㉛長。一種天公，兩般時節。遙聞香氣，獨傷韓壽之心㉜；近聽琴聲，似對文君之面。向來見桂心談說十娘，天上無雙，人間有一。依依弱柳，束作腰支㉝；焰焰橫波，翻成眼尾㉞。纔舒兩頰，孰疑地上無華；乍出雙眉，漸覺天邊失月。能使西施掩面，百遍燒粧㉟；南國傷心，千回撲鏡㊱。洛川迴雪，只堪使疊衣裳㊲；巫峽仙雲，未敢為擎鞾履㊳。忿秋胡之眼拙，

58 解佩：列仙傳載：江妃二女，出遊長江、漢水之濱，遇鄭交甫。交甫不知是神仙，見了十分愛慕，請求得到她們的佩玉。二女就解佩贈與交甫。這裏以贈蘭解佩表示男女之間相互傳情。

59 合巹：舊時婚禮飲交杯酒，把瓠分成兩個瓢，叫巹，新婚夫婦各拿一瓢來飲酒。又稱合瓢。後因稱結婚為合巹。巹，音ㄐㄧㄣˇ。

60 橫陳：這裏指同牀橫臥。

61 更：古時夜間計時單位。一更約二小時。一夜分為五更。

62 遙聞香氣二句：世說新語惑溺載：韓壽，美姿容，西晉司空賈充辟為屬吏。賈充女賈午愛其容貌，使侍女相約幽會，並竊晉武帝所賜西域奇香贈韓壽。賈充發覺後，將女嫁與韓壽。後以偷香竊玉喻男女暗中通情。

63 依依弱柳二句：柳條柔弱，舊時常用以形容女子纖細的腰肢。

64 焰焰橫波二句：舊時形容女子眼神流動，如水閃波，稱為橫波。眼尾，眼梢。

65 能使西施掩面二句：西施，春秋時越國美女。掩面即自覺貌醜，不敢見人。燒粧即不敢打扮。

66 南國傷心二句：詩經小雅四月：「滔滔江漢，南國之紀。」南國即指注58所說的江妃二女。撲鏡即自覺貌醜，不敢照鏡。以上四句以西施、江妃二女陪襯，極言十娘美麗。

67 洛川迴雪二句：曹植洛神賦：「飄搖兮若流風之迴雪。」言洛水女神潔白美麗的身影飄然往來，如白雪在空中飛舞。這裏說洛神只配給十娘作侍女。

68 巫峽仙雲二句：宋玉神女賦，寫楚襄王與宋玉遊雲夢澤，夜間夢見巫山神女事。巫峽仙雲即指巫山神女。鞾，

枉費黃金69；念交甫之心狂，虛當白玉70。下官寓遊勝境，旅泊閒亭，忽遇神仙，不遇迷亂。芙蓉生於澗底，蓮子實深71；木棲出於山頭，相思日遠72。未曾飲炭73，腸熱如燒；不憶74呑刃，腹穿似割。無情明月，故故臨窗；多事春風，時時動帳。愁人對此，將何自堪！空懸欲斷之腸，請救臨終之命。元來75不見，他自尋常；無故相逢，卻交煩惱。敢陳心素，幸顧照知！若得見其光儀76，豈敢論其萬一！

「靴」的本字。這裏說巫山神女連給十娘作侍女都不行。

69 忿秋胡之眼拙二句：列仙傳載：魯國人秋胡，娶妻三個月後出遊。三年後回家，在郊外見一女子採桑，十分喜歡，於是贈黃金一鎰，被女子氣憤地拒絕。回家後才知道那女子就是自己的妻子。其妻含羞投沂水而死。

70 念交甫之心狂二句：見注58。

71 芙蓉生於澗底二句：芙蓉，荷花的別名。荷又稱蓮，它的種子叫蓮子。蓮子，「憐子」的諧音，即「愛你」的意思。這裏形容自己極為愛慕。

72 木棲出於山頭二句：東晉干寶搜神記載：戰國宋康王奪其舍人韓憑妻何氏，夫婦皆自殺，兩冢相望。宿夕之間，冢頂各生大梓木，旬日長大盈抱，兩樹屈體相就，根交於下，枝錯於上。又有鴛鴦一對，恆棲樹上，晨夕不去，交頸悲鳴。宋人哀之，因號其木為相思樹。木棲，指相思樹。因生在山頭，所以隔得很遠。這裏形容自己無法直接表達相思之意。

73 飲炭：食炭。古人飲食通稱，飲亦可以指飲食。

74 憶：疑為「意」字。

75 元來：本來。

76 光儀：光采和儀表。

書達之後，十娘斂色謂桂心曰：「向來劇戲相弄，真成欲逼人。」余更又贈詩一首，其詞曰：

今朝忽見渠姿首77，不覺慇懃著心口。
令人頻作許叮嚀，渠家太劇難求守。
端坐剩心驚，愁來益不平。
看時未必相看死，難時那許太難生。
沉吟坐幽室，相思轉成疾。
自恨往還疏，誰肯交遊密。
夜夜空知心失眼78，朝朝無便投膠漆79。
園裏華開不避人，閨中面子翻羞出。
如今寸步阻天津80，伊處留心更覓新。
莫言長有千金面，終歸變作一抄塵81。
生前有日但為樂，死後無春更著人。

---

77 姿首：姿色，美貌。
78 心失眼：言神志恍惚。
79 膠漆：比喻情投意合，親密無間。
80 天津：星名。一般稱為銀河（天河）。
81 抄塵：一抄塵土。十撮為一抄。

只可倡佯82一生意，何須負持百年身？

少時，坐睡，則夢見十娘；驚覺攬83之，忽然空手。心中悵快，復何可論！余因乃詠曰：

夢中疑是實，覺後忽非真。
誠知腸欲斷，窮鬼故調人。

十娘見詩，並不肯讀，即欲燒卻。余即詠曰：

未必由詩得，將詩故表憐84。
聞渠擲入火，定是欲相燃。

十娘讀詩，悚息85而起。匣中取鏡，箱裏拈衣。袨服靚粧86，當階正履。余又為詩曰：

薰香四面合，光色兩邊披。

---

82 倡佯：猶言「倘佯」，安然自得地行走。這裏為及時行樂之意。
83 攬：抱。
84 表憐：表達愛憐之意。
85 悚息：惶恐屏息。
86 袨服靚粧：穿著鮮豔的服裝，打扮得十分美麗。袨，音ㄒㄩㄢˋ。靚，音ㄐㄧㄥˋ。

錦障87劃然88卷，羅帷垂半攲89。
紅顏雜綠黛，無處不相宜。
豔色浮粧粉，含香亂口脂90。
鬢欺蟬鬢非成鬢，眉笑蛾眉不是眉91。
見許實娉婷，何處不輕盈。
可憐嬌裏面，可愛語中聲。
婀娜腰支細細許，賺𥈭92眼子長長馨。
巧兒舊來鐫未得93，畫匠迎生摸94不成。
相看未相識，傾城復傾國95。

87 錦障：錦步障，遮蔽風塵或視線的錦製屏幕。
88 劃然：象聲詞。
89 攲：傾斜。音ㄑㄧ。
90 口脂：唇膏。
91 鬢欺蟬鬢非成鬢二句：蟬鬢、蛾眉，形容女子鬢髮、眉毛的美麗。這裏說蟬鬢、蛾眉不成樣，極言十娘鬢髮、眉毛之美。
92 賺𥈭：眼睛低垂。音ㄌㄧㄢˊ ㄏㄨㄚˋ。
93 巧兒舊來鐫未得：意謂巧匠從來無法鐫此美姿。巧兒，巧匠。
94 摸：通「摹」。描摹。

迎風帔子⑯鬱金香⑰，照日裙裾石榴色。
口上珊瑚耐⑱拾取，頰裏芙蓉堪摘得。
聞名腹肚已猖狂⑲，見面精神更迷惑。
心肝恰欲摧，踴躍不能裁。
徐行步步香風散，欲語時時媚子⑳開。
靨疑織女留星去㉑，眉似姮娥送月來㉒。
含嬌窈窕㉓迎前出，忍笑嫈嫇㉔返卻迴。

---

95 傾城復傾國：漢書外戚傳載：漢武帝李夫人兄李延年作歌：「北方有佳人，絕世而獨立。一顧傾人城，再顧傾人國。寧不知傾城與傾國，佳人難再得。」後因以傾城傾國來形容絕色的女子。

96 帔子：披肩。帔，音ㄆㄟˋ。

97 鬱金香：香草名。

98 耐：通「能」。

99 腹肚已猖狂：言心情迫不及待。

100 媚子：首飾名。

101 靨疑織女留星去：靨，指婦女臉頰上所塗的裝飾物。宋高承事物紀原載：「遠世婦人喜作粉靨，如月形，如錢樣，又或以朱若燕脂點者，唐人亦尚之。」織女，星名。神話傳說中天帝的孫女。

102 眉似姮娥送月來：姮娥，即嫦娥，神話傳說中的月宮仙子。古時婦女裝飾，有半環如初月的眉粧，稱月眉。

103 窈窕：美好的樣子。

104 嫈嫇：羞怯的樣子。音ㄧㄥ ㄇㄧㄥˊ。

余遂止之曰：「既有好意，何須卻入？」然後逶迤迴面，婭姹105向前。

十娘斂手而再拜向下官，下官亦低頭盡禮而言曰：「向見稱揚，謂言虛假，誰知對面，恰是神仙。此是神仙窟也。」十娘曰：「向見詩篇，謂非凡俗，今逢玉貌，更勝文章。此是文章窟也。」

僕因問曰：「主人姓望106何處？夫主何在？」十娘答曰：「兒是清河崔公之末孫，適107弘農楊府君108之長子。就成大禮109，隨父住於河西110。蜀生狡猾，屢侵邊境。兒及夫主，棄筆從戎，身死寇場，煢魂111莫返。兒年十七，死守一夫；嫂年十九，誓不再醮112。兒即清河崔公之第五息113，嫂即太原公114之第三女。別宅於此，積有歲年。室宇荒涼，家途翦弊115。不知上客從何而至？」

105 婭姹：明媚、美麗的樣子。
106 姓望：姓氏郡望。
107 適：嫁。
108 弘農楊府君：古代置弘農郡，治所在弘農（今河南靈寶北）。楊姓為弘農望族，弘農為楊姓郡望。漢代稱太守為府君，後因用作州郡長官的敬辭。
109 大禮：婚禮。
110 河西：漢、唐時指今甘肅、青海兩省黃河以西地區，即河西走廊和湟水流域。
111 煢魂：孤魂。煢，孤獨。音ㄑㄩㄥˊ。
112 再醮：改嫁。醮，古代婚禮時所行的一種儀節。
113 息：子息，子孫。這裏指兒子。
114 太原公：太原為王姓郡望，太原公即指王氏。
115 翦弊：衰落。

僕斂容而答曰：「下官望屬南陽116，住居西鄂117。得黃石之術118，控白水119之餘波。在漢則七葉貂蟬120，居韓則五重卿相121。鳴鐘食鼎122，積代衣纓123，長戟高門124，因循禮樂。下官堂構125不紹126，家業淪胥。青州刺史博望侯之孫127，廣武將軍鉅鹿侯之子128，不能免俗，沉跡下寮129。非隱非遁，逍遙鵬

116 望屬南陽：郡望是南陽。古時置南陽郡，治所在今河南南陽，為張姓郡望。
117 西鄂：古縣名。治所在今河南南陽市北。東漢著名科學家、文學家張衡即西鄂人。
118 黃石之術：黃石，黃石公。秦時隱士。相傳曾在下邳（今江蘇睢寧北）圯（橋）上授張良太公兵法，後化為濟北谷城山下的黃石。張良得黃石公所贈之書，輔佐漢高祖統一天下。見史記留侯世家。
119 白水：白水，源出湖北棗陽東大阜山。流至襄陽入唐河。東漢光武帝劉秀故宅，即在南陽白水邊。
120 在漢則七葉貂蟬：西漢張安世，昭帝時封富平侯，又與大將軍霍光策立宣帝，拜大司馬。其子孫累世為高官。晉左思詠史詩：「金張藉舊業，七葉珥漢貂」。貂蟬，古代王公高官冠上的飾物，後常用以比喻達官顯貴。
121 居韓則五重卿相：西漢開國功臣張良祖張開地歷任韓昭侯、宣惠王、襄哀王三朝相國，父張平歷任釐王、悼惠王（桓惠王）兩朝相國，故云五重卿相。
122 鳴鐘食鼎：古代富貴之家，列鼎而食，食時擊鐘奏樂。
123 衣纓：衣冠，為士大夫的代稱。纓，冠帶。
124 長戟高門：古代高官家門外立戟，稱戟門。
125 堂構：立堂基，造屋宇。後用以比喻祖先的遺業。
126 紹：繼承。
127 青州刺史博望侯之孫：西漢張騫封博望侯，但未曾任青州刺史。
128 廣武將軍鉅鹿侯之子：西晉張華封廣武侯，並非廣武將軍鉅鹿侯。以上四句言自己作為張騫、張華的子孫，雖出自名門，但只做個小官。

鷃之間130；非吏非俗，出入是非之境。暫因驅使，至於此間。卒爾131干煩132，實為傾仰。」

十娘問曰：「上客見任133何官？」下官答曰：「幸屬太平，恥居貧賤。前被賓貢134，已入甲科135；後屬搜揚136，又蒙高第137。奉勑授關內道138小縣尉，見筦139河源道140行軍總管記室141。頻繁上命，徒想報恩；馳驟下寮，不遑寧處142。」十娘曰：「少府143不因行使，豈肯相顧？」下官答曰：「比144不相知，

---

129 寮：通「僚」。

130 逍遙鵬鷃之間：莊子逍遙遊：「（鯤鵬）背負青天，而莫之夭閼者，而後乃今將圖南。」夭閼，受阻折而中斷。南指南海，言置身於九萬里之上，始謀徙於南海，可見其志向遠大。但反遭到不思進取的斥鷃（生活在水池邊的鳥）的嘲笑。這裏說自己不能高蹈遠舉，但又非毫無志向，而是介乎二者之間。

131 卒爾：突然。卒，通「猝」。音ㄘㄨˋ。

132 干煩：打擾。

133 見任：現任。見，「現」的古字。

134 賓貢：古代州郡地方向朝廷推舉人才，以賓禮對待，貢於京師。

135 甲科：唐代進士考試有甲、乙二科。甲科即甲等、甲第。

136 搜揚：訪求推舉。

137 又蒙高第：舊唐書張薦傳載：張薦祖張鷟「凡應八舉，皆登甲科」，故云。

138 關內道：唐初置，治所在長安（今陝西西安）。

139 筦：同「管」。

140 河源道：唐初置河源軍，治所在今青海西寧東南。

141 記室：官名。掌表章書記文檄。

142 不遑寧處：沒時間安居。

闕145為參展146；今日之後，不敢差違。」

十娘遂回頭喚桂心曰：「料理中堂，將少府安置。」下官逡巡147而謝曰：「遠客卑微，此間幸甚。才非賈誼148，豈敢昇堂！」十娘答曰：「向者承聞，謂言凡客；拙為禮貺149，深覺面慚。兒意相當150，事須引接。此間疏陋，未免風塵。入室不合推辭，昇堂何須進退。」遂引入中堂。

於時金臺銀闕，蔽日干雲。或似銅雀151之新開，乍如靈光152之且敞。梅梁桂棟，疑飲澗之長虹；反宇153雕甍154，若排天之矯鳳。水精浮柱155，的皪156含星；雲母157飾窗，玲瓏映日。長廊四注158，爭施玳

---

143 少府：縣尉的別稱。

144 比：近來。

145 闕：通「缺」。

146 參展：參拜探望。

147 逡巡：遲疑不決，欲行又止的樣子。逡，音ㄑㄩㄣ。

148 賈誼：西漢文學家、政論家。少年博學。後常用作青年才子的代稱。

149 貺：贈與，加惠。音ㄎㄨㄤˋ。

150 相當：相宜。

151 銅雀：臺名。曹操建。高十丈，周圍殿屋一百二十間。樓頂置大銅雀，舒翼若飛，故名。故址在今河北臨漳西南。

152 靈光：殿名。漢景帝子魯恭王建。至東漢，未央、建章等著名宮殿均遭毀壞，惟靈光殿巋然獨存。故址在今山東曲阜東。

153 反宇：屋沿上仰起的瓦頭。

瑁[159]之椽；高閣三重，悉用琉璃[160]之瓦。白銀為壁，照耀於魚鱗；碧玉緣階，參差於鴈齒。入穹崇之室宇，步步心驚；見儻閬[161]之門庭，看看眼磣[162]。

遂引少府升階。下官答曰：「客主之間，豈無先後？」十娘曰：「男女之禮，自有尊卑。」下官遷延[163]而退曰：「向來有罪過，忘不通[164]五嫂。」十娘曰：「五嫂亦應自來，少府遣通，亦是周匝[165]。」則遣桂心通，暫參屈五嫂。

十娘共少府語話，須臾之間，五嫂則至。羅綺繽紛，丹青暐曄[166]。裙前麝散[167]，髻後龍盤[168]。珠繩

---

154 雕甍：刻有花紋的屋脊。甍，屋脊。音ㄇㄥˊ。

155 水精浮柱：水晶裝飾屋柱。

156 的皪：也作「的歷」。光亮，鮮明。皪，音ㄌㄧˋ。

157 雲母：礦石名。古人以為此石為雲之根，故名。可析為片，薄者透光，可為鏡屏。

158 四注：向四面延伸。

159 玳瑁：動物名。似龜，背部有花紋。甲片可作裝飾物。

160 琉璃：天然有光的寶石。

161 儻閬：廣大寬敞。

162 眼磣：眼裏摻進砂粒，意為眼花繚亂。磣，音ㄔㄣˇ。

163 遷延：退卻的樣子。

164 通：通報。

165 周匝：周到。

166 暐曄：光盛的樣子。

絡翠衫，金薄[169]塗丹履。余乃詠曰：

奇異妍雅，貌特驚新。
眉間月出疑爭夜，頰上華開似鬥春。
細腰偏愛轉，笑臉特宜嚬[170]。
真成物外奇稀物，實是人間斷絕人。
自然能舉止，可念無比方。
能令公子百重生，巧使王孫千回死[171]。
黑雲裁兩鬢，白雪分雙齒。
織成錦袖麒麟兒[172]，刺繡裙腰鸚鵡子[173]。
觸處[174]盡開懷，何曾有不佳。

---

[167] 麝散：散發出麝香的氣味。
[168] 髻後龍盤：髮髻在腦後盤成龍形。
[169] 金薄：金箔。金的薄片。用以飾物。俗稱貼金。
[170] 嚬：通「顰」。皺眉。
[171] 能令公子百重生二句：能使公子王孫愛得死去活來。極言五嫂容貌儀態的美麗。
[172] 織成錦袖麒麟兒：言衣袖上織著麒麟花案。
[173] 刺繡裙腰鸚鵡子：言裙腰上繡著鸚鵡圖形。

機關[175]太雅妙，行步絕娃嬪[176]。
傍人一一丹羅韈[177]，侍婢三三綠線鞋。
黃龍透入黃金釧[178]，白燕飛來白玉釵[179]。

相見既畢，五嫂曰：「少府跋涉山川，深疲道路，行途屆此，不及傷神。」下官答曰：「僶俛[180]王事，豈敢辭勞！」五嫂回頭笑向十娘曰：「朝聞烏鵲語，真成好客來。」下官曰：「昨夜眼皮瞤[181]，今朝見好人。」

即相隨上堂。珠玉驚心，金銀曜眼。五彩龍鬚席[182]，銀繡緣邊[183]氈；八尺象牙牀，緋綾帖薦褥[184]。

---

174 觸處：到處，處處。
175 機關：人體的器官。
176 娃嬪：嫵媚的樣子。嬪，音ㄔㄞˊ。
177 韈：同「襪」。
178 黃龍透入黃金釧：言金手鐲如龍盤繞。
179 白燕飛來白玉釵：言白玉釵如燕飛起。
180 僶俛：努力，奮勉。音ㄇㄧㄣˇ ㄇㄧㄢˇ。
181 瞤：眼皮跳動。音ㄕㄨㄣˋ。
182 龍鬚席：用龍鬚草所織的席。
183 緣邊：鑲邊。
184 薦褥：墊褥。

車渠185等寶，俱映優曇186之花；瑪瑙真珠，並貫頗梨187之線。文柏榻子188，俱寫豹頭189；蘭草燈心，並燒魚腦190。管絃寥亮，分張北戶之間；杯盞交橫，列坐南窗之下。各自相讓，俱不肯先坐。僕曰：「十娘主人，下官是客。請主人先坐。」五嫂為人饒劇191，掩口而笑曰：「娘子既是主人母，少府須作主人公。」下官曰：「僕是何人，敢當此事！」十娘曰：「五嫂向來戲語，少府何須漫怕。」下官答曰：「必其不免，只須身當。」五嫂笑曰：「只恐張郎不能禁此事。」眾人皆大笑。

一時俱坐。即喚香兒取酒。俄爾中間，擎一大缽，可受三升已來192，金釵銅鐶193；金盞銀盃，江螺海蚌194；竹根195細眼，樹癭196蠍唇197；九曲酒池，十盛飲器；觴則兕觥犀角198，尫尫然199置於座中；杓

185 車渠：玉石之類。西域七寶之一。

186 優曇：梵語。又作優曇缽。即無花果樹。其花一開即斂，不易看見。佛教以為優曇缽開花是佛的瑞應，稱為祥瑞花。

187 頗梨：同「玻璃」。古代所說的玻璃，指天然水晶石一類。

188 文柏榻子：用文柏木製成的臥榻。

189 豹頭：據張鷟朝野僉載，唐中宗韋后妹作豹頭枕以辟邪。這裏說牀上都畫有辟邪的豹頭圖形。

190 魚腦：應為「魚膏」。即魚脂，魚油。史記秦始皇本紀謂秦始皇墓中「以人魚膏為燭」。即以人魚（鯢魚，俗稱娃娃魚）的脂膏作燈燭。

191 饒劇：愛開玩笑。

192 已來：以上。

193 鐶：圓形中間有孔可貫繫者皆稱鐶。通作「環」。

194 江螺海蚌：用蚌螺殼做的酒杯。蚌，同「蚌」。

則鵝項鴨頭[200]，汎汎焉浮於酒上。遣小婢細辛酌酒，並不肯先提[201]。五嫂曰：「張郎門下賤客，必不肯先提。娘子徑須把取[202]。」十娘則斜眼佯瞋[203]曰：「少府初到此間，五嫂會些[204]頻頻相弄！」五嫂曰：「娘子把酒莫瞋，新婦更亦不敢。」

酒巡到下官，飲乃不盡。五嫂曰：「胡為不盡？」下官答曰：「性飲不多，恐為顛沛[205]。」五嫂罵曰：「何由叵耐[206]！女婿是婦家狗，打殺無文。終須傾使盡，莫漫造眾諸[207]！」十娘謂五嫂曰：「向來

---

195 竹根：竹根製作的酒器。

196 樹癭：癭，樹木外部隆起如瘤之處。樹癭指用有癭瘤的木材所製的酒器。舊稱用楠木根製成的杯子為癭杯。

197 蠍唇：猶如蠍子嘴的酒器。

198 觴則兕觥犀角：言形如野牛和犀牛角的酒杯。觴，酒器。兕，獸名。音ㄙˋ。古書中常將兕、犀對舉。兕似牛，犀似豬。觥，古代盛酒器。音ㄍㄨㄥ。

199 尫尫然：尫尫，疑為「汪汪」，水滿的樣子。

200 杓則鵝項鴨頭：言形如鵝頸鴨頭的勺子。

201 提：舉杯。

202 把取：舉杯勸酒。

203 瞋：同「嗔」。怒。

204 會些：必定會。

205 顛沛：仆倒。這裏言醉倒。

206 叵耐：這裏引申為可惡、可恨的意思。

207 莫漫造眾諸：不要憑空編造這麼多話。

正首病[208]發耶？」五嫂起謝曰：「新婦錯大罪過。」因迴頭熟視下官曰：「新婦細見人多矣，無如少府公者；少府公乃是仙才，本非凡俗。」下官起謝曰：「昔卓王之女[209]，聞琴識相如之器量；山濤之妻，鑿壁知阮籍為賢人[210]。誠如所言，不敢望德[211]。」十娘曰：「遣綠竹取琵琶彈，兒與少府公送酒。」

琵琶入手，未彈中間，僕乃詠曰：

心虛不可測，眼細強關情。
迴身已入抱，不見有嬌聲。

十娘應聲即詠曰：

憐腸忽欲斷，憶眼已先開。
渠未相撩撥，嬌從何處來？

下官當見此詩，心膽俱碎，下牀起謝曰：「向來唯睹十娘面，如今始見十娘心。足使班婕妤扶輪[212]，曹

---

[208] 首病：頭痛病。

[209] 卓王之女：即卓王孫之女文君。

[210] 山濤之妻二句：世說新語賢媛載：山濤與嵇康、阮籍關係密切，山濤妻韓氏想了解嵇、阮的為人。「他日。二人來，妻勸公（山濤）止之宿，具酒肉。夜穿墉（牆）以視之，達旦忘反。公入曰：『二人何如？』妻曰：『君才致殊不如，正當以識度相友耳。』」

[211] 望德：忘德。

大家[213]閣筆，豈可同年而語，共代而論哉！」請索筆硯，抄寫置於懷袖。

抄詩訖，十娘弄曰：「少府公非但詞句妙絕，亦自能書。筆似青鸞[214]，人同白鶴。」下官曰：「十娘非直[215]才情，實能吟詠。誰知玉貌，恰有金聲[216]。」十娘曰：「兒近來患嗽，聲音不徹。」下官答曰：「僕近來患手，筆墨未調。」五嫂笑曰：「娘子不是故誇，張郎復能應答。」

十娘來語五嫂曰：「向來純當漫劇[217]，元來無次第，請五嫂當作酒章[218]。」五嫂答曰：「奉命不敢，則從娘子。不是賦古詩云，斷章取意，唯須得情，若不愜當[219]，罪有科罰[220]。」十娘即遵命曰：

---

212 班婕妤扶輪：班婕妤，東漢史學家班固祖姑。少有才學，被選入宮，立為婕妤（倢伃）。漢成帝寵趙飛燕，立為皇后。班婕妤害怕危及自身，求去長信宮侍奉太后，作團扇歌，以寫愁苦之情。扶輪，扶翼車輪，在側擁進之意。

213 曹大家：班昭，又名姬，字惠班。班彪之女，班固之妹，曹世叔之妻。和帝時，常出入宮廷，擔任皇后和妃嬪的教師，稱曹大家（家，通「姑」。音ㄍㄨ）。著有女誡七篇。又繼乃兄續成漢書。

214 筆似青鸞：言其字在紙上欲飛。

215 直：只，僅僅。

216 金聲：金屬撞擊之聲。形容聲音嘹亮。這裏言善於吟詠。

217 漫劇：隨意開玩笑。

218 酒章：酒令。

219 愜當：恰當，合情合理。

220 科罰：依法處罰。

關關雎鳩，在河之洲；
窈窕淑女，君子好逑[221]。

次，下官曰：

南有樛木，不可休息；
漢有遊女，不可求思[222]。

五嫂曰：

析薪如之何？匪斧不克；
娶妻如之何？匪媒不得[223]。

又次，五嫂曰：

---

[221] 關關雎鳩四句：語出詩經周南關雎。寫一個青年愛上美麗的採荇女子，渴望能和她結成伴侶。關關，水鳥相和的叫聲。雎鳩，水鳥。好逑，好的配偶。逑，「仇」的假借字。配偶。

[222] 南有樛木四句：首句出詩經周南樛木，下面三句出詩經周南漢廣。寫一個男子追求女子而不能如願的心情。樛木，彎曲的樹枝。漢有遊女，在漢水中潛心的女子。舊說以為指漢水女神。不可求思，無法追求。

[223] 析薪如之何四句：語出詩經齊風南山。寫男女間的婚姻，要靠媒人介紹才能成功。析薪，劈柴。魏源詩古微：「三百篇言娶妻者，皆以析薪取興。蓋古者嫁娶必以燎炬為燭。」

不見復關，泣涕漣漣；
及見復關，載笑載言224。

次，十娘曰：

女也不爽，士二其行；
士也罔極，二三其德225。

次，下官曰：

穀則異室，死則同穴；
謂余不信，有如皦日226。

五嫂笑曰：「張郎心專，賦詩大有道理。俗諺曰：『心欲專，鑿石穿。』誠能思之，何遠之有！」

其時，綠竹彈箏。五嫂詠箏曰：

224 不見復關四句：語出詩經衛風氓。寫一個女子熱切盼望情郎歸來的情景。復關，地名。指男子居住的地方。載，則，就。

225 女也不爽四句：語出詩經衛風氓。寫女子對男子用情不專的譴責。爽，差錯。罔極，無常，沒有準則。二三其德，前後不一，言變心。

226 穀則異室四句：語出詩經王風大車。寫一個女子對情人發出的誓詞。穀，活著。如，此，這。皦，同「皎」。

天生素面能留客，發意關情併在渠。
莫怪向者頻聲戰，良由[227]得伴乍心虛。

十娘曰：「五嫂詠箏，兒詠尺八[228]：

眼多本自令渠愛，口少元來每被侵。
無事風聲徹他耳，教人氣滿自填心。」

下官又謝曰：「盡善盡美，無處不佳，此是下愚，預聞高唱。」

少時，桂心將下酒物來：東海鯔[229]條，西山鳳脯；鹿尾鹿舌，乾魚炙魚；鴈醢[230]荇葅[231]，鶉臛[232]桂糝[233]；熊掌兔髀[234]，雉臎[235]豺唇；百味五辛[236]，談之不能盡，說之不能窮。十娘曰：「少府亦應太飢。」

---

[227] 良由：實在是由於。

[228] 尺八：樂器名。或說即簫管，又名中管、豎笛。管長尺八，故名尺八管。

[229] 鯔：魚名。產於江蘇、浙江沿海。音ㄗ。

[230] 醢：肉醬。音ㄏㄞˇ。

[231] 荇葅：荇，荇菜。音ㄒㄧㄥˋ。葅，同「菹」。醃菜。音ㄗㄨ。

[232] 臛：肉羹。音ㄑㄧㄢ。

[233] 糝：摻和，混雜。音ㄙㄢˇ。

[234] 髀：大腿。

[235] 臎：鳥尾肉。音ㄘㄨㄟˋ。

喚桂心盛飯。下官曰：「向來眼飽，不覺身飢。」

十娘笑曰：「莫相弄！且取雙六237局來，共少府公賭酒。」僕答曰：「下官不能賭酒，共娘子賭宿。」十娘問曰：「若為賭宿？」余答曰：「十娘輸籌238，則共下官臥一宿；下官輸籌，則共十娘臥一宿。」十娘笑曰：「漢騎驢則胡步行，胡步行則漢騎驢，總悉輸他便點。兒遞換作239，少府公太能生240。」五嫂曰：「新婦報娘子：不須賭來賭去，今夜定知娘子不免。」十娘曰：「五嫂時時漫語，浪241與少府作消息。」下官起謝曰：「元來知劇242，未敢承望。」

局至。十娘引手向前，眼子盱瞜243，手子膃腯244；一雙臂腕，切我肝腸；十個指頭，刺人心髓。下官因詠局曰：

---

236 五辛：五種辛味的蔬菜。一般指蔥、薤、韮、蒜、興蕖（阿魏）。

237 雙六：同「雙陸」。古代的博戲。相傳三國魏陳思王曹植置雙陸局，置骰子二。唐末有葉子戲，加至六。其法在中國已失傳。日本所行的雙陸，與葉子戲相近。

238 籌：計數用的籌碼。

239 兒遞換作：我想換個方式賭。

240 太能生：狡獪、滑頭之意。

241 浪：徒然。

242 知劇：知道是在開玩笑。

243 盱瞜：微視。音ㄒㄩ ㄌㄡˊ。

244 膃腯：肥嫩。音ㄨㄚˋ ㄊㄨˊ。

眼似星初轉，眉如月欲消。
先須捺❷⁴⁵後腳，然後勒前腰。

十娘則詠曰：

勒腰須巧快，捺腳生風流。
但令細眼合，人自分輸籌。

須臾之間，有一婢名琴心，亦有姿首，到下官處，時復偷眼看。十娘欲似不快。五嫂大語瞋曰：「知足不辱，人生有限。娘子欲似皺眉，張郎不須斜眼。」十娘佯作色瞋曰：「少府關兒何事？五嫂頻頻相惱。」五嫂曰：「娘子向來頻盼少府，若非情想[246]有所交通，何因眼脈[247]朝來頓引[248]？」十娘曰：「五嫂自隱心偏，兒復何曾眼引！」五嫂曰：「娘子不能，新婦自取。」十娘答曰：「自問少府，兒亦不知。」

五嫂遂詠曰：

新華發兩樹，分香遍一林。

---

[245] 捺：向下按。音ㄋㄚˋ。
[246] 情想：情思。
[247] 眼脈：含情相視的眼睛。
[248] 頓引：挑逗引誘。

迎風轉細影，向日動輕陰。
戲蜂時隱見，飛蝶遠追尋。
承聞欲採摘，若箇動君心？

下官謂：「為性貪多，欲兩華俱採。」五嫂答曰：

暫遊雙樹下，遙見兩枝芳。
向日俱翻影，迎風並散香。
戲蝶扶丹萼，遊蜂入紫房[249]。
人今總摘取，各著一邊廂[250]。

五嫂曰：「張郎太貪生，一箭射兩垛[251]。」十娘則謂曰：「遮三不得一[252]，覓兩都盧失[253]。」五嫂曰：「娘子莫分疏，兔入狗突[254]裏，知復欲何如！」下官即起謝曰：「乞漿得酒，舊來伸口。打兔得麞，非

---

[249] 紫房：紫色的果實。
[250] 廂：邊，旁。
[251] 垛：土築的箭靶。
[252] 遮三不得一：求三個得不到一個。
[253] 覓兩都盧失：找兩個反而都失去。都盧，統統，全部。
[254] 突：洞穴。

意所望。」十娘曰：「五嫂如許大人，專擬調合此事。少府謂言兒是九泉下人，明日在外處，談道兒一錢不直。」下官答曰：「向來承顏色，神氣頓盡；又見清談，心膽俱碎。豈敢在外談說，妄事加諸？忝預人流，寧容如此！伏願歡樂盡情，死無所恨。」

少時，飲食俱到。薰香滿室，赤白兼前；窮海陸之珍羞255，備川原之果菜。肉則龍肝鳳髓，酒則玉醴瓊漿。城南雀噪之禾256，江上蟬鳴之稻257。雞臛雉臛258，鱉醢鶉羹；椹下肥肫259，荷間細鯉。鵝子鴨卵，照曜於銀盤；麟脯豹胎，紛綸於玉疊。熊腥純白260，蟹醬純黃；鮮鱠261共紅縷爭輝，冷肝與青絲亂色。蒲桃262甘蔗，㮕棗263石榴；河東紫鹽264，嶺南丹橘；敦煌八子柰265，青門五色瓜266；太谷張公之梨267，

---

255 珍羞：同「珍饈」，珍貴的食品。

256 城南雀噪之禾：三輔黃圖載：「古歌云：『長安城西有雙闕，上有雙銅雀。一鳴五穀成，再鳴五穀熟。』」

257 江上蟬鳴之稻：郭義恭廣志：「蟬鳴稻，七月熟。」指農曆七月蟬鳴時節南方成熟的稻子。

258 臛：肉羹。音ㄏㄨㄛˋ。

259 椹下肥肫：吃桑椹長肥的小豬。肫，同「豚」。小豬。

260 熊腥純白：指熊背上的白脂，為珍貴美味。

261 鱠：細切的魚肉。音ㄎㄨㄞˋ。

262 蒲桃：即葡萄。

263 㮕棗：果名。或說即羊棗，似柿而小。㮕，音ㄖㄨㄢˇ。

264 河東紫鹽：河東郡（治所在今山西永濟蒲州鎮）產的池鹽，顏色黑紫。

265 敦煌八子柰：敦煌郡（治所在今甘肅敦煌西）所產的柰，一房結子八顆。柰，也稱花紅、沙果。音ㄋㄞˋ。

266 青門五色瓜：史記蕭相國世家載：秦亡，東陵侯召平在長安青門外種瓜，稱「青門瓜」，也稱「東陵瓜」。青

房陵朱仲之李268；東王公269之仙桂，西王母之神桃270；南燕牛乳之椒，北趙雞心之棗。千名萬種，不可具論。

下官起謝曰：「予與夫人娘子，本不相識，暫緣公使，邂逅271相遇。玉饌珍奇，非常厚重，粉身灰骨，不能酬謝。」五嫂曰：「親則不謝，謝則不親。幸願張郎，莫為形跡272。」下官答曰：「既奉恩命，不敢辭遜。」當此之時，氣便欲絕，不覺轉眼，時復偷看十娘。十娘曰：「少府莫看兒。」五嫂曰：「還相弄！」下官詠曰：

門，漢長安霸城門，因門色青，俗稱青門。

267 太谷張公之梨：潘岳閒居賦：「張公大谷之梨。」文選注引廣志：「洛陽北芒（邙）山有張公夏梨，甚甘。海內唯有一樹。」

268 房陵朱仲之李：潘岳閒居賦：「房陵朱仲之李。」傅奕李賦：「乃有河沂黃建，房陵縹青，一樹三色，異味殊名。」文選注引荊州記：「房陵縣有好李，仙人朱仲來竊。」房陵（治所在今湖北房縣）縹李，為李之名品。

269 東王公：也稱東華帝君。集仙錄：東王公乃「東華玉真之氣所化。生於碧海之上芬芝之墟，以主陽和之氣，理於東方。」東方屬木，故又稱木公，為東方群仙之首。

270 西王母之神桃：西王母傳：「西王母乃西華之至妙洞陰之極尊，與東王公共理（陰陽）二氣，育養萬物，陶鈞天地。」西方屬金，故又稱金母，為西方群仙之首。西王母所種仙桃，三千年一結實。每逢王母生日，便在瑤池大開蟠桃會。

271 邂逅：不期而會。音ㄒㄧㄝˋ ㄏㄡˋ。

272 形跡：禮法，規矩。

忽然心裏愛，不覺眼中憐。
未關雙眼曲，直是寸心偏。

十娘詠曰：

眼心非一處，心眼舊分離。
直令渠眼見，誰遣報心知？

下官詠曰：

舊來心使眼，心思眼即傳。
由心使眼見，眼亦共心憐。

十娘詠曰：

眼心俱憶念，心眼共追尋。
誰家解事眼，副著[273]可憐心？

於時五嫂遂向果子上作機警[274]曰：「但問意如何，相知不在棗[275]。」十娘曰：「兒今正意密，不忍

---

[273] 副著：附著。

即分梨[276]。」下官曰：「勿遇深恩，一生有杏[277]。」五嫂曰：「當此之時，誰能忍柰[278]。」十娘曰：「暫借少府刀子割梨。」下官詠刀子曰：

自憐膠漆重，相思意不窮。
可惜尖頭物，終日在皮中。

十娘詠鞘曰：

數捺皮應緩，頻磨快轉多。
渠今拔出後，空鞘欲如何！

五嫂曰：「向來漸漸入深也。」即索碁局，共少府賭酒。下官得勝。五嫂曰：「圍碁出於智慧，張郎亦復太能。」下官曰：「智者千慮，必有一失；愚者千慮，亦有一得。且休[279]卻。」五嫂曰：「何為即休？」下官詠曰：

---

274 機警：這裏指以雙關語進行機智巧妙的對答暗示。
275 棗：「早」的諧音。
276 梨：「離」的諧音。
277 杏：「幸」的諧音。
278 柰：「耐」的諧音。
279 休：停止。

向來知道徑，生平不忍欺。
但令守行跡，何用數圍碁！

五嫂詠曰：

娘子為性好圍碁，逢人劇戲不尋思。
氣欲斷絕先挑眼[280]，既得速罷即須遲。

十娘見五嫂頻弄，佯瞋不笑。余詠曰：

千金此處有，一笑待渠為。
不望全露齒，請為暫嚬眉。

十娘詠曰：

雙眉碎客膽，兩眼判君心。
誰能用一笑，賤價買千金[281]。

---

[280] 挑眼：圍棋術語。下圍棋要「活」一塊棋子，必須做兩個「眼」。
[281] 誰能用一笑二句：前人常以「一笑千金」喻美人笑之難得。

當時有一破銅熨斗在於牀前。十娘忽詠曰：

舊來心肚熱，無端強熨他。
即今形勢冷，誰肯重相磨！

下官詠曰：

若冷頭面在，生平不熨空。
即今雖冷惡，人自覓殘銅。

眾人皆笑。十娘喚香兒為少府設樂，金石[282]並奏，簫管間響。蘇合[283]彈琵琶，綠竹吹篳篥[284]；仙人鼓瑟[285]，玉女吹笙[286]。玄鶴俯而聽琴[287]，白魚躍而應節[288]。清音叨咷[289]，片時則梁上塵飛[290]；雅韻鏗鏘，卒爾則天

[282] 金石：鐘磬之類的樂器。
[283] 蘇合：與下「綠竹」俱為人名。
[284] 篳篥：也作「觱篥」。簧管樂器。西漢時從西域龜茲傳來，後為唐宋教坊音樂的重要樂器。
[285] 瑟：撥絃樂器。形似琴，但無徽位（音）。
[286] 笙：簧管樂器。早在商、周時即已流行。
[287] 玄鶴俯而聽琴：韓非子十過載：師曠為晉平公彈琴作清徵之聲，玄鶴聞聲自南方來，「延頸而鳴，舒翼而舞」。傳說鶴千年化為蒼，又千年變為黑，謂之玄鶴。

邊雪落㉑291。一時忘味，孔丘留滯不虛292；三日繞梁，韓娥餘音是實293。

十娘曰：「少府稀來，豈不盡樂！五嫂大能作舞，且勸作一曲。」亦不辭憚。遂即逶迤而起，婀娜徐行。蟲蛆面子，妒殺陽城；蠶賊容儀，迷傷下蔡294。舉手頓足，雅合宮商295；顧後窺前，深知曲節296。欲似蟠龍宛轉，野鵲低昂。迴面則日照蓮花，翻身則風吹弱柳。斜眉盜盼297，異種婄姑298；緩步急行，窮奇造鑿299。羅衣熠燿，似彩鳳之翔雲；錦袖紛披，若青鸞之映水。千嬌眼子，天上失其流星；一搦300

---

288 白魚躍而應節：荀子勸學：「昔者瓠巴鼓瑟，而流魚出聽。」瓠巴，楚人，善鼓瑟。應節，應合節拍。

289 叨咷：形容聲音高而宏亮。

290 梁上塵飛：藝文類聚引劉向別錄：「漢興以來，善雅歌者，魯人虞公，發聲清哀，蓋動梁塵。」言虞公歌唱，聲音震動梁上灰塵揚起。

291 天邊雪落：列子湯問載：鄭師文善琴，當盛夏彈琴，招致霜雪紛飛。

292 一時忘味二句：論語述而：「子在齊聞韶，三月不知肉味，曰：『不圖為樂之至於斯也。』」

293 三日繞梁二句：列子湯問載：韓娥善歌，曾在齊雍門賣唱，離開後，「餘音繞梁欐，三日不絕」。

294 蟲蛆面子四句：以「蟲蛆」、「蠶賊」形容容顏儀態潔白嬌嫩。宋玉登徒子好色賦：「嫣然一笑，惑陽城，迷下蔡。」陽城、下蔡為戰國楚國貴介公子的封地，這裏借指公子王孫。

295 宮商：古代五聲音階中宮、商、角、徵、羽五個音節，稱五音。這裏借指音律。

296 節：節奏。

297 盜盼：偷視。

298 婄姑：形容以目傳情的嫵媚之態。婄，音ㄢ。

299 造鑿：造作。

腰支，洛浦[301]愧其迴雪。光前豔後，難遇難逢；進退去來，希聞希見。

兩人俱起舞，共勸下官。下官遂作[302]而謝曰：「滄海之中難為水，霹靂之後難為雷。不敢推辭，定為醜拙。」遂起作舞。桂心咥咥然[303]低頭而笑。十娘問曰：「笑何事？」桂心曰：「笑兒等能作音聲。」十娘曰：「何處有能？」答曰：「若其不能，何因百獸率舞[304]？」下官笑曰：「不是百獸率舞，乃是鳳凰來儀[305]。」一時大笑。

五嫂謂桂心曰：「莫令曲誤，張郎頻顧[306]。」桂心曰：「不辭歌者苦，但傷知音稀。」下官曰：「路逢西施，何必須識！」遂舞，著詞曰：

從來巡遶四邊，忽逢兩箇神仙。

---

300 一搦：即一握，極言腰細。搦，握持。

301 洛浦：指洛水女神宓妃。見注67。

302 作：興起。

303 咥咥然：大笑的樣子。咥，音ㄒㄧˋ。

304 百獸率舞：尚書堯典：「予擊石拊石，百獸率舞。」言我敲擊石製樂器，連百獸都跟著跳起舞來。這裏以百獸暗指十娘、五嫂、作者起舞。

305 鳳凰來儀：尚書皋陶謨：「簫韶九成，鳳皇來儀。」言韶樂變奏九次完成，鳳凰也前來傾聽。這裏作者針對桂心「百獸」的取笑，以鳳凰比喻十娘、五嫂和自己。

306 莫令曲誤二句：三國志吳書周瑜傳：吳國大將周瑜文武兼備，精通音律，聽人奏曲有誤，輒回顧之，時人語曰：「曲有誤，周郎顧。」

眉上冬天出柳，頰中旱地生蓮[307]。

千看千處嫵媚，萬看萬處婹妍[308]。

今宵若其不得，剩命過與黃泉。

又一時大笑。

舞畢，因謝曰：「僕實庸才，得陪清賞，賜垂音樂，慚荷不勝。」十娘詠曰：

得意似鴛鴦，情乖[309]若胡越[310]。

不向君邊盡，更知何處歇！

十娘曰：「兒等並無可收採，少府公云『冬天出柳，旱地生蓮』，總是相弄也。」下官答曰：「十娘面上非春，翻生柳葉。」十娘應聲曰：「少府頭中有水，那不生蓮華？」下官笑曰：「十娘機警，異同著便[311]。」十娘答曰：「得便不能與，明年知有何處。」

於時硯在牀頭，下官因詠筆硯曰：

---

[307] 眉上冬天出柳二句：言眉如柳葉，頰如荷花。

[308] 婹妍：苗條美麗。婹，音ㄆㄧㄢˊ。

[309] 情乖：兩情相違。

[310] 胡越：胡在北，越在南，相隔殊遠。比喻疏遠，隔絕。

[311] 異同著便：不論什麼應對都很得體。

摧毛任便點，愛色轉須磨。
所以研[312]難竟，良由水太多。

十娘忽見鴨頭鐺子[313]，因詠曰：

嘴長非為嘲[314]，項曲不由攀。
但令腳直上，他自眼雙翻。

五嫂曰：「向來大大不遜，漸漸深入也。」

於時乃有雙燕子，梁間相逐飛。僕因詠曰：

雙燕子，聯翩幾萬迴。
強知人是客，方便惱他來[315]。

十娘詠曰：

---

[312] 研：磨墨。
[313] 鐺子：一種平底淺鍋。鐺，音ㄔㄥ。
[314] 嘲：吮吸。
[315] 方便惱他來：趁機逗引他。

雙燕子。可可316事風流。

即令人得伴，更亦不相求。

酒巡到十娘，下官詠酒杓子曰：

尾動惟須急，頭低則不平。

渠今合把爵，深淺任君情。

十娘詠盞曰：

發初先向口，欲竟漸伸頭。

從君中道歇，到底即須休。

下官翕然而起謝曰：「十娘詞句，事盡入神，乃是天生，不關人學。」五嫂曰：「張郎新到，無可散情，且遊後園，暫適懷抱。」

其時園內雜果萬株，含青吐綠；叢花四照，散紫翻紅；激石鳴泉，疏岩鑿磴。無冬無夏，嬌鶯亂於錦枝；非古非今，花魴317躍於銀池。婀娜蓊茸318，清冷飋䬝319；鵝鴨分飛，芙蓉間出。大竹小竹，誇渭

---

316 可可：不在意，恰巧。

317 魴：一名鯿魚。

南之千畝320；花合花開，笑河陽之一縣321。青青岸柳，絲條拂於武昌322；赫赫山楊，箭幹稠於董澤323。

余乃詠花曰：

風吹遍樹紫，日照滿池丹。

若為交暫折，擎就掌中看。

十娘詠曰：

映水324俱知笑，成蹊竟不言325。

---

318 蓊茸：茂密。

319 颾飀：風吹的樣子。音ㄙㄜˋ ㄩˋ。

320 大竹小竹二句：史記貨殖列傳載：漢人謂有渭川千畝竹，其人與千戶侯等。渭川，即渭河。渭南，今屬陝西。以在渭河之南而得名。

321 花合花開二句：晉書潘岳傳載：西晉潘岳出任河陽令，於縣境內遍種桃李。河陽在今河南孟縣。

322 青青岸柳二句：晉書陶侃傳載：東晉荊州刺史陶侃，曾在武昌路旁遍植柳樹。武昌，今屬湖北武漢三鎮。

323 赫赫山楊二句：山楊，疑為「蒲柳」。左傳宣十二年：「董澤之蒲，可勝既乎？」董澤，沼澤名。在今山西聞喜東北。

324 映水：指水面的荷花。

325 成蹊竟不言：史記李將軍列傳：「諺曰：『桃李不言，下自成蹊。』」言桃李雖不能言，但以其花和果實，引人不期而往，其下自成蹊徑。

即今無自在，高下任渠攀。

下官即起謝曰：「君子不出遊言326，意言327不勝再。娘子恩深，請五嫂等各製一篇。」下官詠曰：

昔日過小苑，今朝戲後園。

兩歲梅花匝328，三春柳色繁。

水明魚影靜，林翠鳥歌喧。

何須杏樹嶺329，即是桃花源330。

十娘詠曰：

梅蹊命道士331，桃澗佇神仙332。

326 遊言：虛浮不實之言。

327 意言：主觀說法。

328 匝：環繞。

329 杏樹嶺：神仙傳載：三國吳侯官人董奉，居廬山，為人治病，不取錢。病重而痊癒者，使之植杏五株，輕者遞減。數年後得十萬餘株，蔚然成林，稱杏林。

330 桃花源：東晉陶淵明作桃花源記，描寫了一個與世隔絕的樂土，其地人人豐衣足食，怡然自樂。後因稱這種理想境界為世外桃源。

331 梅蹊命道士：西漢九江壽春人梅福，後得道成仙，人稱梅仙，所居之處稱梅嶺。道藏所收梅仙觀記，有其修

舊魚成大劍，新龜類小錢。
水湄333唯見柳，池曲且生蓮。
欲知賞心處，桃花落眼前。

五嫂詠曰：

極目遊芳苑，相將對花林。
露淨山光出，池鮮樹影沉。
落花時泛酒，歌鳥惑鳴琴。
是時日將夕，攜樽就樹陰。

當時，樹上忽有一李子落下官懷中。下官詠曰：

問李樹：如何意不同？
應來主手裏，翻入客懷中。

道成仙的記載。

332 桃澗佇神仙：幽明錄載：東漢明帝永平中，剡縣人劉晨、阮肇共入天台山採藥，迷路不能返回。經十三日，飢渴異常，望山中有桃實，共取食之。下山至一溪，遇二女，容貌妙絕，被留半年。歸家，子孫已七世矣。

333 湄：岸邊，水草相接的地方。

五嫂即報詩曰：

李樹子，元來不是偏。
巧知娘子意，擲果[334]到渠邊[335]。

於時，忽有一蜂子飛上十娘面上。十娘詠曰：

問蜂子：蜂子太無情。
飛來蹈人面，欲似意相輕？

下官代蜂子答曰：

觸處尋芳樹，都盧少物華[336]。
試從香處覓，正值可憐花。

眾人皆拊掌而笑。

其時，園中忽有一雉，下官命弓箭射之，應弦而倒。五嫂笑曰：「張郎才器，乃是曹植[337]天然。今

---

[334] 擲果：見注[26]。

[335] 渠邊：他的身邊。渠，他。

[336] 物華：萬物的精華。

見武功，又復子南[338]夫也。今共娘子相配，天下惟有兩人耳。」十娘因見射雉，詠曰：

大夫巡麥隴，處子[339]習桑間。
若非由一箭[340]，誰能為解顏？

僕答曰：

心緒恰相當，誰能護短長？
一牀無兩好，半醜亦何妨。

五嫂曰：「張郎射長垛[341]如何？」僕答曰：「且得不闕事而已。」遂射之，三發皆遶遮齊。眾人稱好。十娘詠弓曰：

[337] 曹植：三國時魏詩人。曹操第三子，多才早慧。曹丕令其七步成詩，植應聲而成。後來常作為才子的代名詞。

[338] 子南：左傳昭元年載：即春秋時鄭國公孫楚。鄭大夫徐吾犯之妹貌美，已與子南訂婚，而子晳（公孫黑）卻欲強婚。執政子產交徐吾犯讓其妹自行選擇。子晳盛飾而入，子南戎服而入，徐女愛子南武勇，遂許嫁子南。

[339] 處子：處女。

[340] 若非由一箭：左傳昭二十八年載：賈大夫（賈國大夫）貌醜，而娶妻甚美。妻不悅，三年不笑。賈大夫駕車載妻出遊，以箭射雉，其妻乃笑著說話。

[341] 長垛：遠距離的箭靶。

平生好須弩，得挽則低頭。
聞君把提快，再乞五三籌。

下官答曰：

縮幹[342]全不到，抬頭則大過。
若令臍下入，百放故籌多。

於時，日落西淵[343]，月臨東渚。五嫂曰：「向來調謔，無處不佳。時既曛黃[344]，且還房室，庶[345]張郎共娘子安置[346]。」十娘曰：「人生相見，且論盃酒。房中小小，何暇匆匆。」遂引少府向十娘臥處：屏風十二扇，畫鄣[347]五三張，兩頭安彩幔，四角垂香囊；檳榔[348]豆蔻[349]子，蘇合[350]綠沉香[351]；織文安枕

---

[342] 幹：指箭杆。
[343] 西淵：古代神話謂日落之處為虞淵。因在西方，故稱西淵。
[344] 曛黃：猶昏黃，日暮。
[345] 庶：希望。
[346] 安置：就寢。
[347] 畫鄣：畫障，畫屏。鄣，「障」的本字。
[348] 檳榔：植物名。生在南方。果實橢圓，可入藥。
[349] 豆蔻：植物名。又名草果。生在南方山谷中。前人常用以比喻少女，謂其少而美。
[350] 蘇合：植物名。從樹中取樹膠，製成蘇合香，作香料，也可入藥。

席，亂彩疊衣箱。相隨入房裏，縱橫照羅綺；蓮花起鏡臺，翡翠生金履；帳口銀虺352裝，牀頭玉獅子353；十重蛩駏354氈，八疊鴛鴦被。數箇袍袴355，異種妖媱356；姿質天生有，風流本性饒；紅衫窄裏小擷357臂，綠袂358帖亂細纏腰；時將帛子拂，還投和香燒。姸華天性足，由來能裝束359；斂笑正金釵，含嬌累繡褥；梁家妄稱梳髮緩360，京兆何曾盡畫眉曲361。

十娘因在後，沉吟久不來。余問五嫂曰：「十娘何處去，應有別人邀？」五嫂曰：「女人羞自嫁，方便待渠招。」言語未畢，十娘則到。僕問曰：「旦來披霧，香處尋花；忽遇狂風，蓮中失藕362。十娘

---

351 沉香：又名伽楠，奇南香。以沉香木（置水則沉）製成的香料。以上四物即置於四角香囊中的香料。

352 銀虺：指蛇形的銀帳鉤。虺，蛇。音ㄏㄨㄟˇ。

353 玉獅子：指獅形的鎮牀玉器。

354 蛩駏：蛩蛩，也作「邛邛」，即距虛，也作「駏驢」。古代傳說中的獸名。或說蛩蛩、距虛為二獸。這裏指織有獸形圖案的氈毯。

355 袴：套褲。

356 妖媱：豔麗美好。

357 擷：「襭」的異體字。用衣襟兜物。音ㄒㄧㄝˊ。

358 袂：衣袖。音ㄇㄟˋ。

359 裝束：打扮。

360 梁家妄稱梳髮緩：後漢書梁冀傳載：東漢大將軍梁冀妻孫壽，「色美而善為妖態，作愁眉，啼妝，墮馬髻。」墮馬髻，即髮髻鬆垂，側在一面，像要墮落的樣子。當時洛陽女子爭相仿效。

361 京兆何曾盡畫眉曲：漢書張敞傳載：漢宣帝時，張敞官京兆尹，為婦畫眉，長安中傳「張京兆眉憮」。

何處漫行來？」十娘回頭笑曰：「星留織女，遂處人間363；月待姮娥，暫歸天上364。少府何須苦相怪！」

於時兩人對坐，未敢相觸，夜深情急，透死忘生。僕乃詠曰：

千看千意密，一見一憐深。
但當把手子365，寸斬亦甘心。

十娘斂色卻行。五嫂詠曰：

他家解事在，未肯輒相瞋。
徑須剛捉著，遮莫366造精神。

余時把著手子，忍心不得。又詠曰：

千思千腸熱，一念一心焦。
若為求守得，暫借可憐腰。

362 蓮中失藕：蓮，「連」的諧音。藕，「偶」的諧音。
363 星留織女二句：神話傳說織女星下凡，嫁人間的牛郎，男耕女織，成家立業。
364 月待姮娥二句：神話傳說后羿妻姮娥（嫦娥）盜食西王母所賜的不死之藥，飛入月宮。
365 把手子：握著手。
366 遮莫：拼著。

十娘又不肯，余捉手挽[367]，兩人爭力。五嫂詠曰：

巧將衣障口，能用被遮身。
定知心肯在，方便故邀人。

十娘失聲成笑，婉轉入懷中。當時腹裏顛狂，心中沸亂。又詠曰：

腰支一遇勒，心中百處傷。
但若得口子，餘事不承望。

十娘瞋詠曰：

手子從君把，腰支亦任迴。
人家不中物，漸漸逼他來。

十娘曰：「雖作拒張，又不免輸他口子。」口子鬱郁[368]，鼻似薰穿，舌子芬芳，頰疑鑽破。五嫂詠曰：

[367] 手挽：疑為「手腕」。
[368] 鬱郁：郁郁，形容香味濃郁。

自隱風流到，人前法用多。
計時應拒得，佯作不禁他。

十娘曰：「昔日曾經自弄他，今朝並悉從人弄。」下官起，諮請曰：「十娘有一思事，亦擬申論，猶自不敢即道，請五嫂處分。」五嫂曰：「但道，不須避諱。」余因詠曰：

藥草俱嘗遍，並悉不相宜。
惟須一箇物，不道自應知。

十娘答詠曰：

素手曾經捉，纖腰又被將。
即今輸口子，餘事可平章369。

下官斂手而答曰：「向來惶惑，實畏參差370。十娘憐愍客人，存其死命，可謂白骨再肉，枯樹重花。伏地叩頭，慇懃死罪。」五嫂因起謝曰：「新婦曾聞：線因針而達，不因針而纏371；女因媒而嫁，不因媒

369 平章：商量處理。
370 參差：出差錯。
371 纏：縫紉。音ㄧㄣˇ。

而親。新婦向來專心為勾當，以後之事，不敢預知。娘子安穩，新婦向房臥去也。」

於時夜久更深，情急意密。魚燈[372]四面照，蠟燭兩邊明。十娘即喚桂心，並呼芍藥，與少府脫韡[373]履，疊袍衣，閣[374]幞頭[375]，掛腰帶。然後自與十娘施綾帔，解羅裙，脫紅衫，去綠襪。花容滿目，香風裂鼻。心去無人制，情來不自禁。插手紅褌[376]，交腳翠被；兩唇對口，一臂枕頭；拍搦奶房間，摩挲髀子上。一喫一意快，一勒一傷心。鼻裏痠痺[377]，心中結繚[378]。少時眼花耳熱，脈張筋舒，始知難逢難見，可貴可重。俄頃中間，數回相接。

誰知可憎病鵲，夜半驚人；薄媚[379]狂雞，三更唱曉。遂則披衣對坐，泣淚相看。下官拭淚而言曰：「所恨別易會難，去留乖隔。王事有限[380]，不敢稽停。每一尋思，痛深骨髓。」十娘曰：「兒與少府，平生未展，邂逅新交，未盡歡娛，忽嗟別離。人生聚散，知復如何！」因詠曰：

---

[372] 魚燈：魚形的燈。

[373] 韡：「靴」的本字。

[374] 閣：放置。

[375] 幞頭：一種頭巾。

[376] 褌：有襠的褲。音ㄎㄨㄣ。

[377] 痠痺：痠，通「酸」。痺，通常指肌體腫痛和麻木的症狀。

[378] 結繚：纏結繚繞，言心緒紛亂。

[379] 薄媚：放肆，搗蛋。

[380] 限：期限。

元來不相識，判自斷知聞。
天公強多事，今遣若為分。

僕乃詠曰：

積愁腸已斷，懸望眼應穿。
今宵莫閉戶，夢裏向渠邊。

少時，天曉已後[381]，兩人俱泣，心中哽咽，不能自勝。侍婢數人，並皆歔欷，不能仰視。五嫂曰：「有同必異，自昔攸然；樂盡哀生，古來常事。願娘子稍自割捨。」下官乃將衣袖與娘子拭淚。十娘乃作別詩曰：

別時終是別，春心不值春。
羞見孤鸞影，悲看一騎塵。
翠柳開眉色，紅桃亂臉新。
此時君不在，嬌鶯弄殺人。

五嫂詠曰：

---

[381] 已後：以後。已，通「以」。

此時經一去，誰知隔幾年。
雙鳧傷別緒[382]，獨鶴慘離絃[383]。
怨起移醒[384]後，愁生落醉前。
若使人心密，莫惜馬蹄穿。

下官詠曰：

忽然聞道別，愁來不自禁。
眼下千行淚，腸懸一寸心。
兩劍俄分匣[385]，雙鳧忽異林。
慇懃惜玉體，勿使外人侵。

[382] 雙鳧傷別緒：風俗通載：漢明帝時，河東王喬為葉令，每月朔望（初一、十五）自縣上朝，不乘車騎。明帝感到奇怪。太史發現他將到時，就有雙鳧自東南飛來。於是候鳧飛來時，舉網捕得一鳧，卻是一隻鞋。這裏用以比喻兩人分離。

[383] 獨鶴慘離絃：古琴曲有別鶴操，抒寫別離之苦。

[384] 移醒：酒醒。酲，病酒，喝醉了神志不清。音ㄔㄥˊ。

[385] 兩劍俄分匣：晉書張華傳載：西晉雷煥望見豫章豐城（今屬江西）頗有異氣，出任豐城令，掘地得雙劍，一名龍泉，一名太阿。於是將龍泉贈與張華，自佩太阿。後張華被殺，龍泉失蹤。雷煥死後，其子持太阿過延平津，劍忽從腰間躍入水中。但見兩龍蟠縈，波浪驚沸。從此失劍。

十娘小名「瓊英」，下官因詠曰：

卞和山未斲386，羊雍地不耕387。

自憐無玉子，何日見瓊英388？

十娘應聲詠曰：

鳳錦行須贈，龍梭389久絕聲。

自恨無機杼390，何日見文成391？

下官瞿然392，破愁成笑。遂喚奴曲琴，取「相思枕」，留與十娘，以為記念。因詠曰：

---

386 卞和山未斲：韓非子和氏載：春秋時楚人卞和，在山中得一玉璞，先後獻給楚厲王、武王，都被認為欺詐，被砍去雙足。楚文王即位，卞和抱璞哭於荊山之下，文王使玉工剖璞，果得寶玉。稱「和氏璧」。

387 羊雍地不耕：搜神記載：羊雍，即楊伯雍，洛陽人，住無終山。山高而無水，雍汲水施與行人。三年，一飲者與雍石子一斗，使種於有石處。雍種石得白璧五雙，聘右北平望族徐氏之女為妻。

388 瓊英：又為美玉及古仙女名，語意雙關。

389 龍梭：晉書陶侃傳載：陶侃少時在雷澤打魚，舉網得一織梭，掛在牆上。不久雷雨到來，梭化為龍飛去。

390 自恨無機杼：前秦秦州刺史竇滔以罪徙流沙，其妻蘇蕙織錦為迴文璇璣圖詩，以表思念之情。

391 何日見文成：何日織成迴文詩。又張鷟字文成，語意雙關。

392 瞿然：驚視的樣子。

南國傳椰子[393]，東家賦石榴[394]。
聊將代左腕，長夜枕渠頭。

十娘報以雙履，報詩曰：

雙鳧乍失伴，兩燕還相屬[395]。
聊以當兒心，竟日承君足。

下官又遣曲琴取「揚州青銅鏡」，留與十娘。並贈詩曰：

仙人好負局[396]，隱士屢潛觀[397]。
映水菱光[398]散，臨風竹影寒。
月下時驚鵲[399]，池邊獨舞鸞[400]。

---

393 南國傳椰子：南方有些地方以椰子為枕。

394 東家賦石榴：三國志吳書載：東吳張紘見柟榴枕，愛其文采，為作賦。

395 兩燕還相屬：廣東通志仙釋載：東晉鮑靚官南海太守，以女妻葛洪。葛洪居羅浮山，鮑靚常至山中，騰空來往。門前不見車馬，唯有雙燕往還。人們感到奇怪，暗中觀察，原來是一雙鞋。

396 仙人好負局：列仙傳載：仙人負局先生，常在吳市巡迴磨鏡，只收一錢。

397 隱士屢潛觀：道教傳說鏡能使妖精現出原形，故道士常背持鏡察妖。

398 菱光：古銅鏡中有菱花鏡，後常以菱花作為鏡的代稱。

若道人心變，從渠照膽401看。

十娘又贈手中扇，詠曰：

合歡402遊璧水403，同心侍華闕404。
颯颯似朝風405，團團如夜月。
鸞姿侵霧起，鶴影排空發。
希君掌中握，勿使恩情歇406。

399 月下時驚鵲：太平御覽引神異經載：傳說過去有夫婦將別，破鏡各執其半，作為信物。後來妻與人私通，妻之鏡化為鵲，飛至夫前，夫乃知其事。後人鑄鏡，因此在鏡背為鵲形。

400 池邊獨舞鸞：北堂書鈔引南朝宋范泰鸞鳥詩序云：傳說古代罽賓王得一鸞鳥，始終不鳴。夫人說：「聞鳥得其類而後鳴，何不懸鏡以映之？」鸞鳥見鏡中之影，果然悲鳴，一奮而絕。

401 照膽：舊題劉歆西京雜記載：傳說秦宮有方鏡，廣四尺，高五尺九寸，表裏有明。人直來照之，影則倒見；以手捫心而來，則見腸胃五臟；人有疾病，掩心而照，即知病之所在；人有邪心，照之見膽張心動。

402 合歡：班婕妤怨歌行：「裁為合歡扇，團團似明月。」

403 璧水：即「泮池」，也稱「璧池」，指太學。

404 華闕：盛美的宮闕。

405 颯颯似朝風：班婕妤怨歌行：「出入君懷袖，動搖微風發。」

406 希君掌中握二句：班婕妤怨歌行：「棄捐篋笥中，恩情中道絕。」這裏反其意而用之。

下官辭謝訖，因遣左右取「益州新樣錦[407]」一疋，直奉五嫂。因贈詩曰：

今留片子信，可以贈佳期。
裁為八幅被，時復一相思。

五嫂遂抽金釵送張郎，因報詩曰：

兒今贈君別，情知後會難。
莫言釵意小，可以掛渠冠。

更取「滑州[408]小綾子」一疋，留與桂心、香兒數人共分。桂心已下，或脫銀釵，落金釧，解帛子，施羅巾，皆自送張郎曰：「好去。若因行李[409]，時復相過[410]。」香兒因詠曰：

大夫存行跡，慇懃為數來。
莫作浮萍草，逐浪不知迴。

---

407 益州新樣錦：指蜀錦，蜀地（今四川地區）所織的錦緞。益州，治所在今四川成都。

408 滑州：治所在今河南滑縣。

409 行李：也作「行理」，使者。這裏借指奉使外出。

410 過：過從，往來。

下官拭淚而言曰：「犬馬何識，尚解傷離；鳥獸無情，由[411]知怨別；心非木石，豈忘深恩！」十娘報詩曰：

他道愁勝死，兒言死勝愁。
愁來百處痛，死去一時休。

又詠曰：

他道愁勝死，兒言死勝愁。
日夜懸心憶，知隔幾年秋。

下官詠曰：

人去悠悠隔兩天，未審迢迢度幾年？
縱使身遊萬里外，終歸意在十娘邊。

十娘詠曰：

天涯地角知何處，玉體紅顏難再遇。

[411] 由：疑為「猶」字。

但令翅羽為人生，會些高飛共君去。

下官不忍相看，忽把十娘手子而別。行至二三里，迴頭看數人，猶在舊處立。余時漸漸去遠，聲沉影滅，顧瞻不見，惻愴而去。

行至山口，浮舟而過。夜耿耿而不寐，心煢煢而靡託，既悵恨於啼猨，又悽傷於別鵠。飲氣[412]吞聲，天道人情；有別必怨，有怨必盈[413]。去日一何短，來宵一何長！比目絕對[414]，雙鳧失伴。日日衣寬，朝朝帶緩[415]。口上唇裂，胸間氣滿；淚臉千行，愁腸寸斷。端坐橫琴，涕血流襟；千思競起，百慮交侵；獨嚬眉而永結，空抱膝而長吟。望神仙兮不可見，普天地兮知余心。思神仙兮不可得，覓十娘兮斷知聞。欲聞此兮腸亦亂，更見此兮惱余心。

---

[412] 氣：疑為「恨」字。

[413] 有別必怨二句：語出江淹別賦。

[414] 比目絕對：比目，魚名。即鰈魚。舊稱此魚僅一目，須兩兩相並始能游行。後用以比喻兩人形影不離。絕對即失對，不成一對。

[415] 日日衣寬二句：形容人日益消瘦。

玉梨魂

徐枕亞 著
黃珊
黃珅 校注

總目

引言

在中國小說史中，風行一時的文言言情小說，遊仙窟可能是最早的一部，而玉梨魂則是最後的一部。上世紀初，一些文學青年寓居上海租界（那時叫做「洋場」），從事創作。由於他們熱衷於言情小說，好寫才子佳人「相悅相戀，分拆不開，柳蔭花下，像一對胡蝶，一雙鴛鴦一樣」（魯迅上海文藝一瞥），有人以「卅六鴛鴦同命鳥，一雙蝴蝶可憐蟲」戲稱當時的哀情小說（平襟亞鴛鴦蝴蝶派命名的故事），因此稱為「鴛鴦蝴蝶派」。後來這派作者所寫小說的內容不斷擴展，於是又以其早期最有影響的雜誌禮拜六為名，通稱為「禮拜六派」。鴛鴦蝴蝶派不談政事，寄情風月，遊戲筆墨，供人消遣，在五四以後，曾遭到不少非議。不過作為一個歷時甚久、作者眾多、影響頗大的文學流派，不能一概而論，應作具體分析。連魯迅也說：與那些狹邪小說相比，像玉梨魂這樣的作品，「實在不能不說是一個大進步」（同上）。

鴛鴦蝴蝶派「作品應當以玉梨魂為代表，作者則以徐枕亞為代表」（范煙橋民國舊派小說史略）。玉梨魂作者徐枕亞（西元一八八九－一九三七年），名覺，別署東海三郎。為紀念亡妻蕊珠，又號泣珠生。江蘇常熟人。虞南師範畢業，曾任小學教師。與兄徐嘯亞（天嘯）俱以詩文知名。加入南社後，與徐天嘯同主民權報筆政。民國後自辦小說叢報等刊物。小說叢報於一九一四年創刊，是創辦僅晚於商務印書館小說月報的小說刊物。後又在上海創辦清華書局。徐枕亞仗義疏財，好濟人急難，故無積蓄。晚年潦倒，在滬賣文為生，與徐天嘯放浪形骸，以酒澆愁。日軍侵華，為避戰亂，歸居常熟南鄉楊樹園，不久病死。所著小說，除玉梨魂外，另有雪鴻淚史、余之妻、刻骨相思記、燕雁離魂記、雙鬟記、讓婿記、血淚黃浦、鴛鴦花、秋之魂、蝶花夢等十種，及短篇小說集情海指南、枕亞浪墨等。

玉梨魂寫青年才子何夢霞在一崔姓鄉紳家任教，與崔家年輕貌美的寡媳白梨影相愛，兩人詩信往來，情好日篤。白梨影始終不敢越過「發乎情，止乎禮義」的禮教大防，為擺脫情網，竟想出移花接木之計，撮合小姑崔筠倩與何夢霞的婚事。但何夢霞對白梨影一往情深，矢志不移；崔筠倩也因婚姻不能自主而陷入痛苦之中。白梨影見事與願違，含痛殉情。崔筠倩也悒鬱而亡。遭受這兩重打擊的何夢霞，為謝二人之情，立志報國，在武昌起義中獻身。

玉梨魂問世不久，有人說這是徐枕亞的「傷心著作」、「寫真影片」（雪鴻淚史自序）。據說這部小說隱藏著作者年輕時的一段經歷。徐枕亞曾在無錫西倉鎮蔡氏家任家庭教師，白梨影的原型即蔡氏年輕孀婦，何夢霞乃作者自況（范煙橋民國舊派小說史略）。情動於中，流於筆端，故寫得悱惻幽怨，哀感動人，以致當時人都稱徐枕亞為「多情種子」（同上）。徐天嘯論此書，也說是「作言情小說為情種寫真」（雪鴻淚史序）。

孔子早已說過：「飲食男女，人之大欲存焉。」（禮記禮運）何夢霞、白梨影，以及崔筠倩，都或多或少受新思想的感染，也都有追求愛情和自由的願望。夢霞曾憤然表示自己的決心：「天乎天乎！搔首問之而無語，虔心禱之而無靈，憤念至此，殊欲拔劍而起，與酷虐之天公一戰。明知戰必不勝，則惟有以死繼之。」（第十九章秋心）筠倩更是「憤家庭之專制，慨社會之不良，侈然以提倡自由為己任」（第二十九章日記）。就是梨娘在其遺書中也承認，她無法抗拒情愛的力量：「余情如已死之灰，而彼（指上天，天意）竭力為之挑撥，使得復燃；余心如已枯之井，而彼竭力為之鼓盪，使得再波……余身已不能自主，一任情魔顛倒而已。」（第二十七章隱痛）

但經歷數千年的禮教，卻表現出比任何王朝都頑固的力量，即使在清王朝日薄西山、搖搖欲墜之時，依然強有力地束縛著人們的思想和行為。書中人物，最終都未能擺脫禮教有形無形的束縛。這種束縛，有的在禮制，有的在習俗，有的在輿論，有的就刻在人的心中。而後者是最致命的。梨娘曾獨自去夢霞住處，留下一張相片。相片上的梨娘，身穿西洋服裝，花冠長裙，手持西籍一冊，風致嫣然（第九章題影）。可見她也有著成為一個新女性的憧憬。但在她的心中，又始終存在著情與禮的衝突，一旦「發乎情，止乎禮義」的觀念占了上風，就只能抑制情感，拒絕情感，進而埋葬情感，導致心死。莊子說「哀莫大於心死」（田子方）。正是禮教使梨娘心死，自絕於愛情，同時也不自覺地葬送了最愛的人的幸福。

由於身分不同，處境不同，禮教對夢霞、筠倩的束縛不像對梨娘那麼大。但在追求愛情的坎坷過程中，他們怨天不公，怨自己無能，卻也從不曾詛咒過禮教，出現過與禮教徹底決裂的念頭，當然更談不上激烈的行動。徐枕亞之友韋秋夢為雪鴻淚史作序，謂夢霞、梨娘的戀情，是「對於不能用情之人而又不能不用之情」。兩人都為「情種」，惺惺相惜，生死不渝，可謂「不能不用之情」，但礙於禮教，彼此又成「不能用情之人」，結果只能在「還君明珠雙淚垂，恨不相逢未嫁時」的自怨自艾中了結。這是夢霞、梨娘的無奈，也是作者及其同時代眾多青年共同的困惑。千百年來的教育和薰陶，使人們相信禮就是理，就是合理，從而抑制自己的感情，成了禮教祭臺上的犧牲。這部小說通過夢霞、梨娘、筠倩的啼痕和血痕，已發出「禮教殺人」的先聲。

何夢霞、白梨影、崔筠倩的悲劇，是時代的悲劇；他們的處境，是當時青年男女共同面對的處境；他們的命運，是當時追求愛情的青年男女也會感受遭遇的命運。雖然「痴心猶冀活梨花」，但事實上「難將赤手挽情波」（張荇青題詩）。由此，他們的不幸就具有普遍意義，能引起人們的共鳴。玉梨魂不同於普通的言情小說，能在當時引起巨大的轟動，就在它揭示了一個時代悲劇，從而具有明顯的社會意義。

和以往描寫才子佳人的作品都喜以大團圓結局相反，這部小說以完全、徹底、令人壓抑、窒息的悲劇收場。而這正是這部作品的價值和意義所在。夢霞、梨娘、筠倩至死都沒有認識到導致自身悲劇的真正原因，從而給同時代的人和後人留下深刻的啟示，使他們由傷感而震撼，由震撼而思考，由思考而覺醒，由覺醒而行動，終於在五四時期，爆發出「禮教殺人」的呼聲。作為一個新舊交替時期的女性，梨娘對新生活的嚮往，決不會不如西廂記中的崔鶯鶯、牡丹亭中的杜麗娘、桃花扇中的李香君。誠如人所言：造成梨娘悲劇的死結，在禮教對寡婦再嫁的干預。只有提出問題，才有可能解決問題。這部作品「雖沒有直接說出『寡婦再嫁之可能』，但在寡婦不得再醮慘狀的描寫內，及舊禮教吃人力量的暗示內，已把『寡婦不得再醮』的惡制度攻擊，間接的提倡和鼓吹『寡婦再嫁』的可能了。」（冰心玉梨魂之評論觀）後來電影玉梨魂為迎合一部分市民的心理，背離原著，改成一個喜劇性的結尾，讓夢霞和筠倩遵照梨娘的意願，締結良緣，撫養她的兒子鵬郎成人。這個改動，並不可取。

雖然傳統的「四德」（婦德、婦言、婦容、婦功）說已遭人非議，但賢惠、聰明、美麗、能幹，始終是一個理想的女子的美德。這些美德，梨娘都具備。但這樣一個完美的女性，卻背負著時代強加在她身上的不幸命運。深深瞭解她的小姑筠倩曾直訴不平之意：「吾他無所惜，所惜者梨嫂耳。以嫂之天資穎敏，心巧玲瓏，使得研究新學，與幾輩青年女子，角逐於科學世界，必能橫掃千人，獨樹一幟。惜乎生不逢辰，才尤憎命。青春負負，問誰還乾淨之身；墨獄沉沉，早失盡自由之福。」（第十二章情敵）這種同情和不平，對促進女子覺醒，爭取自身權利，客觀上起了推動的作用。

作者處於舊時代向新時代過渡、舊思想向新思想轉變、舊小說向新小說轉型的歷史時期，因此無論其思想，還是創作手法，新、舊兩方面的影響都同時存在。和遊仙窟一樣，這部小說也多用駢詞儷句，這被前人批評為四六濫調，甚者認為毫不足取。無論從內容、結構、語言上說，玉梨魂確實都有因襲陳腐的地方。有些描寫，不離傳統言情小說的俗套。與不少言情小說相似，書中也有刻意模仿紅樓夢之處，如開篇夢霞「葬花」，收局梨娘「焚稿」，前者純屬效顰，後者可謂畫虎不成。過於堆砌的麗詞縟句，猶如「七寶樓臺」。第二十一章證婚中寫秋兒見石痴上門，急告梨娘的幾句話，本意是秋兒受梨娘薰陶，略知文理，有如鄭玄之婢，但其聲口，全不似近代侍女，從而顯得矯揉造作。特別是受新思想薰陶、充滿陽光和朝氣的筠倩，竟會如此馴服地接受父、嫂的安排，放棄自己的理想和追求，以犧牲自己來了斷情緣，這和她性格的邏輯發展，顯然不合。

但從另一面看，儘管是帶著鐐銬跳舞，這部小說在藝術上仍有其可取之處。作者用文言寫作，雖不如白話淺顯明白，但遣詞造句，時見功力。如「關山色死」、「煙消山瘦」，字練句琢，不落凡近。形容病中呻吟之聲如「病猿啼月，老馬嘶風」，設譬形象，詞句工整。書中寫筠倩午睡未起，枕臂斜眠，「手書一卷，夢倦未拋，書葉已為風翻遍，片片作掌上舞。窺其睡容，秋波不動，笑口微開，情思昏昏，若不勝其困懶者。」（第二十二章琴心）表現少女嫵媚可愛的睡態，伸手可掬。而「庭樹因風，蕭疏作響；牆花偎露，憔悴泥人……溪邊殘柳數株，風情銷歇，剩有黃瘦之枯條，搖曳於斜陽影裏……仰視山容，暗淡若死，愁雲疊疊，籠罩其顛。」（第十九章秋心）寫蕭瑟淒涼的景象，有觸目不堪之感。第二十六章鵑化寫夢霞在家中得梨娘訣別書，閱後方寸大亂，驚疑不定，自言自語，難解難明，低徊往復，一往情深，辭氣頗似韓愈祭十二郎文、李商隱李賀小傳中文字。

作者好作詩詞，文中融化前人詩句，信手拈來，筆下生色。在這部小說中也穿插了不少詩詞，以抒情思，雖有不少炫耀才情的無謂之作，但其中也確有佳篇。如夢霞於途中面對秋江夜景，但見前途混茫，碧波無際，雨後新霽，月色澄鮮，漁舟泛泛，流螢點點，笛聲參差，寒氣襲人，不覺觸動情思，口占一律：「日暮扁舟何處依，雲山回首已全非。流螢黏草秋先到，宿鳥驚人夜尚飛。寒覺露垂篷背重，靜看月上樹梢微。茫茫前路真如夢，萬里滄波願盡違。」（第十六章燈市）此詩情境淒清，辭意凝重，讀之令人悄然生悲，惻然傷懷。

這部小說的長處不在人物形象的塑造和情節的鋪敘，而在繼承了唐人小說的流風餘韻，重視情景渲染，充滿抒情色彩。書中常借助自然景物，於慘綠愁紅之中，寓憤悒不平之情。並通過季節的更替，敘寫心情的波動，以示榮悴不常，「若為浮世人情，作絕妙之寫照者」（第十九章秋心）。書中敘述的故事，在春天開局，於秋季收場，象徵主人公的愛情，如新葉吐芽，曾充滿希望，但經不起風霜的摧殘，最後惟餘凋零的敗葉，為情殤悲咽。書中最後寫作者與石痴去崔宅夢霞葬花處憑弔，但見重門深鎖，景物荒蕪，人去樓空，淒涼不堪。多情種子，而今安在？他生未卜，此恨綿綿。斜陽下的一抔黃土，即使鞠為茂草，在落花鵑語中傳送的，依然是並非幻渺的往事前塵。

這部小說尤長於在情景的渲染中，刻畫人物的心理。第十六章燈市寫鄉村風俗，秋收報神，「十里彩棚，懸燈錯落，紅男綠女，點綴其間，笙歌隱隱，響遏雲表」。夢霞和梨娘也走出家門，隨著人群，到處探望。但其意並不在燈。夢霞偶一注目，於「鴻影翩翩，鶯聲嚦嚦」中，彷彿看到梨娘的衣香鬢影；而倩妝梨娘，也正翹首企盼夢霞出現，「驀然回首，那人卻在燈火闌珊處」。此時「燈影與人影齊明，燈光與目光互射」，彼此心馳神往於意中之人，卻又不能片言交接，互訴衷曲。兩人再也無心觀燈賞景，轉身返回，對著一盞熒熒的孤燈，獨自品嘗「剪不斷，理還亂」的相思滋味。這段文字，沒有一句對白，寫兩顆落寞的心，難以融入周圍歡天喜地、競巧爭妍的氣氛之中，曲折細緻，真切動人。

不同於傳統的言情作品，這部小說心理描寫甚多。第四章詩媒寫梨娘趁人不在，獨自去夢霞住處，取走石頭記影事詩稿本，而留荼蘼一朵。夢霞見了，半是驚喜，半是疑惑，於是寫了第一封信，表達了對梨娘的仰慕之情，希望能有機會和梨娘面談。「梨娘讀畢，且驚且喜。情語融心，略含微惱；紅潮暈頰，半帶嬌羞。始則執書而痴想，繼則擲書而長嘆，終則對書而下淚。九轉柔腸，四飛熱血；心灰寸寸，死盡復燃。」梨娘芳心撩亂，輾轉思量，對鏡而泣，顧影自憐。想到自身已如墮落的柳絮，又怎能在空中盡情飄揚？情海茫茫，自己安身之處只是一艘破碎的小舟，只有躲在僻靜的港灣，方能保全，又怎能再起非分之想？不幸遇上狂風暴雨，後果不堪設想。人一惹情絲，便難解脫，豈能因為一時感情的波動，引起日後無窮盡的痛苦和煩惱，既誤己，又誤人？想到這裏，不禁心灰意冷。但情愛的力量又豈是理智所能控制？特別是深埋心底的青春情火，只要有心心相印的摩擦，便會重新燃起。剛想斷此情根的梨娘，

「未幾而微波倏起於心田，驚浪旋翻於腦海，漸漸掀騰顛播，不能自持……旋死旋生，忽收忽放，瞬息之間，變幻萬千，在梨娘亦不自知也。」這段描寫，表現梨娘想愛又不敢愛、想拒絕又難於拒絕的心理，絲絲入扣，細膩入微。

夢霞和梨娘，雖相知相悅，相慕相愛，生死不渝，情投意合，但前後僅二次會晤。前一次因李某蓄意陷害夢霞、梨娘，梨娘情急之下，約見夢霞，商量應對之法。月上柳梢頭，人約黃昏後。用這樣的方式見面，不僅梨娘、就是夢霞也不願意，但事出無奈，又不得不如此。半載相思，一朝相見，本該是激情迸湧、欣喜若狂之時，但兩人此時心懷冤憤，哪裏還有歡情可言？燈前握手，簾下談心，原是在心頭時時躍起的願望，但當夢霞真的到了梨娘面前，卻惟有兩行清淚，相對無言。在這深邃幽寂的境地之中，重重心事，「盤旋迴繞於腸角，無一息停，與此時鐘之搖擺聲，作心理上無形之應答。」為了保護名譽，只能犧牲幸福。「滾滾愛河波浪惡」，「東風有意虐殘紅」。「我更何心愛良夜，從今怕見月團圓」。都說相思味苦，誰知相逢更苦。「受盡萬種淒涼，只博一場痛哭」。殘宵將盡，不可再留，在梨娘低唱西方名劇羅米亞（羅密歐與茱麗葉）中「天呀天呀，放亮光進來，放情人出去」的悲切聲中，兩人慘然道別。（第十八章對泣）這段文字，寫一對可憐人因無端受到傷害而悲憤不安的心理，十分傳神。

只因難捨難合，終成多愁多病。梨娘因情而病，心潮起伏，舊恨新愁，觸緒紛至，心懸一線，腸回九折，百感交集，無以自解。病重因情重，病深情愈深。因為沒有心藥，又如何治癒心病？自筠倩歸後，忽然想出「一接木移花之計，僵桃代李之謀」，以筠倩許配夢霞，成就這對天然佳偶，自己也得以擺脫情網，頓時「心地大開，病容若失」。但又想到筠倩醉心自由，夢霞矢志終身，未必肯聽從，頃刻之間，又

「眉峰壓恨，眼角牽愁」了。繼而又想：不管成與不成，只要盡力而為，此心也可釋然。因心中湧起了新的希望，病也就霍然痊癒了。（第十三章心藥）這段描述，曲曲寫出梨娘的感情波瀾，情深意密，娓娓動人。

何、白兩情相戀，礙於禮教，難以晤面，只能通過書信來往，詩詞唱和，抒寫心中深沉執著的思慕和愛戀。這些書信，都是刻畫其心理狀態的佳作。如梨娘病後致夢霞書，勸其向筠倩求婚，宛曲陳情，反覆勸諭，入情入理，情至義盡，令夢霞閱後如痴如醉。（第十四章孽媒）又如梨娘給筠倩的絕筆書，披露心曲，訴說不能言又不得不言的「致死之由」、深埋心中的隱痛，字字皆血淚鑄成，充滿了真愛和真情。（第二十七章隱痛）這些書信，和詩詞一樣，是夢霞和梨娘攀登情山、跋涉恨海的真情記錄。其中有心有靈犀，息息相通的愛憐，有「有情難遂，有恨難平」的怨憤，有一死殉情，以待來生的無奈，有「春蠶到死絲猶縛，蠟炬成灰淚不乾」的遺恨。聲聲掩抑，唏噓欲絕。依戀之誠，溢於言表。

玉梨魂於一九一二年六月起，在上海民權報副刊連載。次年一月，民權出版部出版鉛印單行本，一冊。嗣後翻印本甚多，僅上海清華書局，至一九二八年已出至第三十二版。卷首有吳雙熱序及作者等十人題詞。此書不僅為當時中國最暢銷的小說，而且還遠銷南洋，銷量高達數十萬冊。上海民興社曾將小說改編成話劇。而上海明星影片公司又將小說改編成電影。一九二四年五月九日，影片玉梨魂在上海夏令配克大戲院首映，觀眾如水，好評如潮，隨後從東三省到南洋、菲律賓同時播放，贏利創當時國產片之冠。

在玉梨魂熱潮的推動下，徐枕亞用同樣的題材，另作雪鴻淚史。自一九一四年五月起，在小說叢報創刊號開始連載。這是中國小說史上第一部日記體小說。書中主要人物，悉依玉梨魂原本，情節較玉梨魂增加十之三四，詩詞信札則增加十之五六。

上世紀二十年代，柔石的中篇小說二月問世。這部作品寫一個外來的鄉村中學教師蕭澗秋對寡婦文嫂的同情、和女學生陶嵐的戀情，最後以文嫂含恨自殺、蕭澗秋被迫離開結束。無論其主題思想，還是情節結構，都明顯受玉梨魂的影響。

章目

第一章 葬花

曙煙如夢，朝旭騰輝，光線直射於玻璃窗上，作胭脂色。窗外梨花一株，傍牆玉立，豔籠殘月，香逐曉風，望之亭亭若縞袂仙❶。春睡未醒，而十八姨❷之催命符至矣。香雪繽紛，淚痕狼藉，玉容無主，萬白狂飛，地上鋪成一片雪衣。此時情景，即上群玉山❸頭，遊廣寒宮❹裏，恐亦無以過之。而窗之左假山石畔，則更有辛夷❺一株，輕苞初坼❻，紅豔欲燒，曉露未乾，壓枝無力，芳姿裊娜，照耀於初日之下，如石家錦障❼，令人目眩神迷。寸剪神霞，尺裁晴綺，尚未足喻其姿媚。至牆東之梨花，遙遙相

❶ 縞袂仙：穿著白色絲綢衣服的仙女。縞，細白的生絹。

❷ 十八姨：指風。舊題唐谷神子鄭還古撰博異記載：唐天寶年間，處士崔元微遇見少女醋醋，又隨醋醋去封十八姨處。後知醋醋為石榴花神，封十八姨即風姨（司風女神）。

❸ 群玉山：神話傳說中的仙山，產玉。

❹ 廣寒宮：神話傳說中的月中仙宮。

❺ 辛夷：香木名。又名木蘭。早春開花。白者名玉蘭，又稱迎春、望春。

❻ 坼：分開，裂開。

❼ 石家錦障：石家，指石崇，西晉豪富，性奢侈。錦障，錦步障，遮蔽風塵或視線的錦製屏幕。世說新語汰侈載石崇與司馬昭妻弟王愷鬥富：「君夫（王愷字）作紫絲布步障碧綾裏四十里，石崇作錦步障五十里以敵之。」

對，彼則黯然而泣，此則嫣然而笑，兩處若各闢一天地。同在一境，而丰神態度，不一其情；榮悴開落，各殊其遇。此憔悴可憐之梨花，若為普天下薄命人寫照者。相對夫弄姿鬥豔、工妍善媚之辛夷，實逼處此，其何以堪！梨花滿地不開門❽，花之魂死矣。喚之者誰耶？扶之者誰耶？憐惜之者又誰耶？時則有殘鶯三四，飛集枝頭，促咽啼聲，若為花弔。此外則空庭寂寂，惟有微風動枝，碎片飛舞空中，作一場白戰❾而已。

乃俄焉而窗闢矣，有人探首外望矣。其人丰致瀟灑，而神情慘淡，含愁思，露倦容，固知為替花擔憂而一夜未睡者。時彼倚窗而立，其目光直注射於半殘之梨花，訝曰：「一夜東風，已墮落如斯矣。吾可愛之梨花乎，胡薄命竟乃爾耶？」語時微聞嘆息。窗左之辛夷，與窗內之人，固甚接近，曉日濃烘，迎面欲笑，霞光麗彩，掩映於衣袂間。而彼則視若無睹，似不甚注意者。咄咄，彼何人斯❿？對於已殘之梨花，何若是之多情耶？對於方開之辛夷，又何若是之無情耶？人之所棄，彼獨愛之；人之所愛，彼獨棄之。彼非別有懷抱，而為情場中之奇人耶？彼何人斯？則蘇臺夢霞生是。

春眠不覺曉，處處聞啼鳥⓫。此詩人欺人語也。惜花春起早，愛月夜眠遲⓬。此詩人寫真語也。有

---

❽ 梨花滿地不開門：劉方平春怨：「寂寞空庭春欲晚，梨花滿地不開門。」

❾ 白戰：空著手不拿武器作戰。

❿ 斯：句尾語氣詞。

⓫ 春眠不覺曉二句：語出孟浩然春曉。

⓬ 惜花春起早二句：語出明刊滿天春翠環拆窗。

人於此，春宵不再，竟教推月而閉窗；長夜未闌，不解照花而燒燭⑬，此無情之俗物耳！世之多情人，無不鍾情於花月。既鍾情矣，無不以愛惜示表情之作用。花好月圓，一年幾度，曾謂⑭自負多情者，而忍戀戀於黑甜鄉⑮，撇月拋花，孤負⑯此無價之韶光哉！夢霞生棲身寓館，寄跡窮鄉，鰥緒羈愁，無可告訴，所可借以為寂寞中之良伴，淒涼中之膩友⑰者，惟此庭前之二花耳。此二花也，夢霞不啻⑱視為第二生命，愛惜之惟恐不至，保護之惟恐不力。日則見花於羹，夜則見花於夢。花之色與香，花之魂與影，時時氤氳繚繞於夢霞之心舍，縈迴往復於夢霞之腦海。此時聞亂鳥之悲啼，便披衣而急起。試回思其未起之前，並遞想其未睡之前。蓋昨夜恰值月圓三五，花放萬株，大好良宵，正逢客里，夢霞不忍拋擲此一刻千金⑲之價值，蹀躞⑳徘徊於花之下者，不知其若干次。時而就花談話，時而替花默祝，或對影而長嗟，或攀枝而狂舞。獨立獨行，痴態可掬。洎㉑乎銀壺漏盡，燈花案眠，夜深寒重，砭骨難支，

⑬ 照花而燒燭：蘇軾海棠：「只恐夜深花睡去，故燒高燭照紅妝。」詩中表達了作者希望花長開不謝的情意。
⑭ 曾謂：怎麼可以說。曾，豈，怎。
⑮ 黑甜鄉：夢鄉。黑甜，酣睡。
⑯ 孤負：即辜負。
⑰ 膩友：親密的朋友。
⑱ 不啻：無異於。啻，音ㄔˋ。
⑲ 一刻千金：蘇軾春宵：「春宵一刻值千金，花有清香月有陰。」
⑳ 蹀躞：小步走路。音ㄉㄧㄝˊ ㄒㄧㄝˋ。
㉑ 洎：及，到。音ㄐㄧˋ。

始別花而就枕。鰥魚㉒雙目，徹夜常開。花魂隨之以俱來，睡魔驅之而徑去。直至東方既白，固未嘗稍合其眼簾也。

雖然，夢霞多情矣。夢霞多情，而以花為命矣，則當抱博愛主義，胡獨注情於梨花，而忘情於辛夷耶？夢霞非有所偏愛也，情有所獨鍾也。夢霞寓居此館，僅閱二旬餘，其初來之時，已未及見梨花之盛開矣。枝枝帶雨，憔悴可憐；片片隨風，飄零莫定。花如有情，見夢霞來，忽斂泣容，開笑靨，以歡迎此多情之主人翁。夢霞於舟車勞頓之餘，來此舉目無親之地，淒涼身世，暗淡生涯，偏與此薄命之梨花，無端會合。其相憐相惜之情，如磁引針，如湯融乳，此中感情的同化作用，有不知其所以然者。而彼辛夷一株，則正胭脂初染，蜂蝶未知，嫩畏人看，炙愁日損，桃羞杏讓，嫵媚動人。夢霞則殊淡漠視之。蓋相形之下，此雖可愛，彼更可憐。夢霞意興蕭條，性情悽惻，常處身於憔悴寂寞中，與繁華熱鬧，殊不相宜。其惜花之心事，具有別情，故護花之精神，不無偏屬也。

當時夢霞推窗而望，慘見夫枝頭褪雪、地上眠痕，一片白茫茫，觸眼劇生悲痛。夢霞惜花而早起，花已棄夢霞而長逝耶？痴望良久，逡巡退入室中。徐從左室門出，繞迴廊，下庭階，一路瓊瑤㉓踏碎，步步生香，徑趨樹旁，以臂抱樹而泣曰：「吾可愛之梨花乎，花魂安在？夢霞來矣。薄命哉花乎！託根於寥寂無人之境，重門靜掩，深鎖東風，不求人知，不邀人賞，而偏與我窮愁之客，結短促之緣。花開我不見，花落我才來，尋芳有意，去已嫌遲，花之命薄矣，我之命不更薄耶！我若早來數日，則正值乍

㉒ 鰥魚：魚目長開不閉，故稱人因憂鬱而睜眼無法入睡者為鰥魚。

㉓ 瓊瑤：美玉。這裏指落花。

開時節，玉鱗點點，素豔亭亭，月夕風晨，吾猶得獨憑欄杆，飽接花之香色。我若遲來數日，則已被風欺雨濺，玉碎珠沉，倩影不留，殘香難覓，雖獨對空枝，亦增傷感，然已屬過後之思量，總不敵當前之惆悵。乃不自我先，不自我後，邂逅之時，便是別離之候，冥冥中若有為之顛倒作合胡亂牽引者。『共月不為迷眼伴，與春先作斷腸媒。』酷哉專制之東皇㉔，既已風力逼花殘生，復借將死之花魂，淪我於悲境。我欲叫天閽㉕，叩碧翁㉖，胡憒憒若是，縱此香國魔王，施其摧殘手段，以流毒於鶯花世界耶！」

嗚呼！夢霞殆其痴矣。花豈真能解語者，而與之刺刺㉗不休耶？委地之花，永無上枝之望。而風姨肆虐，且乘夢霞神傷魂斷之時，故使之增其悲痛。一陣狂吹亂打，樹上落不盡之餘花，撲簌簌下如急雨，亂片飛揚，襟袖幾為之滿。夢霞上撫空枝，下臨殘雪，不覺腸迴九折，喉咽三聲，急淚連綿，與碎瓊而俱下，大聲呼曰：「奈何，奈何！」花真有知，聞夢霞哭聲，魂為之醒矣。強起對夢霞作回風之舞，若既感其一片痴情，而尚欲乞憐於死後者。夢霞自念：我既為花之主人，當盡其保護之責。今目睹其橫被摧殘之慘，已等於愛莫能助，則此花死後之收場，捨我更又誰屬？忍再使之沾泥墮溷，飄蕩無依耶？於是徐撲去其衣上之花瓣，徑返室中，荷鋤攜囊而出，一路殷勤收拾，盛之於囊，且行且掃，且掃且哭，破半日功夫，而砌下一堆雪㉘，盡為夢霞之囊中物矣。夢霞荷此飽盛花片之錦囊。欲供之於案上乎？或

㉔ 東皇：東方青帝，司春之神。
㉕ 天閽：天帝的守門人。
㉖ 碧翁：指天。
㉗ 刺刺：形容話多。

藏之於箱中乎？則此花遺蛻㉙，尚在人間，此時雖暫免泥污，他日恐仍無結果。欲投之於池中乎？則地非園林，何處覓一泓清水？夢霞急欲妥籌一位置之法，而躊躇再四，不得一當。忽猛省曰：「林顰卿㉚葬花，為千秋佳話，埋香冢下畔一塊土，即我今日之模型矣。前事不忘，後事之師。多情人用情，固當如是。我何靳㉛此一舉手、一投足之勞，不負完全責任，而為顰卿所笑乎！」語畢復自喜曰：「我有以慰知己矣。」遂欣然收淚，臂挽花鋤，背負花囊，抖擻精神，移步近假山石畔。

　　嗟嗟，匆匆短夢，催醒東風，渺渺相思，恨生南國。地老天荒㉜，可憐人會當此日；蜂愁蝶怨，傷心者何以為情。夢霞既至假山石畔，尋得淨土一方，鋤之成窖，旋以花囊納諸其中；後以鬆土掩其上，使之墳起，以為後日之認識。料理既畢，復入室取案上常飲之玻璃杯，傾瓶出酒少許，再至冢前，向冢之四圍遍灑之。此時夢霞之面上，突現出一種愁慘淒苦之色。蓋彼忽感及夫身世之萍飄絮蕩，其命之薄，正復與此花如出一轍。薄命之花，猶得遇我痴人，痛憐深惜，為之收豔骨、卜佳城㉝，草草一抔㉞，魂棲有所，不可謂非此花之幸也。而我則潦倒半生，淒涼孤館，依人生活，斷梗㉟行蹤。子期不逢，流水

㉘ 砌下一堆雪：杜牧初冬夜飲：「砌下梨花一堆雪，明年誰此憑欄杆？」這裏指梨花。

㉙ 遺蛻：蟬、蛇之類脫皮去殼稱蛻。道家謂人死亡如蟬蛻殼，也稱人死為蛻。這裏借指凋落的花瓣。

㉚ 林顰卿：紅樓夢人物林黛玉，因多愁善感，眉頭長蹙，人稱顰兒。

㉛ 靳：吝惜。音ㄐㄧㄣ。

㉜ 地老天荒：也作「天荒地老」。李賀致酒行：「天荒地老無人識。」極言歷時久遠。

㉝ 佳城：墓地。

㉞ 一抔：一掬之土。抔，音ㄆㄡˊ。以雙手捧物。

長逝㊱。那知今日，又是明朝，前途無路，後顧難堪。我生不辰㊲，命窮若此，誰從死後識方干㊳耶！於是高吟顰卿「儂今葬花人笑痴，他年葬儂知是誰㊴」之句，不覺觸緒生悲，因時興感。鶯花易老，天地無情。嘆韶光之不再，望知己兮雲遙。對此茫茫，百端交集，蒼涼感喟，不知涕泗之何從。埋香冢前之顰卿，猶有一痴寶玉引為同調，今夢霞獨在此處繼續顰卿之舉，顰卿固安在耶？笑夢霞之痴者何人耶？能與夢霞表同情而賠淚者又何人耶？夢霞之知己，則僅此冢中之花耳。夢霞乃含悲帶淚，招花魂而哭之，曰：「冢中之花乎，三生㊵痴夢，醒乎否乎？汝命何短，我恨方長。香泥一掬，以安汝骨；芳草一叢，以伴汝魂；慘酒一杯，以為汝奠；淒禽一聲，以為汝弔。汝其知也耶？其不知也耶？嗟嗟！舊日風情，今成泡影，卻悲淨質，猶在塵寰。燕子樓不堪回首，空留盼盼之名㊶，牡丹亭果否還魂，誰見亭亭之影㊷？

㉟ 斷梗：斷枝。前人常用「斷梗飄蓬」比喻飄流不定。

㊱ 子期不逢二句：春秋時伯牙善彈琴，其友鍾子期知音。伯牙彈琴，志在高山，鍾子期聽了說：「善哉，峨峨兮若泰山！」伯牙志在流水，鍾子期聽了就說：「善哉，洋洋兮若江河！」鍾子期死後，伯牙以為世上已無知音，絕絃不再彈琴。

㊲ 我生不辰：詩經大雅桑柔：「我生不辰，逢天僤（大）怒。」不辰，不得其時。

㊳ 方干：字雄飛。唐太宗時舉進士，因貌醜，且缺唇，不與科名。隱居會稽鏡湖，終身不出。死後，宰相張文蔚奏文士不第者十五人，其中包括方干，因追賜及第。

㊴ 儂今葬花人笑痴二句：語出紅樓夢第二十七回葬花吟。

㊵ 三生：佛教謂前生、今生、來生為三生。

㊶ 燕子樓不堪回首二句：唐代徐州妓關盼盼，善歌舞，工詩文。貞元中，尚書張愔納以為妾，築燕子樓。尚書死，盼盼居燕子樓十五年不嫁。後得白居易燕子樓詩，有感，不食而卒。

然而笳聲咽月，文君有歸漢之期㊸；指印留環，玉簫踐再生之約㊹。花如知感，則來歲春回，應先著東風，早胎異卉，以償余之深情，慰余之痴望耳。」夢霞至此，已哭不成聲矣。

歷碌㊺半日，心碎神疲，加以昨夜未曾安枕，經此劇痛，體益不支。遂返身入室。庭前又寂無一人，惟有新墳一尺，四圍皆夢霞淚痕，點點滴滴，沁入泥中，黏成一片而已。

㊷牡丹亭果否還魂二句：明代湯顯祖作傳奇劇牡丹亭（又名還魂記），寫南安太守杜寶子女杜麗娘夢中與書生柳夢梅相愛，醒後感傷致死。三年後柳夢梅至南安養病，發現杜麗娘自畫像，深為愛慕。麗娘感而復生，兩人終成眷屬。亭亭之影，指女子美好的身影。

㊸然而笳聲咽月二句：文君，蔡琰，字文姬，蔡邕之女。漢末大亂，為董卓部將所虜，後歸匈奴左賢王，居匈奴十二年。曹操念蔡邕無後，以金璧贖歸。博學能詩，有五言悲憤詩及琴曲胡笳十八拍。笳，胡笳，北方少數民族所用的管樂器。

㊹指印留環二句：唐范攄雲溪友議載：韋皐遊江夏，與青衣玉簫有情，約七年後再會，留下玉指環作為信物。事過八年，韋皐未至，玉簫絕食而死。後韋皐得一歌姬，酷似玉簫再生，中指有肉隱隱露出玉環形。

㊺歷碌：忙碌。

第二章　夜哭

小院春深，亞❶枝日午，炊煙縷縷，搖曳空中，正黃粱飯熟時矣。夢霞自晨起後，即赴樹下，拾花葬花哭花，瘁心憚力，半日於茲。入室後體倦欲眠，而館僮適取午膳至。須臾飯畢，飲清茗一杯，以醒詩脾。環行於室中者數周，仍倚窗而立。時辛夷方大開，映日爭光，流霞成彩，突然觸其眼簾。夢霞對之而嘆曰：「彼何花乎，若斯之豔也！倚託東風之勢，逞姿弄媚，百六韶光❷，幾為渠❸占盡。亦知名花易老，好景不常。後封姨之恩威並用，其手段至辣，其施放至公，此花既受其吹噓，必仍被其摧折，後日亦終與冢中之花，同歸於盡。腥紅萬枝，吾視之直點點血淚耳。」夢霞獨自沉思，滿目閒愁，苦難擺脫，乃就案頭，擘箋拈管，賦詩二首曰：

梨花

❶ 亞：通「壓」。低垂的樣子。

❷ 百六韶光：春光。百六，指寒食節。從冬至到寒食，計一百零六日，故云。

❸ 渠：他。

幽情一片墮荒村，花落春深晝閉門。
知否有人同濺淚，問渠無語最銷魂。
粉痕欲化香猶戀，玉骨何依夢未溫。
王孫不歸青女去，可憐孤負好黃昏。

辛夷（即木筆）

脫盡蘭胎豔太奢，蕊珠宮❹裏鬥春華。
浥枝曉露容方濕，隔院東風信尚賒。
錦字密書千點血，霞紋深護一重紗。
題紅愧乏江郎筆❺，不稱今朝詠此花。

書竟，復朗誦一遍，擱筆沉吟，百無聊賴。繼念香魂雖有依歸，新冢尚無表識，於心不能無歉。夢霞固擅雕龍❻之技者，乃取白石一方，斵❼而平之，伏案奏刀，二時始就。其文曰：

---

❹ 蕊珠宮：道家傳說天上上清宮有蕊珠宮，神仙所居。

❺ 江郎筆：南朝詩人江淹少時，夢見有人授五色筆，由此文才斐然。晚年又夢見郭璞索還其筆，以後作詩，再無佳句，世稱「江郎才盡」。

❻ 雕龍：雕鏤龍文。比喻善於修飾文辭。這裏指雕刻、篆刻。

己酉三月青陵恨人題

呼館僮持去，立之冢前。而夢霞此時實倦極矣，遂倒榻而眠，沉沉睡去，不復知夕陽之西下也。

金烏❽沒影，珠蚌❾剖胎。一天涼意，滿地流波。比及夢霞醒時，已月移花影上欄杆❿矣。壁上時鐘，正叮噹敲十下。月光從窗罅透入帳中，照衾枕上，花紋盡現。時覺寒氣驟加，夢霞深深擁被，方擬重續殘夢，忽聞隱隱有嗚咽之聲，不知何自而至。夢霞大驚異，倦眼朦朧，豁然清醒，側耳靜聆，細察其聲浪所傳出之方向，則決其為來自窗外者。哭聲幽咽，淒淒切切，若斷若續，聞之令人惻然心動。夢霞驚定而怖，默揣此地白晝尚無人跡，深夜何人來此哀哭。嗚呼噫嘻！吾知之矣，是必梨花之魂也。彼殆感余埋骨之情，於月明人靜後，來伴余之寂寞乎！閱者諸君，此不過夢霞之理想，實亦事實上所決無者也。

夢霞膽驟壯，急欲起而窺其究竟。披衣覓履，躡行至窗前，露半面於玻璃上，向外窺之，瞥見一女郎在梨樹下。縞裳練裙，亭亭玉立，不施脂粉，而丰致秀娟，態度幽閒，凌波微步⓫，飄飄欲仙。時正

---

❼ 斸：砍，斫。音ㄓㄨˊ。

❽ 金烏：傳說日中有三足烏，故稱太陽為金烏。

❾ 珠蚌：傳說明珠出自東海，藏在蚌中，故稱明珠為珠蚌。因月光明亮如珠，又以珠蚌借指月亮。

❿ 月移花影上欄杆：王安石夜直：「春色惱人眠不得，月移花影上欄干。」

⓫ 凌波微步：語出曹植洛神賦。形容女子走路時步履輕盈。

月華如水，夜色澄然，腮花眼尾，了了可辨。是非真梨花之化身耶？觀其黛娥雙蹙，撫樹而哭，淚絲界面，鬟低而纖腰欲折。其聲之宛轉纏綿，淒清流動，如孤鸞之啼月，如雛雁之呼群，一時枝上棲禽，盡聞聲而驚起。哭良久，忽見女郎以巾拭淚，垂頸注視地上，狀甚驚訝。旋回眸四矚，似已見新冢上之碑識，纖腰徐轉，細步行來，既至冢前，遽以纖掌摩撫碑文，點首者再。繼巡視冢前一周，又低眉沉思半晌，而哭聲又作矣。此次之哭，比前更覺哀痛，嗚嗚咽咽，淒入心脾，與顰卿之哭埋香冢，誠可謂無獨有偶。此時夢霞與女郎之距離，不過二三尺地。月明之下，上而鬢角眉尖，下而襪痕裙褶，無不瞭然於夢霞之眼中，乃二十餘絕世佳人也。夢霞既驚其幽豔，復感其痴情，又憐其珊珊玉骨，何以禁受如許夜寒，一時魂迷意醉，腦海中驟呈無數不可思議之現象。忽聞錚然一聲，夢霞如夢初醒。蓋出神之至，不覺以額觸玻璃作聲也。再視女郎，則已不見，惟有寒風惻惻，涼月紛紛，已近三更天氣矣。無可奈何，乃復就枕。此夜之能安睡與否，則夢霞未以告作書者。以意度之，固當為夢霞誦關雎⑫三章耳。

咄咄，女郎何來？女郎何哭？哭又何以哀痛至是？哭花耶？哭冢耶？抑別有所苦耶？吾知女郎殆必與梨花同其薄命，且必與夢霞同具痴情。其哭也，借花以哭己耳。嗚呼，夢霞幸矣！茫茫宇宙，固尚有與之表同情而賠淚者乎！瀟湘沉恨，萬劫不消⑬；頑石回頭，三生可證⑭。蓋此夜之奇逢，即夢霞入夢

⑫ 關雎：詩經周南篇名。寫男女熱戀相思之情。「關關雎鳩，在河之洲。窈窕淑女，君子好逑。」歷來傳誦不絕。

⑬ 瀟湘沉恨二句：相傳舜南巡，死於蒼梧。其二妃娥皇、女英追至湘江，痛哭而死。萬劫，即萬世。佛家謂世界一成一毀為一劫。

⑭ 頑石回頭二句：唐袁郊甘澤謠載：唐人李源與僧人圓觀友好，圓觀和李源約定，在他死後十二年，到杭州天

之始矣。

閱者諸君，亦知此女郎果為何人乎？女郎固非梨花之魂，乃梨花之影也。此薄命之女郎，與多情之夢霞，皆為是書中之主人翁。欲知女郎之來歷，當先悉夢霞之行蹤。

夢霞姓何，名憑，別號青陵恨人。籍隸蘇之太湖。其生也，母夢彩霞一朵，從空飛下，因以夢霞為字。家本書香，門推望族。父某為邑名諸生⑮，生女一子二，長字劍青，次即夢霞也。夢霞以生有夢異，父母尤鍾愛之。雙珠雙璧，照耀門楣，親友咸嘖嘖忻羨。夢霞幼時，冰神玉骨，頭角嶄然。捧書隨兄，累累兩丱⑯。小時了了，譽噪神童；長更槃槃⑰，人呼才子。其父每顧夢霞而喜曰：「得此佳兒，以娛晚景，世間真樂，無過於是。」父本淡於功名，且以夢霞非凡品也，不欲其習舉子業⑱，入名利場。夢霞乃得專肆力於詩古文辭，旁覽及夫傳奇野史，心地為之大開，而於諸書中，尤心醉於石頭記⑲，案頭枕畔，頃刻不離。前生夙慧，早種情根；少小多愁，便非幸福。才美者情必深，情多者愁亦苦。石頭記

竺寺相見。十二年後李源到寺前，有一牧童唱道：「三生石上舊精魂，賞月吟風不要論。慚愧情人遠相訪，此身雖異性長存。」牧童就是圓觀的託身。

⑮ 諸生：明、清時經省各級考試錄取入府、州、縣學者，稱生員（俗稱秀才）。生員有各種名目，統稱諸生。

⑯ 丱：古代兒童束髮分成兩角的樣子。這裏借指兒童。音ㄍㄨㄢˋ。

⑰ 槃槃：形容大。世說新語賞譽下「諺曰：揚州獨步王文度」注引南朝宋檀道鸞續晉陽秋：「時人為一代盛譽者語曰：『太才槃槃謝家安，江東獨步王文度，盛德日新郗嘉賓。』」

⑱ 舉子業：指科舉時代專為應試的學業。

⑲ 石頭記：紅樓夢原名石頭記。

一書，弄才之筆，談情之書，寫愁之作也。夢霞固才人也，情人也，亦愁人也。每一展卷，便替古人擔憂，為痴兒叫屈。鶯春雁夜，月夕風晨，不知為寶、黛之情摯緣慳⑳，拋卻多少無名血淚。而於黛玉之葬花寄恨，焚稿斷情，尤深惜其才多命薄，恨闊情長。時或咄咄書空㉑，悠然遐想，冀天下有似之者。書窗課暇，嘗戲以書中人物，上自史太君，下至傻大姐，各綜其事跡，系以一詩，筆豔墨香，銷魂一世。其昵友某見之曰：「痴公子幾生修到，君有忻慕心，以是因果，恐將跌入大觀園㉒裏，受諸苦惱去也。」夢霞知其諷己，一笑置之。噫！孰知不數年而其友之言果驗。一紙淚痕，竟為情券耶？

十年蹭蹬，蹋落霜蹄㉓；一卷吟哦，沉埋雪案㉔。夢霞雖薄視功名，亦曾兩應童試㉕，皆不售。抑鬱無聊，空作長沙之哭㉖。適值變法㉗之際，青年學子，咸棄舊業，求新學，負笈擔簦，爭先恐後。夢

⑳ 慳：缺少。音ㄑㄧㄢ。

㉑ 咄咄書空：世說新語黜免載：東晉殷浩被桓溫罷免後，整天用手在空中書寫「咄咄怪事」四字。後常用以形容出人意外的事。

㉒ 大觀園：紅樓夢中眾姊妹所居園名。

㉓ 霜蹄：踏碎清霜的馬蹄。常用以形容人在外奔波。

㉔ 雪案：雪光映照的几案。常用以形容人刻苦好學。

㉕ 童試：童生試。明、清兩代取得生員（秀才）資格的入學考試。

㉖ 長沙之哭：長沙，指賈誼，西漢政論家、文學家。其陳政事疏，評論時事，多次出現「可為痛哭者」、「可為流涕者」、「可為長太息者」等語。文帝時，被公卿排擠，謫為長沙王太傅。

㉗ 變法：指清末康有為、梁啟超等人發動的維新變法。

霞亦於此時，別其父母，肄業於兩江師範學校，卒以最優等畢業，時年已及冠㉘矣。姊適弘農楊氏，早賦于歸㉙。劍青亦已授室㉚，行抱子矣。父母欲即為夢霞卜婚，藉了向平之願㉛。夢霞殊不願，問其故，則不答；固問之，則泫然欲涕。父母疑有外遇，遍偵其同學，莫得端倪，心竊異之，不知夢霞之心事，固有難以告人者。顧影自憐，知音未遇，佳人難再，魂夢為勞。一片痴心，欲得天下第一多情之女子而事之，不敢輕問津於桃源俗豔。蓋此乃畢生哀樂問題，原非可以草草解決者也。

無何，靈椿㉜失蔭㉝，家道中落。劍青遠遊楚閩，夢霞亦以家居無聊，擬橐筆㉞作糊口計。適其同學有為之介紹於蓉湖㉟某校，函招之往。夢霞雅不願獻身教育界，而其母以蓉湖有遠戚崔氏，六七年不通音問，力縱恿夢霞應該校聘，得以便道就詢近狀。夢霞不忍拂慈母意，即擇日治裝往，襆被一條，破

㉘ 及冠：古代男子二十歲行成人禮，結髮戴冠。及冠即年滿二十。

㉙ 于歸：詩經周南桃夭：「之子于歸，宜其室家。」于，助詞，無義。後來稱女子出嫁為于歸。

㉚ 授室：原意為把家事交付給新婦。後用以稱為子娶媳。

㉛ 向平之願：向平，向子平。東漢光武帝建武中，子女婚嫁已畢，遂不問家事，出遊名山大川，不知所終。舊時稱子女已婚嫁自立為向平願了。

㉜ 靈椿：五代後周竇禹鈞五子相繼登科，馮道贈禹鈞詩云：「靈椿一株老，仙桂五枝芳。」以靈椿喻父。

㉝ 失蔭：蔭，庇護。這裏指父死。

㉞ 橐筆：古代書史小吏，插筆於頭頸，侍立於帝王大臣左右，以備隨時記事，稱持橐簪筆，簡稱橐筆。後用以指文士的筆墨生涯。

㉟ 蓉湖：在江蘇無錫西北，屬大運河一部分，舊時為米市最盛之地。

書半篋。自此而夢霞遂棄其家庭之幸福，飽嘗羈人之況味矣。

春帆一角，影落蓉湖。既登岸，則該校固地處窮鄉，與城市隔絕不通。夢霞亦不嫌其冷僻，轉喜其得遠煩囂。惟校舍湫隘，下榻處黝暗無光，殊不適於衛生，乃便詢崔氏居，則相距僅半里許耳。是晚夢霞即呼校役導之往，中途忽念臨行時忘問阿母，彼家係何戚屬，作何稱謂，一無所知，而貿然晉謁，將如何酬應耶？但已至此，亦無奈之。既屬疏遠之戚，則年長者呼以伯叔，年相若者呼以兄弟，即有乖誤，想亦不至被人家笑話。夢霞此時，正如醜媳將見翁姑，跼蹐愧赧，至不可狀。

燕子窺人，鸚哥喚客。夢霞入門投刺，主人知為姑蘇遠戚，倒屣㊱出迎，則一六十餘之頒白㊲叟也。登堂讓座後，即現其極和藹之貌，出其極親愛之語，謂夢霞曰：「百年姻眷，一水迢遙，斷絕音書，於茲六載。今日甚風兒吹得吾侄到此，真令老夫出於意外。怪道晨來喜鵲繞屋亂噪也。」繼問若翁及若母，俱無恙否。夢霞泫然答曰：「謝老伯垂念，先父見背，已一年餘矣。門庭冷落，家業凋零。寡婦孤兒，孰加存問。」語至此，備述其應聘來錫，及臨行老母敦囑便道探詢意。崔父聞言，亦欷歔不止，繼而曰：「吾侄遭家不造，孤苦伶仃，聞之令我心痛。然觀吾侄頭角凌雲，胸襟吞海，青年飽學，騰達有期。有子克家㊳，死者有知，亦當瞑目泉下。所難堪者老夫耳！老夫中年始得一子，去歲忽病疫死。昊天不弔㊴，

㊱ 倒屣：古人家居，脫鞋席地而坐。客人來，急於迎客，把鞋倒穿。三國志魏書王粲傳載：王粲去拜訪蔡邕，蔡邕倒屣出迎。後用以形容熱情迎客。

㊲ 頒白：通作「斑白」，謂鬚髮花白。

㊳ 克家：本指能治理家族中的事務，後轉為能管理家業。

奪吾愛兒。垂暮之年，淪斯逆境，何命之窮也！西河賢者，痛抱喪明㊵；東野達人，詩傳失子㊶。老夫何人，而能為太上之忘情㊷，忍使青春少婦，便上望夫之臺，黃口孤兒，難覓阿爺之面。傷矣傷矣，殘年無幾，後顧茫茫。今幸吾侄掌教是鄉，辱日莩末㊸之親，遺此一塊肉，意欲重累吾侄，為老夫訓迪，俾得略識之無，不墮詩書舊業。皆出吾侄所賜，老夫雖死，亦銜感靡涯矣。」夢霞起立而答曰：「承吾伯厚愛，敢不從命，但恐侄才微力薄，有負重託。敢問令孫年幾何矣？」崔父曰：「僅八齡耳，孩提之童，尚不能離其母。既吾侄不棄，敢請移榻敝廬，俾得朝夕過從，老夫亦得快瞻矞㊹采，飽接清譚㊺，何幸如之。」夢霞私念校中正無設榻處，去彼就此，計亦良得，遂慨然允諾。崔父喜曰：「吾侄真快人哉！東壁一書舍，地頗僻靜，亡兒在日，讀書其中。自渠死後，老夫不忍至其地，封閉已久。是舍面山

㊴ 昊天不弔：上天不加憐恤。

㊵ 西河賢者二句：孔子弟子卜商，字子夏。孔子去世，子夏居西河（在今河南安陽）教授，為魏文侯師。其子死，痛哭失明。

㊶ 東野達人二句：唐代詩人孟郊，字東野。終老無子。韓愈孟東野失子序：「東野連產三子，不數日輒失之。幾老，念無後以悲。」孟郊悼幼子詩：「負我十年恩，欠爾千行淚。」

㊷ 太上之忘情：世說新語傷逝載：西晉王戎喪子，悲不自勝。山簡前去慰問，勸道：「孩抱中物，何至於此。」王戎道：「聖人忘情，最下不及情，親自所鍾，正在我輩。」太上，最上，指聖人。忘情，對喜怒哀樂之事不動感情。

㊸ 莩末：喻微薄。

㊹ 矞：彩雲。這裏用以形容文采。音ㄩˋ。

㊺ 譚：同「談」。

背池，風景絕佳，庭前亦略具花木，尚可為吾侄醉吟遊憩之所。吾侄不嫌唐突，今夜便將行李移來，何如？」夢霞曰：「甚善。」崔父隨喚婢媼，問汝梨娘取鑰啟書室門，將室中灑掃收拾。夢霞亦囑校役回校取行裝至，是夜即下榻其中焉。

第三章 課兒

白雲蒼狗❶，變幻無常；秋月春風，等閒輕度。昔人謂釋氏因緣兩字，足補聖經賢傳之闕。人生遇合，到處皆緣。緣未至不得營求，緣既至無從規避。夢霞家虎阜❷之麓，忽泛蓉湖之棹；既應聘而任錫校之教職，忽更輾轉而為崔氏之寓公，是非所謂緣耶？然夢霞以為緣，而夢霞之緣，尚未至也。半月光陰，孤愁滋味，十分寂寞。萬種牢騷，不得已而寄其情於花，寄其情於花之魂，而拾花，而葬花，而哭花。種種奇情，介紹種種奇緣。落花半畝，五夜獨來；皓月一輪，兩心同照。一夜相思之夢，百年長恨之媒。嗚呼夢霞，豈知從此遂淪於苦海乎！

殘月窺簾，寒風撼壁，碧紗窗上，映一亭亭小影，窗內時聞微嘆噫。誰家女郎，深夜不眠，而獨坐愁苦耶？時女郎悄對銀釭❸，以手支頤，低眉若有所思。兩腮間淚痕猶濕，真如帶雨梨花，不勝其憔悴可憐之狀。但見淚痕濕，不知心恨誰❹？女郎之心誰知之，女郎之淚亦誰見之耶？未幾忽聞帳中兒啼聲，

❶ 白雲蒼狗：杜甫可嘆：「天上浮雲如白衣，斯須改變如蒼狗。」比喻世事變幻無常。
❷ 虎阜：蘇州閶門外虎丘山。春秋時期，吳王闔閭葬於虎丘劍池下。有「吳中第一名勝」的美稱。
❸ 銀釭：銀燈。
❹ 但見淚痕濕二句：語出李白怨情。

女郎乃拭淚而起，入帳撫兒。旋亦卸裝就睡，而絳幘❺雞人❻，已連聲報曉矣。

嗚呼！碧紗窗內之女郎，非即梨花冢前之女郎耶？兒啼聲中之女郎，非即夢霞眼裏之女郎耶？記者筆下之女郎，非即崔父口中之梨娘耶？梨娘何人，白氏之長女，而崔氏之新孀也。結褵❼八載，永訣一朝。鬼伯驅人，不分皂白；孀雌對影，無奈昏黃。惱煞檐前鸜鵒，聲聲猶喚梳頭；怪他枕上鴛鴦，夜夜何曾入夢。負負❽年華，才周花信❾；茫茫恩愛，遽歇風流。傷心哉，冢上白楊，已堪作柱；閨中紅粉，爭不成灰❿。梨娘之命不猶⓫，梨娘之怨何如耶？已分妝臺菱碎，黃鵠吟成⓬；誰知空谷蘭馨，白駒聲

❺ 絳幘：漢代宿衛士所穿的紅色服裝。後泛指宮中更人服裝。

❻ 雞人：古代報曉之官。

❼ 結褵：古代嫁女的一種形式。後也用以指男女成婚。

❽ 負負：猶言慚愧。

❾ 才周花信：花信，花信風，即應花期而來的風。自小寒（西曆一月六日）至穀雨（西曆四月二十日），凡四月，共八個節氣，一百二十日。每五日一候，計二十四候，每候應以一種花的信風，為二十四番花信風。這裏意謂才滿二十四歲。

❿ 冢上白楊四句：白居易燕子樓：「今春有客洛陽回，曾到尚書墓上來。見說白楊堪作柱，爭教紅粉不成灰。」關盼盼即讀此詩而卒。

⓫ 不猶：詩經召南小星：「嘒彼小星，維參與昴。肅肅宵征，抱衾與裯。寔命不猶。」寔，韓詩外傳作「實」。不猶，不如。意謂命不如人。

⓬ 已分妝臺菱碎二句：菱，菱鏡，菱花鏡。菱鏡破碎，借喻夫婦永別。列女傳載：魯國陶嬰年輕守寡，奉養婆母。有魯人想娶她，陶嬰乃作歌拒絕：「黃鵠早寡，七年不雙。宛頸獨宿，不與眾同。夜半悲鳴，想其故雄。

至⑬。美人薄命，名士多情。五百年前，孽冤未了。夢霞不來，而梨娘之怨苦，夢霞來而梨娘之恨更長矣。

青衫舊淚，黃口新聲。夢霞自寓居崔氏後，日則自去自來，夜則獨眠獨坐。幸梨娘之兒，年方束髮⑭，性具慧根。笑啼之態，咿呀之聲，唇齒未清，丰姿可愛。案頭燈下，頗解人懷。而夢霞以其為無父之孤兒，尤加意護持，盡心撫恤。雖值悲憤莫泄之時，見兒來則化愁為喜，破涕為歡。從未嘗以疾言厲色，驚彼嫩弱之膽囊。蓋其慈祥仁愛，出於天性使然，並非對於崔氏之兒，而另換一副心腸也。兒名鵬郎，夢霞字以霄史。蓋祝其異日摶風⑮萬里，而翱翔於天霄也。鵬郎初入學，一夕便能識字數十。夢霞以其聰穎異於常兒，愛之彌甚，撫抱提攜，直以良師而兼慈母。鵬郎則動靜自然，天真爛漫，以得夢霞之憐愛，故對夢霞殊多依戀之誠，略無畏懼之意。韋莊有「曉傍柳陰迎竹馬，夜偎燈影弄先生」之句⑯，不啻為夢霞、鵬郎詠矣。

飛鳥尚然，況於貞良。」這裏借指梨娘立志守節。

⑬ 誰知空谷蘭馨二句：詩經小雅白駒：「皎皎白駒，在彼之谷。生芻一束，其人如玉。」原詩為別友思賢之作。這裏用以比喻夢霞到來。

⑭ 束髮：古代男孩成童，將頭髮束成一髻。用以代指成童。

⑮ 摶風：莊子逍遙遊：「摶扶搖而上者九萬里。」扶搖，旋風，謂大鵬如旋風環飛而上。後因稱鳥乘風捷上曰摶風。

⑯ 韋莊有曉傍柳陰迎竹馬二句：韋莊，字端己，長安杜陵（今陝西西安東南）人。五代前蜀詩人。所引詩句出途次逢李氏兄弟感舊。

梨娘青年早寡，遺此孤雛，其鍾愛之深，自可想見。方夢霞之來也，崔父告梨娘，欲遣鵬兒從之學，梨娘不敢違翁命，而柔腸輾轉，竊焉憂之。蓋恐鵬郎喜嬉畏讀，憨跳性成；夢霞或少年浮燥，不諳兒性，一不如意，毒施以無情之夏楚⑰，強迫以過嚴之功課，步步約束，重重壓制，豈非傷吾可愛之兒。梨娘方以私意窺測夢霞，孰知夢霞竟出梨娘意外，而大有以慰梨娘耶！每夕鵬郎入室就讀後，梨娘輒顰眉獨坐，忐忑不寧，密遣侍兒潛至窗外偵聽。繼知夢霞教養兼施，憐恤倍至，其愛鵬郎，直如己子，梨娘為之大慰，不覺以愛其子之故，遂有敬慕夢霞之心。以為彼君子兮，溫其如玉⑱。性情若是其醇篤，才華必極其濃郁，吾兒何幸，得此良師耶！忽又轉念，彼江湖落魄，客舍傷春，舉目無可語之人，仰首作問天之想，其境遇之窮，實堪憐憫。燈光黯黯，羈緒鰥鰥⑲，少年意氣，消磨已盡，豈非天下之傷心人歟？蓋至此而兩人暗中一線之愛情已怦怦欲動矣。

月姊曾看下彩蟾，傾城消息隔重簾⑳。夢霞雖為崔氏之遠戚，竟不知崔氏家中之眷屬。然鵬郎無父，夢霞固早知之，則鵬郎有母，夢霞豈不知之。況梨娘之名，已出之於崔父之口耶！然夢霞雖知有梨娘，而梨娘之年、之貌、之才，均未一一深悉。第得諸婢媼無意道及梨娘，日間每自課鵬郎，手書方字教之讀；繡餘之暇，輒以一卷自遣，有時或拈筆微哦，披箋屬草，案頭稿積盈尺，而架上則萬軸牙籤㉑，琳

---

⑰ 夏楚：兩種木名。古時常用作教學的體罰工具。

⑱ 溫其如玉：詩經秦風小戎：「言念君子，溫其如玉。」謂人性情平和。

⑲ 鰥鰥：睜著眼難以入睡的樣子。

⑳ 月姊曾看下彩蟾二句：語出李商隱水天閒話舊事。月姊，指月中仙子，月宮嫦娥。看，原詩作「逢」。

琅滿目；其整理之精潔，陳設之幽雅，絕不類香閨繡閣。於是夢霞始知梨娘為多才之女子，其撫孤足與畫荻之歐陽㉒媲美，其敏慧又足與詠絮之道韞㉓抗衡。惜乎女子才多，每遭天忌，紅顏一例，今古同悲。非早年蕙折蘭摧，即中道鸞離鳳拆。月老荒唐，錯註姻緣之譜；風情銷歇，闢開愁恨之天。小草有情，可憐獨活；好花無恙，只是將離。如梨娘者，即可為普天下薄命女兒，作一可憐之榜樣矣。夢霞傾慕梨娘之心甚殷，愛憐梨娘之心更摯，因慕而生戀，因戀而成痴。未幾而窗外聞聲，月中偷眼，素娥斗影，倩女歸魂，來若驚鴻，去如飛燕，夢霞固決其為梨娘也。三生因果，今夜奇逢；一冢淒涼，他生莫卜。望風灑淚，兩人同此痴情；對月盟心，一見便成知己。夢霞又不暇為已死之梨花弔，而為現在之梨娘悲矣。

誦聲朗朗，人影雙雙，夢霞課鵬郎讀，每夕以二小時為限。鐘鳴九下，則呼館僮抱之出，不欲久稽時刻以苦之也。鵬郎既出，梨娘必喃喃問：今日識幾字？先生愛汝否？汝曾觸怒先生否？先生作何事？觀書乎？作字乎？必待鵬郎一一答畢，乃徐徐為之脫衣解履，抱置於牀，而下帳焉。吁嗟嫠婦，鞠育孤兒，月照空閨，遲回不能遽寢，輒就燈下刺繡，遣此長宵。鵬郎則鼾然熟睡，睡中或作囈語，迭呼阿母，

㉑ 牙籤：象牙製的圖書標籤。

㉒ 畫荻之歐陽：北宋歐陽修四歲喪父，母鄭氏親自執教。家貧，無紙筆，以荻畫地學書。

㉓ 詠絮之道韞：謝道韞，東晉陳郡陽夏（今河南太康）人。謝安侄女，王凝之妻。聰慧有才辯。嘗在家遇雪，謝安問像什麼，其侄謝朗曰：「撒鹽空中差可擬。」道韞曰：「未若柳絮因風起。」謝安大悅。世稱「詠絮才」。見世說新語言語。

著意催眠。梨娘一陣傷心，每為鵬郎喚起，未嘗不泫然而涕也。

一夕，鵬郎嘻嘻然白其母曰：「先生愛兒甚，加兒於膝，攬兒於懷，握兒手，吻兒頰，笑問兒曰：鵬郎鵬郎，汝肯離卻慈母而伴余眠乎？鵬郎鵬郎，汝知余獨宿無聊寢不成寐乎？」梨娘聞鵬郎言，腦海翻騰恨海之潮，心灰撥起情灰之熱，表愁有淚，長嘆無言。默念晚近世人情不古，飄若輕雲，寡婦孤兒，每受人白眼。彼誠多情人哉？誠熱腸人哉？撫我愛兒，無微不至。從此梨娘私心耿耿，非特敬慕夢霞已也，且至於感激涕零，而有不能自已者。

錦上添花，雪中送炭。炎涼世態，到處皆然。人生不幸，拋棄家鄉，飄飖客土，舟車勞頓，行李蕭條，夜館燈昏，形影相弔，一身之外，可親可暱者，更有阿誰？譬之寄生草然，危根孤植，護持灌溉之無人，其不憔悴以死者幸矣。嗟嗟，草草勞人㉔，頻驚駒影；飄飄遊子，未遂烏私㉕。帶一腔離別之情，下三月鶯花之淚。異鄉景物，觸目盡足傷心；浮世人情，身受方知意薄。一燈一榻，踽踽涼涼㉖，誰為之問暖噓寒，誰為之調羹進食。此客中之苦況，羈人無不嘗之。而夢霞之寄跡蓉湖，則獨占旅居之幸福，獨得主人之優待，不覺有絲毫之苦。賓至如歸，幾忘卻此非吾土。日則有崔父助其閒談，夜則有鵬郎伴其岑寂，衣垢則婢媼為之洗滌，地污則館僮為之糞除。而其飲饌之精潔，侍奉之周至，即求之於家庭，亦得未曾有。待先生如此其忠且敬者，皆出梨娘意也。夢霞知之，夢霞德之，於是教育鵬郎，更瘁心力。

㉔ 草草勞人：詩經小雅巷伯：「勞人草草。」勞人，憂愁失意的人。草草，憂愁的樣子。

㉕ 烏私：舊稱烏鳥反哺，故稱侍養父母為展烏私，取其能報本。

㉖ 踽踽涼涼：踽踽，音ㄐㄩˇ ㄐㄩˇ。孤獨的樣子。涼涼，冷冷清清的樣子。

間或向鵬郎微露感謝梨娘之意。鵬郎童子也，童子喜饒舌，苟有所聞於先生者，入必學舌以告其母。嗚呼！閨中少婦，闈外書生，雖未接一言，未謀一面，早已惺惺相惜，心心相印矣。

夢霞早出赴校，及暮歸寓，日以為常。七日中僅得偷閒一日耳。其葬花之舉，是日正值星期放假，故得優遊終日，消遣閒情，不意即於是夜獲睹梨娘一面。今夕何夕，見此粲者㉗。不期而遇，亦天假之緣也。方梨娘潛步至庭中，時正月明人靜，萬籟沉沉，逆料此時夢霞必已入睡鄉矣。欲覓殘英㉘，已無剩影。憑弔埋香之冢，抔土未乾；摩挲墜淚之碑，情詞太豔。此時梨娘欲為花弔耶？而念及己之薄命，更有甚於花者，則自弔之不暇矣。此花遇多情之夢霞，開時有保護之人，落後免飄零之恨，以梨娘較之，幸不幸正懸殊矣。草草姻緣，往事空留影象；悠悠歲月，終身難展眉頭。除卻嫦娥相伴，已無知我之人；即令女媧復生，亦少補天之術。恨逐年添，愁催人老，未亡人其能久於人世也乎！梨娘想後思前，腸為之寸寸斷矣。一陣心酸，淚波汩汩，遽奔集於兩眶，遂放聲號哭。初不料夢中之夢霞，聞哭聲而驚醒，僥倖得見梨花真影於銷魂帶雨時也。夢霞得見梨娘，梨娘未見夢霞也。而夢霞之多情，梨娘固已深知之且深感之矣。脈脈兩情，暗中吸引，一哭即相思之起點耳。

自此之後，夢霞之耳，竟成一蓄音器，每一傾耳而聽，恍聞梨娘哭聲，嗚嗚咽咽，嚶嚶咿咿，洋洋乎盈耳也。夢霞之目，竟成一攝影箱，每一閉目而思，恍見梨娘人影，裊裊婷婷，齊齊整整，閃閃然在目也。尤可豔者，夢霞既於無意中窺見梨娘，次夕，卻有意泄其事於鵬郎。且曰：「人美於玉，命薄於

㉗ 今夕何夕二句：語出詩經唐風綢繆。粲，美物。後以粲者作為美麗女性的通稱。

㉘ 殘英：落花。

花，又多情，又傷情。此四語可贈汝母，汝其識之。」鵬郎旋歸寢，則謹以先生之語，告諸其母，依樣葫蘆，一字不易。時梨娘方悄對菱花，自窺倩影，一聞夢霞贈言，而驚而悲，而嘆而泣，而點首，而支頤，一寸芳心，棼然亂矣。而彼夢霞，亦復如此，其最終之心事，則惴惴焉惟恐鵬郎傳言於梨娘，梨娘或有慍意，於是自悔孟浪，毋乃失言，一夜思量，寢不安席。嗚呼！此夕梨娘，夜況何如？則正與夢霞同病耳！

第四章　詩　媒

古人云：得一知己，可以無恨。斯言蓋深慨夫知己之難得也。所謂知己者，心與心相知，我以彼為知己，彼亦以我為知己。兩相知故兩相感，既兩相感矣，則窮達不變其志，生死不易其心。一語相要❶，終身不改，此知己之所以得之難。而當風塵失意窮途結舌之時，欲求一知己，尤難之又難也。詞人負骯髒❷不平之氣，懷才不遇，飄蕩頻年，境遇坎軻，情懷抑鬱，好頭顱自憐嫵媚，滿肚皮都是牢騷。冠蓋滿京華，斯人獨憔悴❸。流俗無知，遭逢不偶，幾於無眼不白❹，有口皆黃❺。茫茫人海，知我其誰？不得已而求之於粉黛中，則有痴心女子，慧眼佳人，紅粉憐才，青娥解意。一夕話飄零之恨，淚滿青衫❻；

❶ 要：約；結。

❷ 骯髒：又作「抗髒」，高亢剛直的樣子。

❸ 冠蓋滿京華二句：語出杜甫夢李白。

❹ 無眼不白：眼睛青色，其旁白色。正視則見青色，斜視則見白色。西晉阮籍不拘禮節，能為青白眼。見凡俗之士，以白眼對之。遇看重的人，乃對以青眼。這裏以白眼喻瞧不起人。

❺ 有口皆黃：黃，即信口雌黃之意。

❻ 淚滿青衫：白居易謫官江州時，在潯陽江送客，遇一女子，善彈琵琶，其聲哀怨，因這女子的坎坷身世，聯想到自己失意潦倒，於是作琵琶行，抒寫淪落天涯之恨。詩的末句為：「座中泣下誰最多？江州司馬青衫濕。」

三生留斷碎之緣，魂招碧血❼。國士無雙，向茜裙而低首；容華絕代，掩菱鏡以傷神。名士沉淪，美人墜落。憐卿憐我❽，同命同心。此侯朝宗所以鍾情於李香君❾，韋痴珠所以傾心於劉秋痕❿也。夢霞之於梨娘，亦猶是焉耳。所異者，彼則遨遊勝地，此則流落窮鄉；彼則曲院嬌娃，此則孀閨怨婦。其情其境，倍覺泥人。一樣淒涼，雙方憐惜，則夢霞之於梨娘，其鍾情，其傾心，較之侯李、韋劉有不更增十倍者哉！

傷別傷春，我為杜牧⓫；多愁多病，渠是崔娘⓬。夢霞邂逅梨娘於月下，在夢霞雖偷眼私窺，在梨

---

❼ 魂招碧血：莊子外物：周敬王大夫萇弘被冤殺，藏其血，三年化為碧。

❽ 憐卿憐我：明末揚州女子馮小青，嫁與杭州馮生為妾，遭大婦忌妒，徙居孤山別墅，悒鬱而死。所作詩情辭哀怨，如：「瘦影自臨春水照，卿須憐我我憐卿。」

❾ 侯朝宗所以鍾情於李香君：侯方域，字朝宗，明末著名「四公子」之一。李香君，金陵教坊女，居秦淮河畔。慧心俠骨，許身侯方域。原開府田仰欲奪之，香君堅拒，血濺扇面。楊文驄因血點畫成桃花一枝。清初孔尚任為作傳奇桃花扇。

❿ 韋痴珠所以傾心於劉秋痕：晚清魏秀仁花月痕，寫東越人韋痴珠（名瑩）懷才不遇，出京訪友，病於并州，遇秋心院歌妓、十花之首劉秋痕。二人情投意合，結「龍鳳」之交。然痴珠困頓，終無力贖出秋痕。痴珠病死，秋痕以身殉之。

⓫ 傷別傷春二句：李商隱杜司勳：「刻意傷春又傷別，人間唯有杜司勳。」杜司勳即杜牧，字牧之，唐代詩人，曾官司勳員外郎。

⓬ 崔娘：指西廂記中的崔鶯鶯。鶯鶯本相國之女，於蒲東普救寺遇書生張珙，二人相愛，得侍女紅娘幫助，終成眷屬。

娘固會心不遠。夢霞不能忘情於梨娘，梨娘豈遂能忘情於夢霞乎？既不能忘情，則當有以通情。然兩人此時雖情芽怒茁，情思勃生，猶有所遲徊顧忌而不能遽發者。夢霞欲通詞於梨娘，則恐流水無心，豈容唐突；梨娘欲致意於夢霞，則恐屬垣⑬有耳，難釋嫌疑。心旆搖搖⑭，一時難繫；情絲縷縷，兩地相牽。簾中人影，窗內書聲，若即若離，殊有咫尺天涯之感。桂府可登，須借吳剛之斧⑮；蓬瀛在望，誰助王勃之帆⑯。如蔗倒餐，佳境豈能遽至⑰；如瓜落蒂，熟期須待自然。則兩情之由離而合，由淺而深，漸至如膠如漆，難解難分，尚須大費工夫也。無賣花媼，無昆侖奴⑱，能為兩人任作合介紹之責者，捨管

---

⑬ 屬垣：詩經小雅小弁：「君子無易由言，耳屬於垣。」意即附耳於牆以竊聽。後因稱竊聽為屬垣。

⑭ 心旆搖搖：旆，旗幟。戰國策楚一：「（楚王曰：）『寡人臥不安席，食不甘味，心搖搖如懸旌而無所終薄。』」謂心中不安如旌旗搖曳。後以心旌指心情，心意。

⑮ 桂府可登二句：唐人稱科舉考試及第為折桂，因稱科考為桂科。桂府可登即折桂之意。又神話中謂月中有桂樹，因以桂宮為月的代稱。吳剛，月中仙人。傳說月中桂樹高五百丈，西河人吳剛學仙有過，被罰去月宮砍伐桂樹。桂樹隨砍隨合，總砍不斷，吳剛也就永遠留在月中伐桂。

⑯ 蓬瀛在望二句：蓬萊、瀛洲，神話中的海上仙山。唐太宗於宮城西作文學館，以房玄齡、杜如晦等十八人為學士。當時稱選中者為登瀛洲。王勃，字子安，初唐「四傑」之一。所作滕王閣序，自稱「有懷投筆，慕宗愨之長風」。（宗愨，南朝宋人，少年時言志，說：「願乘長風破萬里浪。」）

⑰ 如蔗倒餐二句：東晉顧愷之吃甘蔗，常從根部吃起。有人問他是什麼緣故，回答說「漸入佳境」。（甘蔗本體比根部甜。）

⑱ 昆侖奴：唐裴鉶作昆侖奴傳，寫一個有異術的昆侖奴磨勒，不畏強暴，幫助某大官僚家的紅綃歌姬出奔，與崔生結為夫婦。

城子⑲其誰屬歟！

夕陽慘淡，暮靄蒼茫，野風襲裾，雜花自落。看一角春山大好，可惜黃昏，時則有閒雲片片，渡澗而歸。流水一灣，斷橋三尺，山影倒俯於波中，屈曲流動，演成奇景。炊煙幾縷，出自茅舍，盤旋繚繞於長空，作種種迴環交互紋。山之麓，水之濱，牧童樵叟，行歌互答，往來點綴於其間。橋邊老樹數株，杈椏入畫。歸鴉點點，零亂縱橫，啞啞之聲，不絕於耳，似告人以天寒日暮，歸歟歸歟。行客聞之，每為心動，此絕妙鄉村晚景圖也。

過橋而西，槿籬之間，忽露牆角，數椽小築，一曲幽棲，頗得林泉佳趣，此崔氏之後舍也。白板雙扉，鎮日⑳虛掩，門以內有小圃，春韭半畦，青翠可愛，過此有精舍一，即夢霞寄居之所也。於斯時也，橋下有一人獨行踽踽，因舉步過急，風枝時觸其帽檐，乃瞻衡宇，載欣載奔㉑，伊何人，伊何人，非夢霞耶！夢霞何來？蓋自校中歸也。步履何匆遽耶？神情何惶急耶？亂煙啼鳥，暮色絕佳，夢霞竟不暇獨立斜陽，領略此一霎可憐之景。蓋彼終日為校務勞神，亟待休息，加以心事悠悠，情思迭迭，伊人不見，延佇徒勞，反不若斗室流連，左圖右史，得藉以排遣閒愁。彼道旁之閒花野草，曾何足以動其心而移其情哉？

推扉而入，闃其無人，連呼館僮，迄無應者。平日夢霞所居，每出必扃，由館僮司鑰，今日乃雙扉

---

⑲ 管城子：韓愈作毛穎傳，戲稱毛筆為管城子。

⑳ 鎮日：整日。

㉑ 乃瞻衡宇二句：語出陶淵明歸去來辭。衡宇，橫木為門的簡陋房屋。載，語助詞，「又」的意思。

洞闢，何哉？逡巡入室，則室中所見，有突觸於夢霞之眼，而足令生其驚訝者，蓋案上圖書，已稍稍變易其位置。怪而檢點之，則他無所失，惟前所著石頭記影事詩之稿本，已不翼而飛，遍覓而不可得矣。偶一俯首，拾得荼蘼一朵，猶有餘香。把玩之餘，見花蒂已洞一穴，定是簪痕，夢霞乃恍然曰：「入此室者，殆梨娘矣。」梨娘解詩，故今日攜我詩稿去也。其遺此花也，有意耶？抑無意耶？夢霞此時，一半驚喜，一半猜疑，於是心血生潮，又厚一層情障矣。

窗衣漸黑，燈豆初紅。夢霞方手捻殘花，凝神冥想，而館僮適至。夢霞問之曰：「汝不在此，往何處去耶？舍門未掩，前後無人，設有行竊者來試胠篋㉒術，室中物將無一存在矣。且我扃門而出，以鑰交汝，誰啟此鎖者，汝知之乎？」館僮答曰：「今日午後，主人遣我入城購物，以鑰交於秋兒，行時經過此門，鐵將軍固猙然當關也。後此非我所知矣。」夢霞又問曰：「秋兒何人？」僮曰：「梨夫人之侍兒也。」夢霞不語，揮僮使去，旋又呼之使返，囑之曰：「去便去，勿向秋兒饒舌。」僮佯諾之，既出，於廊下遇秋兒，即詰以鑰所在，啟鎖者何人。秋兒曰：「鑰為夫人取去，誰入此室，我亦不知，或即夫人乎？」僮乃以夢霞囑語告秋兒，並囑其勿語夫人。秋兒頗慧黠，聞僮言亦佯諾之，旋即盡訴之於梨娘。

時梨娘方獨坐紗窗，燈下出夢霞詩稿，曼聲㉓嬌哦，驟聆此語，不覺失驚。蓋梨娘知夢霞失稿，必將窮詰館僮，故遺花於址，俾知取者為我，必默而息矣。初不料其仍與僮嘵嘵也。但未知其曾以失稿事語之否。若僮知此事，以告秋兒，尚無妨也，脫泄之於阿翁者，將奈之何？我誤矣！我誤矣！我固以彼

㉒ 胠篋：指盜竊行為。胠，撬開。音ㄑㄩ。篋，箱子。音ㄑㄧㄝˋ。

㉓ 曼聲：舒緩的長聲。

為解人也。今若此，梨娘因愛生惱，因惱生悔，因悔生懼。一剎那間，腦海思潮，起落不定，寸腸輾轉，如懸線然。掩卷沉吟，背檠㉔暗忖，良久忽轉一念曰：「此我之過慮也。夢霞而果多情者，則必拾花而會意，決不與僮多言也。」乃徐問秋兒曰：「僮尚有他語否？」曰：「無。」梨娘驚魂乍定，惱意全消，亦如夢霞之囑僮者囑秋兒曰：「汝此後勿再與僮喋喋，如違吾言，將重責汝，不汝宥也。」秋兒唯唯。

苦茗一甌，殘香半爐，夜館生涯，如此而已。時則新月上窗，微風拂戶，夢霞挑燈以待。鵬郎捧書而來，課畢後，夢霞出一函授鵬郎，謂之曰：「持此付若母。更寄語若母，石頭遺恨，須要償也。」鵬郎不知其意，謹記先生語，持函往告諸梨娘。梨娘手接一封書，歡生意外；耳聽兩面語，神會箇中。於是撥簪啟緘，移檠展幅，誦其書曰：

夢霞不幸，十年蹇命，三月離家。曉風殘月㉕，遽停茂苑之樽；春水綠波㉖，獨泛蓉湖之棹。乃荷長者垂憐，不以庸材見棄。石麟有種㉗，託以六尺之孤；幕燕無依㉘，得此一枝之借。主賓酬酢，已越兩旬，夙夜圖維，未得一報。而連日待客之誠，有加無已，遂令我窮途㉙之感，到死難

㉔ 檠：燈架，借指燈。音ㄑㄧㄥˊ。
㉕ 曉風殘月：柳永雨霖鈴：「今宵酒醒何處？楊柳岸、曉風殘月。」為寫別離之情的名句。
㉖ 春水綠波：江淹別賦：「春草碧色，春水綠波。送君南浦，傷如之何。」也是描寫別離的名句。
㉗ 石麟有種：三國典略：「徐陵年數歲，家人攜以見沙門寶誌，誌摩其頂曰：『此天上石麒麟也！』」
㉘ 幕燕無依：比喻處境危險。幕燕，築巢在幃幕上的燕子。
㉙ 窮途：世說新語棲逸劉孝標注引魏氏春秋：「阮籍常率意獨駕，不由徑路，車跡所窮，輒痛哭而反。」後用

忘。

繼聞侍婢傳言，殊佩夫人賢德。風吹柳絮，已知道韞才高；雨濺梨花，更惜文君命薄。只緣愛子情深，殷殷致意；為念羈人狀苦，處處關心。白屋㉚多才，偏容下士；青衫有淚，又濕今宵。淒涼閨裏月，早占破鏡㉛之凶；惆悵鏡中人，空作贈珠㉜之想。蓬窗弔影㉝，同深寥落之悲；滄海揚塵㉞，不了飄零之債。明月有心，照來清夢；落花無語，捫遍空枝。蓬山咫尺㉟，尚慳一面之緣；魔劫千重，詎覓三生之果。嗟嗟，哭花心事，兩人一樣痴情；恨石因緣㊱，再世重圓好夢。僕本恨人，又逢恨事；卿真怨女，應動怨思。前宵寂寂空庭，曾見梨容帶淚㊲；今日淒清孤館，何來蓮步㊳生春。卷中殘夢留痕，卿竟攜愁而去；地上遺花剩馥，我真睹物相思。箇中消息，一

以指境遇困窘。

㉚ 白屋：古代平民住房不塗色彩，故稱白屋。

㉛ 破鏡：喻夫婦分離。

㉜ 贈珠：張籍節婦吟詩，寫一有夫之婦拒絕他人追求，云：「君知妾有夫，贈妾雙明珠……還君明珠雙淚垂，恨不相逢未嫁時。」

㉝ 弔影：對影自憐。極言孤獨。

㉞ 滄海揚塵：舊題葛洪神仙傳載：仙人麻姑謂王方平：已見東海三為桑田，蓬萊水亦淺於往時。方平笑曰：「聖人皆言海中復揚塵也。」後用以比喻時勢變易之速。

㉟ 蓬山咫尺：李商隱無題：「劉郎已恨蓬山遠，更隔蓬山一萬重。」這裏反其意而用之。

㊱ 恨石因緣：即紅樓夢中所寫賈寶玉和林黛玉的木石因緣。

㊲ 梨容帶淚：白居易長恨歌描寫楊貴妃：「玉容寂寞淚闌干，梨花一枝春帶雨。」

線牽連；就裏機關，十分參透。此後臨風雪涕，閒愁同戴一天；當前對月懷人，照恨不分兩地。心香一寸，甘心低拜嬋娟；墨淚三升，還淚好償冤孽。莫道老嫗聰明㊴，解人易索；須念美人遲暮，知己難逢。僕也不才，竊動憐才之念；卿乎無命，定多悲命之詩。流水湯湯，淘不盡詞人舊恨；彩雲朵朵，願常須幼婦新辭㊵。倘荷泥封㊶有信，傳來玉女之言；謹當什襲㊷而藏，緘住金人之口㊸。自愧文成馬上，固難方李白之萬言㊹；若教酒到愁邊，尚足應丁娘之十索㊺。此日先傳心事，桃箋飛上妝臺；他時可許面談，絮語撲開繡閣。

㊳ 蓮步：南朝齊東昏侯蕭寶卷鑿金為蓮花以帖地，令潘妃行其上，曰：「此步步生蓮花也。」

㊴ 莫道老嫗聰明：相傳白居易所作詩，淺顯明白，老嫗都解。

㊵ 幼婦新辭：世說新語捷悟載：曹操經過曹娥碑下，見碑背上題「黃絹幼婦外孫齏臼」八字。隨從的楊修解此隱語為「絕妙好辭」。

㊶ 泥封：古人封書函，用泥封於繩端打結處，上蓋印章，稱泥封。

㊷ 什襲：把物品重重疊疊包裹起來。引申為鄭重珍藏之意。

㊸ 緘住金人之口：劉向說苑敬慎載：孔子至周王室的太廟，見右陛之前，有銅鑄的人像，「三緘其口」，其背有銘文（金人銘），曰：「我古之慎言人也。戒之哉，戒之哉！無多言，多言多敗；無多事，多事多患……」

㊹ 自愧文成馬上二句：世說新語文學載：東晉桓溫北伐，袁宏受命作露佈文，倚馬而書，連寫七張紙。李白上韓荊州書：「請日試萬言，倚馬可待。」

㊺ 丁娘之十索：指隋代樂妓丁六娘所作的樂府詩，每首末句有「從郎索衣帶」、「從郎索花燭」等語，本十首，故稱「十索」。

梨娘讀畢，且驚且喜。情語融心，略含微惱；紅潮暈頰，半帶嬌羞。始則執書而痴想，繼則擲書而長嘆，終則對書而下淚。九轉柔腸，四飛熱血；心灰寸寸㊻，死盡復燃；情幕重重，揭開旋障。既而重剔蘭鐙，獨開菱鏡，對影而泣曰：「鏡中人乎，鏡中非梨娘之影乎？此中是影，怎不雙雙？既未嘗昏黑無光，胡不放團圞㊼成彩？而惟剩有一個愁顏，獨對於畫眉窗下乎？嗚呼梨娘，爾有貌，天不假爾以命；爾有才，天則償爾以恨。貌麗於花，命輕若絮，才清比水，恨重如山。此後寂寂窗紗，已少展眉之日；悠悠歲月，長為飲泣之年矣。爾自誤不足，而欲誤人乎？爾自累不足，而欲累人乎？已矣已矣，爾亦知情絲縷縷，一縛而不可解乎？爾亦知情海茫茫，一沉而不能起乎？弱絮餘生，業已墮落，何必再惹遊絲，憑藉其力，強起作沖宵之想？不幸罡風勢惡，孽雨陣狂，極力掀騰，盡情顛播，恐不及半天，便已不能自主，一陣望空亂颭，悠悠蕩蕩，靡所底止。此時飄墮情形，更何堪設想乎？」言念及斯，心灰意冷，固不如早息此一星情火，速斷此一點情根，力求解脫，劈開愁恨關頭；獨受淒涼，料理飄零生活。懸崖知勒馬，為原絕大聰明；隔水問牽牛㊽，毋乃自尋苦惱。今生休矣，造化小兒㊾，弄人已甚，自弄又奚為哉！豈不知緣愈好而天愈忌，情愈深而劫愈重耶？梨娘輾轉思量，芳心撩亂，至此乃眉黛銷愁，眼波

㊻ 心灰寸寸：李商隱無題：「春心莫共花爭發，一寸相思一寸灰。」

㊼ 團圞：也作「團欒」。形容圓。

㊽ 隔水問牽牛：（織女）隔著銀河問牛郎。

㊾ 造化小兒：指司命之神。新唐書杜審言傳載：杜審言病重，宋之問等人前去探望，杜審言道：「久為造化小兒相苦，尚何言！」

乾淚，掩鏡而長嘆一聲，背鐙而低頭半晌。心如止水，風靜浪平，已無復有夢霞二字存於腦之內府。梨娘之心如此，則兩人將從此撒手乎？而作此玉梨魂者，亦將從此擱筆乎？然而未也。梨娘此時，雖萬念皆消，一塵不染，未幾而微波倏起於心田，驚浪旋翻於腦海，漸漸掀騰顛播，不能自持，惱亂情懷，有更甚於初得書時者。是何也？此心不墮沉迷，萬情皆可拋撇，惟此憐才之一念，時時觸動於中，終不能銷滅淨盡也。於是一吟怨句，百年恨事兜心；再展蠻箋㊿，半紙淚痕透背。旋死旋生，忽收忽放，瞬息之間，變幻萬千，在梨娘亦不自知也。嗚呼孽矣！

㊿ 蠻箋：指蜀箋。唐時四川地區所造的彩色花紙。

第五章 芳訊

一情相引，萬恨齊攢。梨娘得夢霞書，倏而悲，倏而喜，倏而悟，倏而迷，心煩慮亂，不知所從。梨娘何自苦乃爾？嗚呼，梨娘非自苦也，夢霞苦之也。夢霞深苦梨娘，夢霞未嘗不自苦。方鵬郎之持書而去也，夢霞目送之而魂隨之，心頭鶻突❶，腦蒂蠅旋，惕惕然如待鞫❷之囚，尚未定獄，不知是死是生。有時痴立窗前如木雞，有時呆坐案頭如參禪，有時環行室中如轉磨。其心專注於鵬郎持去之書，而懸揣夫梨娘之得此書也，其驚耶？其疑耶？閱此書也，其怒耶？其喜耶？如其怒也，則我此時之書，必已擲之於地，或投之於火矣。如其喜也，則梨娘味書中之語，想書中之人，會書中之意，必引上書者為解人，為知己。一封有情書，此時必得彼有情人之淚，層層濕透於字裏行間矣。夢霞一念旋生，一念旋滅，如露如電，頃刻皆幻。而梨娘之閱此書，其喜其怒，夢霞固未能預決，實亦未嘗不可預決也。蓋梨娘既攜詩稿而去，則非無情於夢霞矣。夢霞之書，迎機而入，結果必佳，固不必夢想究竟，惟恐其不生效力也。然夢霞已為一縷情絲，牢牢縛定，神經全失其作用，不覺惶急萬分，歷碌萬狀，彷徨不定，疑懼交加。此夜夢魂為顛倒，夢霞亦自覺從未如此，五更如度五重關耳。

❶ 鶻突：糊塗。因音近相轉。

❷ 鞫：審訊。音ㄐㄩˊ。

次日，夢霞課畢即返，較平日早一二小時。家中人固莫知其心事，但覺其稍異於常而已。不知夢霞固心懸乎昨夜之書，而急盼夫好音之至。公事畢，治私事，跂而望之，坐以待之，豈容有一刻逗留於外耶？乃未幾而金烏西墜矣，未幾而玉兔東升矣，心急矣，眼穿矣，鵬郎來矣。此時之夢霞又別具一種瞀亂迷離之狀，如死囚之上斷頭臺時，惟此最後五分鐘之解決耳。

重疊魚中素，幽緘手自開。斜紅餘淚跡，知著臉邊來❸。鵬郎徐行而前，有一物焉，其形狹而長，緊握於鵬郎之嫩腕，值刺於夢霞之饞眼。此何物耶？非夢霞終日盼望之一紙好音耶？夢霞，夢霞，喜可知已。鵬郎以書授夢霞，夢霞驚喜之餘，偏欲強示鎮靜，逆知其中消息必不惡，正不必急於剖視，姑置書於案頭，而課鵬郎讀，若不甚注意者。直至夜課已畢，鵬郎就睡後，乃開緘閱之。其文曰：

白簡❹飛來，紅燈無色。盥誦之餘，情文雖豔，哀感殊深。人海茫茫，春閨寂寂，猶有人念及薄命人，而以錦字❺一篇，殷殷慰問於淒涼寂寞中耶？此梨影之幸矣。然梨影之幸，正梨影之大不幸也。

梨影不敏，奇胎墜地，早帶愁來；粗識之無，便為命妒。翠微宮裏，不度春風；燕子樓中，獨看秋月。此自古紅顏，莫不皆然。才豐遇嗇❻，貌美命惡。凡茲弱質，一例飄零，豈獨一梨影也哉！

---

❸ 重疊魚中素四句：語出元稹魚中素。魚中素，魚箋。指書信。

❹ 白簡：古時御史有所彈奏，用白簡。這裏指信箋。

❺ 錦字：前秦秦州刺史竇滔以罪徙流沙，其妻蘇蕙織錦為迴文璇璣圖詩，以表思念之情。後因稱妻寄夫之書信為錦字。這裏借指書信。

人生遇不幸事，退一步想，則心自平。梨影自念，生具幾分顏色，略帶一點慧根❼，正合薄命女兒之例，不致墮落風塵，為無主之落花飛絮，亦已幸矣。今也獨守空幃，自悲自弔，對鏡而眉不開峰❽，撫枕而夢無來路。畫眉窗下，鸚鵡無言；照影池邊，鴛鴦欺我。此中滋味，大是難堪。然低首一思，則固咎由自取，不加重譴，免受墮落之苦，天公之厚我已多，而尚何怨乎？夫以多才多情如林顰卿，得一古今獨一無二之情種賈寶玉，深憐痛惜，難解難分，而情意方酣，奸謀旋中，人歸離恨之天，月冷埋香之冢。淚賬未清❾，香魂先化。人天恨重，生死情空。夙因❿如彼，結果如斯。梨影何人，敢嗟命薄！使梨影而不抱達觀，亦效顰卿之怨苦自戕，感目前之孤零，念來日之艱難，迴文可織，夜臺⓫絕寄書之郵；流淚不乾，恨海翻落花之浪。病壓愁埋，日復一日。試問柔軀脆質，怎禁如許消磨？恐不久即形銷骨立，魂弱喘絲，紅顏老去，恩先斷而命亦隨之俱斷；黃土長埋，為人苦而為鬼更苦矣。此梨影平日所以常以自憐者自悲，又轉以自悲者自解也。乃者文旆⓬遙臨，高蹤蒞止，辱附葭莩⓭，不嫌苜蓿⓮。鵬兒有福，得荷裁成；梨影無緣，未瞻

---

❻ 遇嗇：境遇困頓。

❼ 慧根：佛教「五根」之一。破除迷惑，認識真理為慧，慧能生道，故命根。

❽ 眉不開峰：即愁眉不展。舊時以眉峰形容女子眉毛美好。

❾ 淚賬未清：紅樓夢第一回寫西方靈河岸三生石畔有絳珠仙草，赤霞宮神瑛侍者日以甘露灌溉。後絳珠仙草隨神瑛侍者下凡，用一生淚水，報答他的灌溉之恩。

❿ 夙因：前世因緣。

⓫ 夜臺：墳墓。梨娘喪夫，故有此語。

丰采。自愧深閨弱翰⑮，漫誇詠絮之才；側聞閬苑⑯仙才，頗切傾葵之願。私心竊慕，已非一朝。繼而月中摹花冢碑文，燈下誦紅樓詩句，尤覺情痴欲醉，縷縷交縈，才思如雲，綿綿不斷，幾疑君為怡紅⑰後身。自古詩人，每多情種，從來名士，無不風流。夫以才多如君，情深如君，何處不足以售其才，何處不足以寄其情，而願來此斷腸地，眷念未亡人，殷勤致意。讀君之書，纏綿悱惻，若有不能已於情者。梨影雖愚，能不知感？然竊自念，情已灰矣，福已慳矣，長對春風而喚奈何矣。獨坐紗窗，回憶卻扇⑱年華，畫眉⑲情景，廿四番風，花真如夢；一百六日，春竟成煙。破鏡豈得重圓，斷釵烏能復合。此日之心，已如古井⑳，何必再生波浪，自取覆沉。薄命之身，誠不欲以重累君子也。前生福慧，既未雙修；來世情緣，何妨先種。彼此有心，則碧落黃泉，會當相見。與君要求月老，註鴛牒㉑於來生，償此痴願可耳。梨影非無情者，而敢負君之情，不

---

⑫ 文旆：有文采的旗幟。這裏借指有文采的人。
⑬ 葭莩：蘆葦中的薄膜。比喻關係疏遠淡薄。
⑭ 苜蓿：草名。原產西域。也用以比喻關係疏遠。
⑮ 弱翰：毛筆。
⑯ 閬苑：閬風之苑。閬風，山名。在昆侖之巔，仙人所居之境。
⑰ 怡紅：紅樓夢中賈寶玉居怡紅院。這裏用以代指賈寶玉。
⑱ 卻扇：古時婚禮，行禮前新娘以扇遮臉，交拜後去扇，叫卻扇。
⑲ 畫眉：西漢張敞官京兆尹，為婦畫眉，長安中傳「張京兆眉憮」。
⑳ 此日之心二句：孟郊烈女操：「波瀾誓不起，妾心古井水。」以古井之水不起波瀾，比喻貞婦守節不嫁。

以君為知己，但恐一惹情絲，便難解脫，到後來歷無窮之困難，受無量之恐怖，增無盡之懊惱，只落得青衫淚濕，紅粉香消，非梨影之幸，亦非君之幸也。至欲索觀蕪稿，梨影略解吟哦，未知門徑，繡餘筆墨，細若蟲吟，殊足令騷人齒冷。君固愛才如隨園㉒，苟不以梨影為不可教，而置之女弟之列，梨影當脫簪珥為贄㉓，異日拜見先生，滌硯按紙，願任其役，當不至倒捧冊卷，貽玷師門。此固梨影所深願，當亦先生所不棄者也。區區苦衷，盡佈於此。淚點墨花，渾難自辨，惟君鑒之。梨影謹白。

記者述筆至此，發生一疑問，請閱者一思。夢霞讀梨娘之書，當生何種感情？夢霞之書，一幅深情；梨娘之書，若有情，若無情，怨不深而自深，辭不嚴而自嚴，言外已有謝絕之意。以常情測之，夢霞讀此書，將怨梨娘之薄情而含失望之恨矣。不知梨娘固非文君㉔，夢霞亦非司馬，兩人之相感，出於至情，而非根於肉欲。夢霞致書於梨娘，非挑之也，憐其才而悲其命，復自憐而自悲。同是天涯，一般淪落㉕，

㉑ 鴛牒：鴛鴦牒。

㉒ 隨園：袁枚，字子才。清代詩人。年過三十，辭官居江寧小倉山隨園。論詩主張抒寫性靈，公開招收女弟子，南京、杭州二地，當時有「一時紅粉，俱拜門牆」之說。

㉓ 贄：初見尊長時所送的禮品。

㉔ 文君：卓文君。西漢四川富豪卓王孫女。司馬相如在卓家飲酒，當時文君新寡，相如以琴心挑引，文君於夜間私奔，和相如回成都。

㉕ 同是天涯二句：白居易琵琶行：「同是天涯淪落人，相逢何必曾相識。」

自有不能已於言者。梨娘復書，內容如此，正與夢霞之意，不謀而合。梨娘深知夢霞之心，乃有此盡情傾吐之語，此正所謂兩心相印。梨娘惟如此對待夢霞，乃真可為夢霞之知己也。不然，稗官野史，汗牛充棟，才子佳人，千篇一律。況夢霞以旅人而作尋芳之思，梨娘以嫠婦而動懷春之意，若果等於曠夫怨女採蘭贈芍㉖之為，不幾成為笑柄。記者雖不文，決不敢寫此穢褻之情，以污我寶貴之筆墨，而開罪於閱者諸君也。此記者傳述此書之本旨，閱此書者，不可不知者也。

夢霞、梨娘交感之真相，既如上述，則夢霞此時對於梨娘之書，其感情究如何乎？曰：與梨娘之閱夢霞書時正相同耳。始則執書而痴想，繼則擲書而長嘆，終則對書而下淚。蓋夢霞固知梨娘決非薄於情者，書中之語，借曠達之觀，寓怨恨之情，宛轉纏綿，淒涼哀感，依戀之誠，溢於言外。至欲割愛斷情，痴作他生之望；執經問字，願列弟子之班。其語雖似薄情，然惟愈薄於情，乃愈深於情。自此而夢霞乃愈不能忘情於梨娘矣。梨娘欲力祛情魔，夢霞已漸沉苦海。夢霞不免為情所誤，梨娘獨能免乎！嗟嗟，可憐身世，從今怕對鴛鴦；大好因緣，詎料竟成木石。普天下有情人，能不同聲一哭哉！

青鳥佳音，深喜飛來天外；素娥真影，尚難喚到人間。次日，夢霞自校中出，彳亍㉗而歸。遠遠望見舍後似有人影，倚門閒佇，衣光鬢影，掩映於籬花牆草之間，神情態度，頗似梨娘。天寒翠袖薄，日暮倚修竹㉘。梨娘殆有所盼乎？比夢霞行至門前，則芳蹤已杳，纖影無痕，惟有遠山蹙恨，溪水瀉愁，

㉖ 採蘭贈芍：詩經鄭風溱洧：「士與女，方秉蕑兮……伊其相謔，贈之以芍藥。」蕑，香草名，又名蘭。這首詩寫三月上巳節鄭國青年男女在溱河邊遊春的情景。

㉗ 彳亍：慢步走。音ㄔˋ ㄔㄨˋ。

一抹殘陽，黯然無色，如助人之淒戀而已。斷腸人遠，痴立何為，不如入此室處，再理客窗生活。甫入戶，突見案上膽瓶中，插有鮮花一枝，迎面若笑，照眼欲眩。異哉！此花何來？是必梨娘所貽矣。梨娘之貽此花也，又何意耶？此花形如喇叭，色勝胭脂，嫵媚之中，有一種驕貴氣，咄咄逼人。此花何名，夢霞似曾相識，而一時竟不能復憶矣。俟鵬郎來問之，鵬郎曰：「此及第花也。吾家後院，左右凡兩株，今春開花甚繁。先生如愛之，可遣秋兒再折幾枝來，無所惜也。」夢霞卻之曰：「得一枝供養已足，況我見此花亦殊不喜。」鵬郎乃無言。夢霞既聞此花之名，知梨娘之貽，具有深意，不覺觸起十年前事。淹滯之感，淪落之悲，兜上心來，舊恨新愁，併成一種。而一注目間，見硯盒下露一紙角，墨痕隱現，急取閱之，乃小詞一闋也。

鷓鴣天

偶感

罵煞東風總不知，葬花心事果然痴。偶攜短笛花間立，魂斷斜陽欲盡時。　情切切，淚絲絲，斷腸人寫斷腸詞㉙。落花有恨隨流水，明月無情照素帷。

㉘ 天寒翠袖薄二句：語出杜甫佳人。寫一身世不幸的佳人獨居的淒涼光景。

㉙ 斷腸詞：南宋朱淑貞，才色兼備，卻嫁與庸官為妻，抱恨而終。詞多幽怨，有斷腸集傳世。

第六章 別秦

小字簪花❶，清詞戛玉❷。夢霞將梨娘詞迴環捧誦，不覺悲從中來，喟然而嘆曰：「佳人難得，造物不仁，有才無命，一至於斯。此中塊壘❸，斯時無酒澆之，亦當以筆掃之矣。」於是濡淚和墨，疾書八絕曰：

病也懨懨夢也迢，啼鶯何事苦相招。
多情似說春將去，一樹殘香半已銷。

深情縷縷暗中傳，佇立無言夕照邊，
對面如何人更遠，思量近只在心前。

❶ 簪花：戴花。張彥遠法書要錄：「衛恆書如插花美女，舞笑鏡臺。」後稱書法娟秀工整者為簪花格。
❷ 戛玉：敲擊玉片。形容聲音清脆動聽。
❸ 塊壘：為「壘塊」倒稱。胸中鬱結不平。世說新語任誕：「阮籍胸中壘塊，故須酒澆之。」

吟魂瘦弱不禁銷，尚為尋芳過野橋。
欲寄愁心與楊柳，一時亂趁晚風搖。

東風何處馬蹄香，我見此花欲斷腸。
會得折枝相贈意，十年回首倍淒涼。

浮生換得是虛名，感汝雙瞳剪水清。
痛哭唐衢❹心跡晦，更拋血淚為卿卿。

幾回傷別復傷春，大海萍飄一葉身。
已分孤燈心賞絕，無端忽遇解情人。

背人花下展雲箋，賦得愁心爾許堅。
只恐書生多薄福，姓名未注有情天。

夢雲愁絮兩難平，無賴❺新寒病骨輕。

❹ 唐衢：唐代詩人。屢試不第。見人文章有所傷嘆者，讀後必哭。世稱唐衢善哭。

一陣黃昏纖雨過，愁人聽得不分明。

夢霞書畢，別取一慘綠箋，作一小簡，加函交鵬郎攜去。簡曰：

既惠錦箋，復須玉屑，有詞皆豔，無字不香，清才麗思，已見一斑，而一種纏綿淒楚之情，時流露於行間字裏，如卿者可以怨矣。夢霞風塵潦倒，湖海飄零，浮生碌碌，知己茫茫，無江淹賦別之才，有杜牧傷春之恨，一誦此詞，百感交集，率成八章，聊當一哭。

一緘多事，兩字可憐。香閨聯翰墨之緣，紅袖結金蘭之契❻。自是以後，管城、即墨❼，時為兩人效奔走。雖少見面之時，不斷相思之路。有句則彼此鶴和❽，有書則來往蟬聯❾。而密函之交遞，皆藉鵬郎為青鳥使❿。金刀雖快，剖不開繭是同功；玉尺雖長，量不完才如綴錦。疊韻雙聲⓫，此中得少情

---

❺ 無賴：無奈，無可奈何。

❻ 金蘭之契：金蘭譜。唐馮贄雲仙雜記載：戴弘正每得密友一人，即書於編簡，焚香祭告祖宗，號為金蘭簿。舊時結異姓兄弟，互換金蘭譜，即始於此。

❼ 即墨：戰國時齊國地名。這裏指墨。

❽ 鶴和：易中孚：「鶴鳴在陰，其子和之。」這裏斷章取義，用作唱和之意。

❾ 蟬聯：連續不絕。

❿ 青鳥使：神話中西王母的使者。後泛稱信使。

⓫ 疊韻雙聲：二字同韻母為疊韻，二字同聲母為雙聲。

趣？劈箋搦管，浹旬⑫費盡吟神。愁裏光陰，變作忙中歲月；無窮恨事，化為絕妙詩情。綺思難殺，節序易更，一轉瞬間，已是清和天氣矣。

夢霞來蓉湖，至此已逾匝月⑬。窮鄉獨客，舉目無親，幸得一閨中膩友，終日唱酬，藉慰寂寞。此外更締一新交，境遇雖各懸殊，性情頗相投契。異地相知，得之非易。傾蓋⑭清塵⑮，盍簪⑯剪燭⑰，夢霞固自謂三生有幸也。其人姓秦名心，字石痴，即某校之創辦人也。年長於夢霞二歲，肄業於南洋公學者有年。才華卓茂，器宇軒昂，固一鄉之佼佼者也。是鄉處蓉湖之尾閭⑱，遠隔城市，自成村落。周圍十里，分南北兩岸，迴環屈曲，形如一螺。兩岸均有人家，地極偏僻，人至頑鈍，蓋風氣之閉塞久矣。石痴熱心教育，縈情桑梓，思有以開通風氣，畢業後獨資創一兩等小學，以造福於鄉人。夢霞任事之日，是校已辦三學期矣。石痴父名光漢，耆年碩望，一鄉推為里老。家本豪富，生子僅石痴一人，愛逾掌珠，珍如拱璧，恣情任性，驕縱異常。幸石痴雖性喜揮霍，而能自檢束，花柳場中，樗蒲⑲隊裏，從未涉足

---

⑫ 浹旬：浹，周匝。一旬，十天。

⑬ 匝月：滿一月。環繞一周叫一匝。

⑭ 傾蓋：謂行道相遇，停車而語，車蓋接近。因稱初交相得，一見如故為傾蓋。蓋，車蓋。

⑮ 清塵：車後揚起的塵埃。清，敬詞。

⑯ 盍簪：聚首。盍，合。簪，插於髮髻的長針。指衣冠會合。

⑰ 剪燭：李商隱夜雨寄北：「君問歸期未有期，巴山夜雨漲秋池。何當共剪西窗燭，卻話巴山夜雨時。」這裏也用以指相聚。

⑱ 尾閭：古代傳說中海水歸宿之處。這裏指蓉湖的末端。

其間。惟遇關於公益之事，則慷慨解囊，千金無吝色。其父本非頑固者流，以石痴之能加惠於鄉里也，深喜其能有為，無事不遂其欲。故石痴熱心興學，歲需巨款，獨力支持，無所掣肘⑳，亦幸得此良好之家庭，能諒其心而成其志也。

萍蹤偶聚，蘭臭相投。石痴為人，風流倜儻，豪放自喜，襟懷落落，態度翩翩，有太原公子不衫不履氣象㉑，洵近來新學界中第一流人物也。與夢霞一見如舊，志同道合，學侔才均，文字因緣，一朝契合，非偶然也。校址即其家莊舍，與石痴居室，僅一牆之隔。石痴無日不來校中，彼亦自任英文、格致㉒等科。課畢後輒與夢霞散步曠野，飽吸新鮮空氣，增進實物知識。鄉村風味，遠異城市煩囂，聯袂皆行，留連晚景，行歌互答，幽韻宜人。意態飄然，如閒雲野鶴。直至暮鳥歸林，夕陽送客，乃分道而歸。如是日以為常，亦客居之樂也。有時鍵戶不出，兩人同坐斗室中，或論文，或說詩，或敘失意事，或作快心談。茗煙初起，清言愈希，端緒續引，冥酬肆應。時或縱談天下事，則不覺憂從中來，痛哭流涕，熱血沸騰，有把酒問天㉓、拔劍斫地㉔之概。蓋兩人固皆失意之人，亦皆憂時之士也。石痴之處境，雖稍

---

⑲ 樗蒱：也作「摴蒱」。古代的博戲，以擲骰決勝負。這裏借指賭博行為。樗，音ㄕㄨ。

⑳ 掣肘：比喻使人做事而又故意留難牽制。呂氏春秋具備載：戰國時宓子賤治亶父，請魯君派兩近臣同往。至亶父，宓子賤令二吏書，己從旁掣搖其肘，吏書寫不善，則怒之。近臣歸報魯君，魯君曰：「宓子以此諫寡人之不肖也。」

㉑ 有太原公子不衫不履氣象：唐杜光庭虬髯客傳，寫虬髯客與李靖在太原見李公子（即唐太宗李世民），「不衫不履，裼裘而來，神氣揚揚，貌與常異」。不衫不履，衣履不整，謂不拘小節。

㉒ 格致：清末將從西方傳入的自然科學統稱為格致學。

裕於夢霞，而其遭逢之不偶，性情之難合，與夢霞如出一轍。概念身世，孤蹤落落；眷懷時局，憂心忡忡。同是有心人，宜其情投意洽，相見恨晚，而有高山流水之感也。

嗚呼！志士淒涼閒處老，名花零落雨中開㉕。天下最可惜、最可憐之事，孰有甚於此者乎！若夢霞與石痴之抱負、之氣概，所謂志士者非耶？而一則旅居異地，一則蜷伏里門，相逢乃相惜，相惜復相憐，既相惜相憐矣，於是欲謀久聚。石痴嘗從容謂夢霞曰：「校舍卑陋，不足駐高賢之駕。君寄居戚家，晨夕奔波，弟心亦有不安。蝸廬㉖尚有下榻地，請君移住舍間。日則與君同理校務，夜則與君同聚一室，刻燭聯吟，烹茶清話，抵足㉗作長夜談，一吐平生之志，何快如之！」石痴言之者再，夢霞俱婉辭卻之。石痴以夢霞尚未能脫略形跡，頗怪其相知不深，不知夢霞固別有佳遇，別知有音，孤館寒燈，自饒樂趣，此中情事，不足為石痴道也。

新雨泥人，東風催客。夢霞離故鄉，來客土，以乖僻之情性，操冷淡之生涯。自知不合於時，到處受人白眼，此去投身寓館，踽踽涼涼，當嘗遍羈人況味，受盡流俗揶揄。不料於無意中得一巾幗知音，

㉓ 把酒問天：蘇軾水調歌頭：「明月幾時有？把酒問青天。」這裏問天，與蘇軾不同，近似屈原「天問」，即因悲憤不平，對天呼問。

㉔ 拔劍斫地：杜甫短歌行贈王郎司直：「王郎酒酣拔劍斫地歌莫哀，我能拔爾抑塞磊落之奇才。」這裏即借用杜甫詩意。

㉕ 志士淒涼閒處老二句：語出陸游病起。開，原詩作「看」。

㉖ 蝸廬：謙稱居室狹小。

㉗ 抵足：足碰足，謂同牀共寢。

更於無意中得一風塵同志，不可謂非客中之佳遇，而亦不可謂非夢霞一生之快事也。惜乎西窗剪燭，情話方殷；南浦征帆，別離遽賦。正值蠶事方興之日，便是驪歌㉘齊唱之天。蓋石痴忽於四月上旬有扶桑㉙之行矣。石痴之行，夢霞實促成之。石痴家道既富，父母俱存，年力富強，志趨高尚，正大可有為之時，與夢霞之迫於境遇而頹喪其志氣者，自不相同。而石痴自南洋畢業後，但知瘁力於桑梓㉚，不知熱心於家國，坐使黃金時刻，擲於虛牝㉛。夢霞殊惜之，故每與石痴談及國事，輒流涕勸之曰：「時局阽危，人才難得。命終泉石，我恨非濟世之材；氣壯山河，君大是救時之器。以君之年、之力、之才、之志，正當發憤自勵，努力進行，乘風破浪，做一番烈烈轟轟事業，為江山生色，為閭里爭光，方不負上天生材之意，而可慰同胞屬望之心。奈何空抱此昂藏七尺，不發現於經世作人之大劇場，而埋首泥塗之內，跼足里閈之間，以有用之光陰，賦閒居之歲月，弄月吟風，長此終古，弟竊為君不取也。今者名士過江，紛紛若鯽㉜，勵我青年，救茲黃種，急起直追，此其時矣。君倘有意乎？」石痴聞夢霞言，頗感其勸勉之誠，遊學之心，怦然欲動，謂夢霞曰：「弟非戀家忘國，自問性情落落，與俗相違，頻年勾留滬瀆㉝，

㉘ 驪歌：驪駒之歌的簡稱。驪駒，逸詩篇名，為告別之歌。

㉙ 扶桑：梁書扶桑國傳：「扶桑在大漢國東二萬餘里，地在中國之東，其土多扶桑木，故以為名。」按其方向位置，相當於日本，故後沿用為日本的代稱。

㉚ 桑梓：桑、梓為古時住宅旁常栽的樹木，故用以比喻故鄉。

㉛ 虛牝：大戴禮易本命：「丘陵為牡，溪谷為牝。」虛牝即壑中窟穴，猶言空洞。韓愈贈崔立之：「可憐無補費精神，有似黃金擲虛牝。」

㉜ 今者名士過江二句：東晉王朝在江南建立後，北方士族紛紛來到江南，當時人說「過江名士多於鯽」。

廣接四方英俊，曾無一人能知我如君者。一肚皮不合時宜，無從發泄，不覺心灰意冷。負笈歸來，不復作出山之想。今聞君言，如大夢之初醒，如死灰之重撥，君固愛我，弟敢不自愛，而以負君者自負耶？弟志已決，一得家庭允許，便當整理行裝，乘輪東渡。但弟去之後，校中事弟無力兼顧，須仗君一人主持。責艱任重，耿耿此心，殊抱不安耳。」夢霞慨然曰：「君不河漢㉞弟言，而作祖生聞雞之舞㉟，弟不勝感幸。校中一切，弟雖不能獨擔責任，亦當稍效綿薄，盡弟之心，副君之託。君不負弟，弟又何敢負君？」石痴大喜曰：「生我者父母，知我者君也。感君厚愛，此去苟有寸進，皆君所賜。海可枯，石可爛，我兩人之交情，永永不可磨滅。」

黯然銷魂者，惟別而已矣㊱！離別為人生最苦之事，而客中送客，尤為別情之最慘者。石痴歸家，以遊學之事白諸父母，父母甚喜，亦力促其行。適其同學某，自皖來書，中言近擬會合同志，共赴東瀛㊲，亦勸石痴棄家求學，束裝同行。石痴立作復書，約期同集滬壖㊳，乘某號日輪東渡。成行之前夕，沽酒與夢霞話別。夢霞是夜不歸寓舍，與石痴對飲暢談，盡竟夕歡。酒酣，石痴不覺觸動離情，愀然謂夢霞

㉝ 滬瀆：古稱吳淞江（今名蘇州河）下游近海處一段為滬瀆。後專指上海市區內的蘇州河。這裏借指上海。

㉞ 河漢：比喻言論迂闊，不切實際。

㉟ 祖生聞雞之舞：祖生，指祖逖，字士稚。東晉將領。少時有大志，曾於半夜聞雞鳴，因起舞。後以聞雞起舞比喻志士奮發之情。

㊱ 黯然銷魂者二句：為江淹別賦起首二句。

㊲ 東瀛：東海。也用以指日本。

㊳ 壖：空地。音ㄖㄨㄢˊ。

曰：「弟與君相識未久，相聚無多，衷腸未罄，形骸遽隔。今日拋棄故鄉，遠適異國，與君一別，地角天涯，重續舊歡，不知何日。言念及此，能不黯然。」言已，欷歔不止。夢霞舉杯曰：「海內存知己，天涯若比鄰㊴。莫愁前路無知己，天下何人不識君㊵。竊願誦此二詩，以壯君行。前途無量，勉之勉之。異日學成歸國，君不吝其所得，分餉儉腹，君之惠也，弟之幸也。吾輩相交，契合以心，不以形跡。交以形者，雖覿面握手，終覺情少辭多。交以心者，雖萬水千山，亦可魂來夢去。人非鹿豕，豈能長聚，何必效兒女子態，多灑此一掬傷離之淚哉？所難堪者，君去而弟不能追隨驥尾㊶，看人勃發，恨我蹉跎。今日片帆飛去，我獨送君於青草湖頭；他年衣錦歸來，君仍索我於綠衫㊷行里耳。遠志出山，君非小草；離情著骨，味等酸梅。聚首之緣，只爭數刻，弟也不才，能無興感。一時意到，八絕吟成，半以自傷，半以相贈。君如不棄，可藏諸篋中，留為後日之紀念。」夢霞言至此，遂置酒不飲，起就案頭，抽毫作草。石痴亦停杯而起，獨步庭中。時夜將半，月華滿地，萬籟無聲，四顧空寥，淒然淚下。佇立良久，覺夜寒砭骨，衣薄難支，乃復入室。時夢霞稿已書就，取付石痴，石痴受而誦之：

羨君意氣望如鴻，學浪詞鋒世欲空。

㊴ 海內存知己二句：語出王勃送杜少府之任蜀川。

㊵ 莫愁前路無知己二句：語出高適別董大。

㊶ 追隨驥尾：史記伯夷列傳：「顏淵雖篤學，附驥尾而行益顯。」謂顏淵因為是孔子的學生而更加著名。後用以比喻跟隨名人之後而成名。

㊷ 綠衫：唐人詩中常以綠衫表示官職卑微。

恨我已成下風手，薺花榆莢哭春風。
情瀾不竭意飛揚，密坐噤吟未厭狂。
沽酒莫忘今日醉，楊花飛盡鬢無霜。
唐衢哭後獨傷情，時世梳妝㊸學不成。
人道斯人憔悴甚，於今猶作苦辛行。
不堪重聽泰娘歌㊹，我自途窮涕淚多，
高唱大江東去也，攀鴻無力恨如何。
榜童夷唱健帆飛，鄉國雲山回首非。
但使蓬萊吹到便，江南雖好莫思歸。

㊸ 時世梳妝：秦韜玉貧女：「誰愛風流高格調，共憐時世儉梳妝。」比喻流行的社會風氣。

㊹ 泰娘歌：唐代新樂府名。泰娘原為民間歌伎，後入京，以歌舞技藝名聞於京師。晚年無所歸依，流落民間，日抱樂器而哭。劉禹錫因作泰娘歌記其事。

更無別淚送君行，擲下離觴一笑輕。
我有倚天孤劍在，贈君跨海斬長鯨。

河橋酒幔去難忘，海闊天長接混茫。
日暮東風滿城郭，思君正渡太平洋。

林泉佳趣屋三間，門外紅橋閣後山。
君去我來春正好，蓉湖風月總難閒。

石痴讀畢，謝夢霞曰：「辱君厚貺，既感且慚。弟意欲勉賦數首，以答雅意，而此時別緒離思，縈繞心舍，方寸已亂，一字難成。姑俟既到東京，有暇和就，附書郵奉如何？」夢霞曰：「亂吟八章，直書弟之胸臆，愧未能壯君行色，君取其意而略其詞可也，何勞辱和。古人云：小坐強於去後書。此時一刻千金，不容再以空談孤負矣。」因復取酒相與痛飲，直至魚更㊺向盡，蠟淚漸乾。荒雞一村，殘月半天，僕夫荷裝相催，舟子解維㊻以待。石痴乃歸家別其父母，復來與夢霞作別。時則晨光熹微，行人尚稀，鳥聲送客，草色牽裾。一人立岸上，一人立舵頭，相與拱手致詞。一聲珍重，行矣哥哥，煙水茫茫，

㊺ 魚更：即魚鼓，魚形的木鼓。寺院中擊之以報時。
㊻ 維：指繫船的大繩。

第七章　獨醉

殘樽零燭，情話如昨。石痴既去，夢霞益復無聊。雖無戀別之情，未免索居之感。而況飛鴻遇順，看人得意揚帆；僵燕待蘇，誰念孤身失路。人皆集苑，我獨向隅❶。十年塌翼❷，斷虞翻骨相之屯❸；一夕傷心，變潘岳鬢華之色❹。知非吾土，安能鬱鬱久居；走遍天涯，終覺寥寥無偶。石痴之行，夢霞送之，而以不得與之同行為恨。讀其贈別之詩，其所以自傷者深矣。故別時情景，未覺淒涼，去後思量，不勝抑鬱。石痴行矣，迢迢千里。夢霞之心，石痴不知也。知之者惟梨娘耳，知之而能慰之者，亦惟梨娘耳。

夢霞與石痴話別，一夜未歸，梨娘不審何事。次日轉詢館僮而知其故。梨娘深處閨中，亦素聞石痴

❶ 向隅：面對屋子的一個角落。劉向說苑貴德：「今有滿堂飲酒者，有一人獨索然向隅而泣，則一堂之人皆不樂矣。」後用以比喻孤獨失意或不得機遇而失望。

❷ 十年塌翼：塌翼，垂翅，比喻失意不振。杜甫別蘇徯赴湖南幕：「十年猶塌翼，絕倒為驚呼。」

❸ 虞翻骨相之屯：虞翻，三國吳國人。屢犯顏直諫，獲譴徙交州。三國志吳書虞翻傳引翻別傳：虞翻廢置南方，云：「自恨疏節，骨體不媚，犯上獲罪。」韓愈韶州留別張瑞公使君詩：「久欽江總文才妙，自嘆虞翻骨相屯。」

❹ 變潘岳鬢華之色：潘岳，字安仁。西晉文學家。其秋興賦序云：「余春秋三十有二，始見二毛。」

之名，知其人品學問，與夢霞實堪伯仲。至氣概之激昂，性情之醇厚，夢霞似又過之。而命之豐嗇，境之順逆，不同若此。彼則翱翔為鸞鳳侶，此則潦倒作猢猻王。相形之下，能不大為夢霞叫屈。是夕梨娘作一書致夢霞，書中勸其棄此生涯，力圖進取。以君之才，長此蹉跎埋沒，殊為可惜，何不乘此時機，出洋遊歷，費數年之功，為將來吐氣揚眉之地。且有長途資斧，旅居薪水，如虞不給，願盡力相助等語。夢霞得書，心大感動。自念頻年顛沛，父死兄離，斷無餘資，可供個人求學之費。一片雄心，久為逆境消磨淨盡。今送石痴之行，空作攘臂下車之想，殊有望塵莫及之嗟。相知如石痴，亦從未以一言相慰，而閨中一弱女子，乃能獨具憐才之眼，慕通財❺之義，慧心俠骨，可感可欽。夢霞讀畢梨娘書，不覺感極而泣，腸回心轉，刺激萬端。良久忽拍案而起曰：「天乎，薄命之夢霞，負我梨娘矣！梨娘愛我，書不可不答也。」心迷意亂，不暇擇詞，逐疾書四絕於梨娘之牘尾，以授鵬郎。

梨娘得書，訝其為己原函也，大驚，不解夢霞何意。默念書中，得無有失檢之處乎？取而閱之，至終幅，乃見連真❻帶草，狂書一百十二字曰：

名場失手早沉淪，賣盡痴呆度幾春。
名士過江多若鯽，誰憐窮海有枯鱗❼。

---

❺ 通財：共享財物。
❻ 真：真書，即楷書。為糾正漢隸和草書之弊而形成。以形體方正，筆劃平直，可作楷模而得名。
❼ 枯鱗：即「枯魚」，乾死的魚。常用以比喻處境困窘者。

感卿為我惜青春，勸我東行一問津。
我正途窮多涕淚，茫茫前路更無人。

此身已似再眠蠶，無補明時合抱慚。
事業少年皆不遂，堂堂白日去何堪。

世事悠悠心漸灰，風波險處每驚猜。
斯人不出何輕重，自有憂時命世才。

蘭釭黯黯，蓮漏遲遲，錦字銷魂，玉容沉黛。梨娘此時讀夢霞之詩，不能不為夢霞惜矣，不能不為夢霞悲矣。為夢霞惜，又不能不自惜；為夢霞悲，又不能不自悲。如線懸腸，轆轤萬丈，如針刺骨，痛苦十分。其命之窮耶，其才之誤耶，夫是之謂同病，夫是之謂同心。輾轉思量，情難自制，而梨娘於是乎泣矣。一吟一哭，一字一淚。啼珠連綿，著紙與墨痕混合為一。悲傷之至，真有難以言喻者。嗚呼！因此一念，而兩人之情遂愈覺纏綿固結，不能解脫。若有緣，若無緣，顛之倒之，彼蒼蒼者果何心耶？彼兩人者又何苦耶？此書此詩，為兩人第二次之通詞。梨娘之書，足繫夢霞之情；夢霞之詩，更足傷梨娘之心。一聲長嘆，無可奈何。其感同而其痴一也。前此偶然邂逅，尚在若離若合之間；今則漸入沉迷，竟有難解難分之象。蓋經石痴東渡之波折，遂引起兩情之動機，有此一番交感，乃真成為生死知己。是石痴實不啻間接為兩情之主動也。

草長花飛，日長人倦，殘鶯意盡，新葉蔭多，此何時耶？非所謂奈何天氣耶？極目四野，葚❽黑麥黃。採桑之婦，聯袂於田間；荷蓑之人，接踵於岸畔。古人詩云：鄉村四月閒人少，才了蠶桑又插田❾。非身歷其境者，固不能知其景之實而情之真也。此時距夢霞離家，蓋已四十餘日矣。客里光陰，疾於飛矢，窮愁萬種，叢集一身。念老母之獨居，晨昏寂寂；傷阿兄之遠別，涕淚遙遙。盼斷白雲，來鴻絕影。遊子天涯，蓋有難乎為懷者。而況春光易老，恨事重逢。三生舊夢，空留零落之痕；一卷新詩，更種離奇之果。回憶葬花時節，掬土心情，原屬羈緒無聊，閒情偶寄，孰知即為相思之起點，招恨之媒介。人世悲歡，亦復何定；斷腸消息，尚可問乎？曾幾何時，春衫換去，紈扇歸來。日月不居，心情大惡，我生不辰，傷心事多。長逝者年華，而長留者深恨。嗚呼夢霞，夢亂如煙，日長如歲，將何以自遣哉！

夢霞答詩之次日，適星期休課。平日每遇假期，夢霞輒與石痴攜手出門，隨一小奚奴❿，登高舒嘯，臨流賦詩，命春酌，聆時鳥，尋幽探勝，竟日為樂。今則室邇人遙⓫，舊遊難續，獨行無偶，尚不及索居有味。故是日夢霞既不赴校，遂懶於出門，焚香掃地，取次回⓬疑雨集，危坐讀之。情詞旖旎，刻露

---

❽ 葚：桑葚，桑食。

❾ 鄉村四月閒人少二句：語出范成大村居即事。或說為翁卷作。

❿ 奚奴：奴僕。

⓫ 室邇人遙：詩經鄭風東門之墠：「其室則邇，其人甚遠。」本謂男女思慕而不得見，後亦用作懷念親故之詞。

深永，一縷情絲，又為牽動。掩卷長嘆，起步庭前，則一抔荒土，草色青青，碑石兀然，突觸眼際。嗚呼，此斷腸地也！

夢霞自葬花之後，風晨月夕，每至其處，輒盡情一哭。新舊淚痕，重重可認。花魂雖死，得夢霞之淚，朝夕滋養培溉，已有一絲生意。而回視昔時燦爛之辛夷，則已紅銷香褪，血盡顏枯，零片無蹤，空枝有影。相逢遲暮，煞甚可憐；嘆息容華，何能久持？春在東風原是夢，生非薄命不為花。既屬萬般紅紫，會當隨例飄零。夢霞之用情，本無所謂厚薄也。特其情不用於繁華熱鬧之場，而用於寥寂淒清之境。冢中之梨花，埋夢霞之恨；眼前之辛夷，亦足傷夢霞之情。固知前日之辛夷，方具得意之態度，尚未至可憐之地位，故夢霞對之漠然，不為所動，實非故以冷眼相看也。

空庭無人，淚花不春，一經回首，爭不傷神。夢霞臨風雪⑬涕，徙倚徘徊，嘆榮悴之不常，感韶華之難再。及時行樂，自苦何為。砌下梨花一堆雪⑭，人生能得幾清明？今則砌下之花，變為地下之花；清明時節，變為清和時節。芳時長負，豔福未修。無蘇學士曠達之胸襟，而有杜司勳惆悵之心情。罥眼愁雲，焚心恨火，自尋煩惱，解脫無方。人非金石，奈何久居此愁城之中而不出也？幸也有糟邱伯⑮在，能為夢霞解厄。時已薄暮，微雨催暝，夢霞返身入室，案上有玻璃瓶，取而注之，猶有餘醇。倚窗而坐，

⑫ 次回：王彥泓，字次回。明末詩人。詩多豔辭。有疑雨集。
⑬ 雪：拭。
⑭ 砌下梨花一堆雪：語出杜牧初冬夜飲。
⑮ 糟邱伯：指酒。

盡情傾倒，而獨酌無侶，飲興不暢。欲舉杯邀月，效青蓮故事⑯，而此時之嫦娥，且匿居廣寒宮中，呼之不出。酒入愁腸，酒未醉而愁先醉，不三杯而玉山頹⑰矣。既為掃愁帚，且作釣詩鉤。醉意方酣，詩情遂動。夢霞乃擊桌而歌曰：

夢霞夢霞爾何為，身長七尺好男兒。爾之處世如鈍錘，爾之命惡如漏卮。待爾名成志得遂，蒼蒲⑱須有開花期。憶爾幼時舌未穩，凌雲頭角削玉姿。偷筆作文學塗抹，聰明刻骨驚父師。觀者謂是丹穴⑲物，他年定到鳳凰池⑳。而今此事幾遷移，爾何依舊守茅茨。十年蹭蹬霜蹄蹶，看人雲路㉑共奔馳。今日人才東渡正紛紛，爾何不隨驥尾甘守雌㉒。烏雀常苦肥，孤鳳不得竹實而常飢；烏雀皆有棲，孤鳳不得梧桐而傷離。人生及時早行樂，爾何工愁善病、朝欷暮唶㉓而長噫。飢驅寒逐四方困，日暮途窮倒行而逆施。寒餓孤燈一束詩，抛盡心力不知疲。爾何不詠清廟明堂什㉔，

---

⑯ 欲舉杯邀月二句：李白月下獨酌：「花間一壺酒，獨酌無相親。舉杯邀明月，對影成三人。」

⑰ 玉山頹：世說新語容止載：山公（濤）曰：「嵇叔夜（康）之為人也，岩岩若孤松之獨立；其醉也，傀俄若玉山之將崩。」李白襄陽歌：「清風朗月不用一錢買，玉山自倒非人推。」

⑱ 蒼蒲：菖蒲。草名。生於水邊。

⑲ 丹穴：山名。山上多金玉。

⑳ 鳳凰池：也稱「鳳池」。禁苑中的水池。唐人詩文中多以鳳凰池指宰相。

㉑ 雲路：青雲之路。喻宦途。

㉒ 守雌：老子：「知其雄，守其雌，為天下谿。」雌，雌伏，比喻退藏。守雌，即以柔道自守，不與人爭。

㉓ 唶：讚嘆詞。音ㄐㄧㄝˋ。

惟此寫愁鳴恨、紙勞墨瘁、為此酸聲與苦詞。爾生二十有一載，世間百憂萬憤何一不備罹。少壯情懷已若此，如何更待朱顏衰。吁嗟乎，爾之生兮不如死，胡為乎迷而不悟恨極更成痴。看花得意馬蹄疾㉕，爾之來兮獨遲遲。落紅狼藉難尋覓，空對春風生怨思。閒愁滿眼說不得，以酒澆愁愁不辭，傾壺欲盡剩殘瀝，灑遍桃葉與桃枝。一日愁在黃昏後，一年愁在春暮時。兩重愁併一重愁，今夜無人悲更悲。三更隔院聞子規，窗外孤月來相窺。此時之苦苦何似，遊魂飄蕩氣如絲。淚已盡兮繼以血，淚血皆盡兮，天地無情終不知。擲杯四顧憤然起，一篇寫出斷腸詞。是墨是淚還是血，寄與情人細認之。

一歌而悶懷開，再歌而酒情湧，三歌而哭聲縱。擱筆而起，身搖搖若無所主，遂和衣倒榻而眠。一霎便酣然入夢，已是上燈時刻矣。館僮以夜膳來，室中不見夢霞，遍燭之亦無有，正詫異間，忽覺酒氣襲人，出於帳中。揭帳視之，則見夢霞酒紅上頰，睡意正濃。館僮知其醉也，不復驚之，悄然自去。

未幾，秋兒送鵬郎入館，連呼先生不應。鵬郎年幼好弄，潛至牀前，將夢霞竭力推之，秋兒在旁吃吃笑。夢霞睡夢中受搖撼之力，若有所覺，醉眼朦朧，睡意惺忪，口中囈語，綿綿不絕。鵬郎推不已，夢霞忽清醒，轉其軀向外，問曰：「汝何人？太不解事，擾我清睡。」鵬郎曰：「先生，鵬郎來矣。先

㉔ 清廟明堂什：清廟，宗廟。明堂，古代帝王宣明政教的地方。什，詩篇。詩經周頌首篇清廟，為周天子祭祀祖先的樂歌。這裏指歌功頌德的作品。

㉕ 看花得意馬蹄疾：孟郊登科後：「春風得意馬蹄疾，一日看盡洛陽花。」

生今夜睡何早，其有所苦乎？」夢霞曰：「是汝乎？吾無苦，偶困於酒耳。」夢霞言時，語尚含糊，眉目間有倦態，蓋宿酲猶未盡解也。鵬郎復問曰：「先生今夜尚上課乎？」夢霞曰：「夜如何矣？」鵬郎回視壁上鐘答曰：「九句一刻矣。」夢霞曰：「我憊甚，不能起，汝自去溫習舊課，勿溷我。」鵬郎唯唯，為之下帳，就案頭攤書自讀。時秋兒已去，室無他人，此冷清清之境地，靜悄悄之時間內，惟有燈下之書聲，榻上之鼾聲，與壁上之鐘聲，高下疾徐，相為問答而已。

秋兒入告梨娘。梨娘知夢霞醉臥，恐鵬郎擾之不安，亟遣秋兒喚鵬郎入。鵬郎聞喚，方收拾書本欲行，夢霞好夢方回，微哼一聲。鵬郎知其已醒，面榻低聲曰：「先生請安睡，鵬郎去矣。」夢霞曰：「汝去乎？案上鎮紙下壓一箋，可攜將去。我此時腹中微餓，呼僮為我煮粥半甌，我自歠㉖之。」鵬郎應諾，呼館僮來，妥為料理，而自攜稿與秋兒徑去。

玉簫闌珊，銀缸黯淡。一陣急雨，垂檐擈㉗瓦，作戰鬥聲。窗護薄紗，雨點亂灑其上，玲瓏剔透，若暗若明，幾疑為晨光之熹微也。此時窗內有何人，則梨娘也。夜深矣，梨娘胡不睡？待鵬郎也。梨娘獨守空幃，與鵬郎相依為命，鵬郎未歸寢，梨娘從未先自就枕。而梨娘於此時則更粉臉半沉，黛眉雙蹙，以手支頤，悄然若有所思。蓋秋兒方告以夢霞醉且睡，睡正酣，而即遣之招鵬郎來也。秋兒方去之頃，鵬郎未來之先，梨娘之心，一念念鵬郎，一念又欲念夢霞。念夢霞平日，雖知其嗜飲，然未見其醉。今夜何以獨酌而醉，且至於不能起。是必忽受劇烈之感觸，無可告訴，不得已遁入醉鄉，為借酒澆愁之計，

㉖ 歠：通「啜」。飲，喝。

㉗ 擈：擲擊。音ㄅㄛˊ。

是亦大可憐大可悲矣。身無彩鳳雙飛翼，心有靈犀一點通㉘。梨娘之魂，不啻隨秋兒俱去，至夢霞榻前，為夢霞之看護婦也。梨娘凝思之際，忽聞一聲呼曰阿母，則鵬郎已與秋兒俱來矣。

㉘ 身無彩鳳雙飛翼二句：語出李商隱無題。

第八章 贈蘭

蘭風❶長雨，入夜紛紛，霹霹燮燮❷，似與愁人對語者。梨娘坐待鵬郎，鵬郎冒雨而至。乃詳詰夢霞醉後情狀，鵬郎一一為具言。袖中出一紙授梨娘，曰：「此先生教兒持付阿母者。」梨娘受之以置奩右，而先遣鵬郎睡。時已夜半，窗外風雨聲更厲。夜寒驟加，絲絲冷氣，自窗隙中送入，使人肌膚生栗。此時梨娘，尚不卸裝就睡，斜倚牀側，拔釵重剔殘缸。展夢霞稿，從頭細閱，一幅米顛狂草❸，若龍蛇飛舞，字字帶欹斜之勢。知為醉後所書，故筆情放佚自如，不能整齊一致也。繼誦其句，則閒愁十斛，憤火一腔，胸中鬱勃之氣，盡宣泄之於毫端。自怨自艾，語語憤激，殊有對此茫茫、百端交集之概。其才如此，其遇如彼，不亦大可哀耶！

嗚呼，古今來名媛淑女，為憐才一念所誤者，何可勝數。梨娘自賦離鸞❹，心如止水，不知何以遇一素不相識之夢霞，忽動憐才之念。無端邂逅，有意纏綿。既無前因，復無後果。如蠶縛絲，如蛾撲火，

❶ 蘭風：蘭珊之風。謂薰風闌珊，將變為涼風。
❷ 霹霹燮燮：狀聲詞，形容雨聲。
❸ 米顛狂草：米芾，字元章。北宋書畫家。工草書。詼諧好奇，舉止顛狂，人稱「米顛」。
❹ 離鸞：分離的配偶。

同沉苦海，竟不回頭。已到懸崖，渾難撒手。此非所謂孽冤纏人，有不可以自由解脫者耶？夜窗風雨，淒寂無聊，夢霞已由醉鄉而入睡鄉，梨娘則心如懸旌，繫念夢霞不置。忍寒久坐，對影不雙，淚珠濺上雲箋，隱隱作殷紅色。梨娘尚不忍釋手，反覆展視，誦至「人才東渡正紛紛，不隨驥尾甘守雌」之句，頓悟前日之書，實大傷夢霞之心。此書之語，本出於一片熱誠，乃知己相待之實情，固不料夢霞見之，觸其心事，而增其悲痛也。梨娘獨坐念夢霞，不知書舍中之夢霞，且迷離惝恍，夢境隨心，若與梨娘晤對一室，共訴無窮之心事也。

寒鄉孤鬼，愁苦萬狀。村深絕賓客，窗晦無儔侶。忘憂焉得萱草❺，解悶惟有杜康❻。清樽湛綠，獨酌誰歡；愁不能解，攻之以酒；酒不能消，掃之以詩。故夢霞近日，既中酒病，更為詩瘦。古人云：客子斗身強。言客子之所恃者，惟強健耳。而夢霞因昨夜為酒所困，次晨竟病不能興；繼念校課未容荒曠，不得不扶病而起。披衣下榻，足未著地，身若騰空，頭涔涔然，如壓千鈞之石。煩懣填於胸，悲痛壓於腦，眼底皆花，心頭作惡。夢霞之身體，蓋已失其健全之作用矣。晨曦上窗，人影在戶，則館僮已取臉水至。夢霞正盥洗間，沐則心覆，一陣昏眩，胸膈作奇痛，喉間有物，躍躍欲出，哇然一聲，遺吐在地。館僮驚呼曰：「先生驚余哉！此赬然者何物耶？先生何為而吐此？」夢霞一吐之後，覺胸前若空洞無物，身飄飄如在雲霧間，幸其倚桌而立，未致傾跌。聞僮驚詫，乃向地下注視，則見猩涎❼幾點，

❺ 萱草：傳說能令人忘憂，故又名忘憂草。
❻ 杜康：傳說為最早造酒的人。後用作酒的代名。
❼ 腥涎：猩紅色的黏液。

色勝紅冰，亦自愕然。此時欲強自鎮攝，而體益不支，脫不有館僮為之攙扶，已離桌而倒矣。

館僮扶夢霞至榻上，時夢霞面色轉白，慘無人狀，氣息微微，一絲僅屬。徐謂僮曰：「速往校中，為吾向李先生請假，恐上課時間已過，學生久待矣。」李先生者，亦蓉湖人，即該校之副教也。館僮諸而出，室中惟一方病之夢霞，繞牀轉側，伏枕呻吟，支心攪腹，痛苦萬狀。而地下才吐之新紅，其色且由赤而殷。直刺病者之目。深院寂寂，長日遲遲，杳無一人過問。半晌，夢霞支牀而起，取鏡自照。嘆曰：「我心傷矣！我病深矣！我恨長矣！我命短矣！傷哉夢霞，黃塵客夢，已將辭枕而馳；白髮親心，猶自倚門而望。傷哉夢霞，汝竟至此耶！」夢霞一陣悲愴，心冷於冰，復擲鏡而頹然僵臥。

淡日籠窗，淒風入戶，夢魂飛越，病骨支離。嗚呼，年少作客，人生不幸事也；客中而病，尤作客者之大不幸事也。此不幸事，此大不幸事，夢霞竟重疊遇之。一之為甚，其可再乎！為客苦矣，客而病，其苦更加十倍。苦哉夢霞，病裏思家，牀前三尺，便是天涯。危哉夢霞，恨壓愁埋，愴然撫枕，能不悲耶！亭院陰涼，蜂靜脾香。此闃寂無人之書舍中，惟聞夢霞呻吟之聲，如病猿啼月，老馬嘶風，令人聞而生怖。

日已亭午❽，有二人入室視夢霞，則崔父與館僮也。館僮出後，即以夢霞病狀，奔告其主人。崔父亦大驚，別遣一僕赴校，為夢霞請假，而自與僮來視。夢霞見崔父來，以手支枕，作欲起狀。崔父急止之，注視其面而問曰：「三日不見，吾侄竟清減如許矣。」夢霞帶喘答曰：「蒲柳之質❾，朝不保暮。

❽ 亭午：正午。

❾ 蒲柳之質：世說新語言語載：東晉顧悅頭髮早白，簡文帝曾問他：「卿（髮）何以先白？」顧悅答道：「蒲

偶沾寒疾，已憊不能起。乃蒙長者關懷，移玉垂視，愧不克當。」崔父曰：「吾侄春秋鼎盛，丰采麗都⑩，後此無窮之希望，全恃此有用之身軀。小有不適，本無足介意，但客中殊多苦況，起居飲食，容有不慎，老夫為東道主，不能盡調護之責，負罪良深。吾侄之病，得毋沉憂所致，咯紅症非尋常癬疥，尚望掃除煩惱，放開懷抱，排愁自遣，破涕為歡。心得所養，則病魔自袪。天下多不如意之事，憤憤焉何為？世間有不能平之情，鬱鬱焉太苦。牢騷煩憂，足以消磨壯志，隱種病根。朱顏未老，來日方長，自伐自戕，殊為可惜。此則老夫竊有規於吾侄者也。」夢霞聞言，心感之，答曰：「金玉之言，當鐫心版，侄敢不自愛，而負長者之惓惓乎？」崔父又曰：「北郭外有費醫生者，盧扁⑪之流亞也。當代相延，一為診治。」夢霞雅不欲服藥，而不能拂崔父意，則亦聽之。崔父即遣僮出郭招醫，未幾費至。診視畢，曰：「此心疾也，恐藥石不能為功。無已，姑試一劑。然終須病者能自養其靈臺⑫，勿妄想紛馳，勿牢愁固結，則服之方有效力耳。」費醫坐談有頃，開方徑去，時已夕陽辭樹，暝色上窗。崔父恐以久談勞病者之神，囑夢霞善自調養，囑館僮好為看護，若有所需，速來告我，叮嚀至再，乃扶杖出門去。

暮靄蒼蒼，關山色死，此如何景象耶？單牀冷席，孤寂如鶩，此如何地位耶？藥鐺茶灶，相依為命，此如何生活耶？而夢霞以一身當之，不其殆哉！夢霞之病也，初不知其病之所由來，且不知其病之何以

柳之姿，望秋而落；松柏之質，經霜彌茂。」蒲、柳二物，落葉均早，故用以比喻人之早衰。

⑩ 麗都：雍容華貴。

⑪ 盧扁：扁鵲，姓秦，名越人。戰國名醫。因家在盧國。又稱盧醫。後用以泛稱良醫。

⑫ 靈臺：因心有靈智，故用以指心。

速。才抛酒盞，遽結藥緣，憔悴病容，嶙峋瘦骨。夢霞又不禁自危自懼，恐一病之沉酣，竟生機之斷絕。終日心煩慮亂，勞神焦思，而病且日加。大凡病者之心情，宜於散而不宜於悶，其生命全託之於侍疾之人，醫藥其末也。偃息在牀，無事靜臥，氣促力綿，唇乾口燥，無聊之極，往往萬念叢生。病而在於家，則侍疾者為其家人骨肉，必能為之殷殷調護，飲食寒暖，時加注意，或借閒談以解其悶，或作慰語以安其心，周詳審慎，體貼入微，務使病者忘其病之苦。至病在客中，則有難言者矣。一燈一榻，舉目無親，藥餌而外，別無療疾之物。即有侍者為之疊被鋪牀，調湯進藥，而人不關情，意終隔膜。夢霞沉悶之中，時時念及其老母，且謂我平安無恙，昕夕⑬盼望。而劍青則遠客天涯，音書隔絕，不知我已纏綿牀褥，命弱如絲。設不幸而奄然就斃，戴逵⑭竟應災星，則終身不遂烏鳥之私⑮，阿兄且抱雁行⑯之痛。夢霞竟日昏昏，思量萬種，氣色日見灰敗，病勢日形沉重。投之以藥，如石沉水。英姿颯爽之少年，竟為墟墓間之遊魂矣。

夫以夢霞之病之時、病之境、病之情，極人世之至苦，不病尚難以支持，既病決無幸生之望。而孰知事竟有不然者。三日之前，病見其增；三日之後，病見其減；未幾而夢霞已離牀而起，二豎⑰退舍，

---

⑬ 昕夕：朝暮。昕，黎明。

⑭ 戴逵：字安道，東晉人。善鼓琴。信奉佛教，但反對因果報應說。

⑮ 烏鳥之私：舊說烏鳥反哺，故稱奉養父母為展烏私，取其能報本。

⑯ 雁行：禮記王制：「父之齒隨行，兄之齒雁行。」言兄弟出行，弟在兄後。後用作兄弟之稱。

⑰ 二豎：指病魔。

占勿藥之喜矣。奇哉此病，其來也無蹤，其去也無影。閱者諸君，閱至夢霞病中，亦曾念及梨娘乎？多情之崔父，猶聞病而時加存問，豈知心如梨娘，平日暗中為夢霞之看護者，今知其病，乃視同秦越，處之漠然，不有以分其苦而慰其心耶？梨娘聞信之後，腸為之斷，心為之裂，以格於嫌疑，不能出而看視，不知於無人處拋卻多少眼淚。夢霞之病瘳，而梨娘之心血亦盡矣。

病耗飛來，愁腸百結。梨娘知夢霞之病，非藥石所能療，凡病者所需之物，一湯一水，必親自檢視，然後付僮攜出，且時遣鵬郎出詢病狀。鵬郎來，輒戀戀不去，徘徊牀前，作種種小兒戲，態至活潑。夢霞病中，亦為之破顏。病之第三日，鵬郎忽與秋兒俱來，欣然有喜色。秋兒捧蕙蘭兩盆，供之案上。鵬郎曰：「此我家後院中物，吾母最愛此花，今以先生臥病，深苦寂寞，故向母索之來，為先生病中一好伴侶也。」夢霞謝之，鵬郎視秋兒已去，探懷出一緘，擲諸夢霞枕畔，遽返身疾馳去。夢霞隨後喚之曰：「鵬郎勿奔，仔細戶檻絆汝倒也。」

幽芬綿邈，清氣吹噓，靜沉一室，暗襲重衾。夢霞悶極無聊，聞此奇香，神志為之一清，胸襟為之一爽，不啻服一劑清涼散也。感念梨娘以此花相貽，是真能知我病者，是真能治我病者。其用情之深，不知幾許，我亦不虛此病矣。雖然，我病若此，梨娘必聞而驚懼，此數日中，其善蹙之眉頭，正不知為我添幾重心事也。乃取枕畔函，拆而閱之。斯時夢霞為蘭香所薰，心地豁然，病已去其大半，非復昏悶之狀。轉身向外，攤書於枕上而讀之曰：

醉歌方終，病魔旋擾。深閨聞耗，神為之傷。只以內外隔絕，瓜李之嫌[18]，理所應避，不獲親臨省視，稍效微勞，中心焦灼，莫可言宣。聞君之病，中酒也。然中酒者，病之所由起，而傷情者，則病之所由來也。鮮紅一掬，此豈可以兒戲者。情海茫茫，君竟甘以身殉，而捐棄此昂藏七尺乎！嗚呼，君亦愚矣！君上有老母，下無後嗣，一肩甚重，莫便灰頹。梨影誠不敢以薄命之身，重以累君也。君果愛梨影者，則先當自愛，留此身以有待，且及時以行樂，眼前雖多煩惱，後此或有機緣。諺云：留得青山在，不怕沒柴燒。此言雖小，可以喻大，請君即其旨而深思之。愁城非長生國，奈何久居不出，以自困而自囚哉！昨聞醫者亦謂君病係心疾，服藥不能見效。夫心疾須以心治之，一念之苦樂，生死之關頭也。但使靈臺不昧，何須藥石為功。制恨抑愁，以熄情火，清心平氣，以祛病魔。言盡於此，願君之勿忘也。

芳蘭二種，割愛相贈。此花尚非俗品，一名小荷，一名一品，病中得此，足慰岑寂，且可為養心之一助焉。臨穎神馳，書不成字，紙短情長，伏惟珍重。

書尾更媵⑲以二詩，誦其詞乃分詠二花也。詩曰：

大一品

---

⑱ 瓜李之嫌：古樂府君子行：「君子防未然，不處嫌疑間。瓜田不納履，李下不正冠。」後以瓜田李下喻招惹嫌疑之地。

⑲ 媵：古時諸侯女兒出嫁時隨嫁或陪嫁的人。引申為陪送。這裏是附上的意思。

一品名休羨，家貧無好花。素心人此夕，應共惜芳華。

小荷

故與淡煙遮，銷魂是此花，藉茲情種子，伴爾病生涯。

深情若揭，好語欲仙，披覽之餘，神魂俱醉。夢霞之病，本係傷心所致，但夢霞自知之，而不能自藥之。梨娘之言，不特深悉其病源，且切中於事理，不啻孔明之以十六字醫周郎[20]也。一封書具有妙用，二枝花聊寄相思。夢霞患真病，故梨娘以真情動之，而夢霞為之霍然矣。奇疾奇醫，奇人奇事。情之弄人，其轉移之捷，感化之速，竟乃爾耶！彼崔父勸慰之詞，雖屬殷勤懇至，殆所謂但知其一、未知其二者也。

藥爐煙裏，蘭幕香中，臥病之夢霞，已躍然而起，精神復舊，言笑如常。時正伏案作草，所草何詞？蓋以答梨娘者也。

既惠名花，復頒佳句，深情刺骨，我病已蘇。謹答二章，聊誌感謝之意。

馨香遠贈寄深情，露眼如將肺腑呈。

[20] 孔明之以十六字醫周郎：三國演義第四十九回寫赤壁之戰前夕，周瑜設計火攻曹軍，但又擔心風向不順，因憂得病，諸葛亮在探望時，寫了「欲破曹公，宜用火攻；萬事具備，只欠東風」十六字，並向周瑜保證借來東風，使周瑜病癒。

君子有心同臭味，美人此意最分明。
瘦來只恐香成淚，淡極應惟我稱卿。
今日素琴須一奏，忘言相對兩相傾。

春風識面太遲遲，令我瀟湘繫夢思。
佩豈無緣終不解㉑，芬猶未盡恐難持。
任他群卉誇顏色，只願終身伴素姿。
一掬靈均㉒香草淚，蘭閨同此斷腸時。

附詠花名小詞兩闋。

思佳客 大一品

報答春暉擢紫芽，盈筐合獻帝王家。頭銜品自無雙貴，芳國香應第一誇。　承雨露，啫煙霞，卻甘淡泊洗鉛華。余情已向幽叢託，不愛春風及第花。

㉑ 佩豈無緣終不解：舊題劉向列仙傳：鄭交甫出遊江漢之濱，遇江妃二女，不知其為神仙，一見而生愛慕之心，欲得二女的佩玉。二女於是解佩與交甫。

㉒ 靈均：屈原，名平，字原，又字靈均。

憶夢月 小荷

花嬌欲語，摶露如擎雨。冉冉情根還乞護，恐有鴛鴦魂駐。　相遺多，感情深，合歡夢裏同尋。

卿心幽如蘭性，儂㉓心苦比蓮心。

㉓ 儂：吳語「我」。

第九章 題影

日長如歲，人瘦於花。夢霞戰退病魔，脫離鬼趣，然僵臥數日，玉骨一把矣。病癒之後，對鏡自照，滅盡舊日風神。手腳輕旋，坐立渾難自主。蓋病之起伏，雖為情之作用，而身軀實大受其影響。此日之夢霞，已非復昔日腸肥腦滿時之夢霞矣。梨娘知其痊後尚需調養，勸其將息數日，暫緩赴校，恐一經勞碌，病或乘之復發。且仍為之延費醫，服一二滋補之劑，以消除積疾，彌補本分之虧。至於飲食一切，凡關於衛生者，尤非常注意焉。夢霞安之，而一種感激之私，真有印腦砭骨，流涕被面，欲圖報而不得者。

藥裹層層，爐煙裊裊。病中之藥，如石投水；病後之藥，如風掃葉。效力之有無，非藥為之，乃心為之也。夢霞服藥閒眠，手一卷自遣。時或階前試腳，覺筋骨之舒暢，步履之輕健，已逐漸恢復其常態，惟畏風甚，不敢時出室門。空齋無侶，則與管城子相周旋。或吟短句，以寄遙情；或揮長幅，以傾積慕。而鵬郎則為之奔走於兩間，倏去倏來，如梁燕之碌碌。如是者十餘日。梨娘之待夢霞益誠，夢霞之感梨娘益切，兩情之熱度，至此竟驟增至沸點以上。

夢霞因病曠職，已周兩旬。屈指石痴行程，計時當已達目的地。海天縹緲，尚無片羽飛來，慰故鄉之舊雨❶。夢霞病中，石痴之父，亦曾數遣人慰問。今病已大瘳，靜處一室，亦覺異常幽悶。明日決意投校補課，且擬先往石痴家見其父，一則謝病中慰問之意，一則詢石痴去後之情。預計已定，是夜就枕亦較早，蓋蓄力養神，以備明日之早行也。

黎明即起，盥洗畢，見為時尚早，恐為曉寒所中，不遽行。蹀躞室中，驀念老母，據案作書，備述客中近況，獨不及臥病事，蓋恐老年人聞之，深抱不安也。函封既固，呼僮攜去投諸郵筒。

亂鵲繞檐，歡騰萬聲，有何喜事報告主人？時壁上時計，已叮噹十下，夢霞正鍵戶欲行，忽郵使遞兩函至。接而視其一，封面有「石痴自長崎❷發」字樣，大喜，急拆閱之。書中略謂弟此次東渡，海波不驚，眠食無恙，堪以告慰。惟今晨抵長崎，中途遇雨，行裝盡濕，備受旅行之苦。今擬在此盤桓數日，暫息征塵，計抵東之期，當在菰❸葉搏青，蒲芽懸綠時矣。讀竟暫置一旁。再視其一，則函面字跡，有突觸夢霞之眼簾，而足令其喜生望外者。蓋書乃自閩中來，劍青所發者也。劍青於去年秋間，隻身遊閩，迄今已十閱月。夢霞行時，劍青固未知也。夢霞來錫後，曾次第發兩緘，迄未得覆。今忽於意外飛來一紙，喜可知已。窺其內容，乃知劍青現於某署司文牘，近況尚佳。且言定於五月下旬，束裝歸里，屆時正值吾弟暑假之期，可得一月晤對，俟秋涼時再定行止。夢霞一讀一喜，預計與劍青握手之期不遠，久別弟兄，一旦聚首，其愉快為何如！欣慰之餘，神為之往，不啻已與劍青覿面交言，共訴別後情事。嗚呼！哀樂無常，隨時而變。外感之來又往往不出以單獨，而與之重疊相遇。夢霞病時，未嘗不思兄憶友，

❶ 舊雨：前人以舊雨喻老友，今雨喻新交。
❷ 長崎：日本城市名，位於九州。
❸ 菰：俗稱茭白。

而消息沉沉，杳無一字。今病方痊，好音雙至，此其中若有人焉為之播弄，而故使快意事叢集於一時者。送來歡喜十分，卸卻離愁一擔。唐貫休❹有句云：「綿綿遠念近來多，喜鵲隨函到綠蘿❺。」夢霞此時之情景，其殆似之。

朝陽皎皎，含笑出門。一路和風拂袖，嬌鳥喚晴；兩旁麥浪翻黃，秧針刺綠。曉山迎面，爽氣撲人；遠水連天，寒光映樹。曉行風景，別具一種清新之致。煙消日出不見人❻，非身處江鄉，亦不能領略此天然佳趣。夢霞半月以來，蟄伏斗室中，久不吸野外新鮮空氣，悶苦莫可名狀。今日破曉獨行，野情駘蕩，傍堤行去，一路鮮明。喜事尚在心頭，好景盡來眼底，殊覺心胸皆爽，耳目一新。同一景也，失意時遇之，則覺其可憐；快意時遇之，則覺其可樂。心理因時變易，而外物之感情，遂因之大異。夢霞此行，若非適當欣洽之餘，則草草勞人，茫茫前路，重衾辜負，行色匆匆，正不知其道左彷徨，當如何懊喪耳。

既入校，校中人咸來問訊，學生均趨前致敬歡呼，面有喜色，此可見與夢霞平日感情之厚矣。是校共有教員二人，一即李某也。石痴未行時，每日亦授課一二小時，去後所遺鐘點，均歸夢霞獨認。夢霞病假，全班課程，由李一人庖代❼。李為新學界人物，頗染時習，與夢霞不甚相洽。且喜自炫己長，掐

❹ 貫休：晚唐詩僧。俗姓姜。善畫羅漢像。後入蜀，為王建所重。
❺ 綿綿遠念近來多二句：語出貫休感懷寄盧給事二首。
❻ 煙消日出不見人：語出柳宗元漁翁。
❼ 庖代：即越俎代庖。超越自己的職責代人做事。

人之短。夢霞亦不與之較，特心鄙其人而已。李聞夢霞至，欣然就見。夢霞謝之曰：「小病數日，遂致曠職，勞君獨任，我心何安。」李謙遜畢，且曰：「幸君病癒，近日天氣和燠，風日晴朗，大好旅行之時。聞鵝湖各校，成績甚佳。弟意擬於明日星期，率學生赴該處旅行，調查其成績之優劣，藉收觀摩之效。且時值初夏，萬綠叢生，隨地觀察，對景留連，亦可增進實物上之知識。特恐君新病之後，不禁跋涉，如許同行，實所深願。」夢霞諾之。散課後通知學生，約期於明日晨刻齊集。

鵝湖錫屬一重鎮也。其地雖一村落，而戶居之櫛比⑧，商賈之輻輳⑨，不啻具一都會之縮影。土著多華姓，族中人才輩出，多有名於時。蓋所謂山明水秀之區，人傑地靈之域也。是鄉風氣，開通較早，已辦各校，有果育學校，有鵝湖女學，有私塾改良之小學。蕞爾⑩一鄉，而各校林立，學務至為發達，且辦理無不合法，成績無不優美。求之錫、金⑪各屬，固不可再得，即求之全國各地，亦烏⑫容數覯。其地與夢霞所任之校，相約距二十餘里，舟行半日始達。夢霞來錫後，久欲一覽鵝湖之勝，而苦無閒日，可鼓遊興。今假旅行之便，得以一償其宿願，故平日與李某意見不甚相合，今日提議旅行頗贊成其說也。

次晨，夢霞早起到校，學生五十餘人，已各新其衣冠，麕集⑬以待。李某方飭⑭校役，預備旅行所

---

⑧ 櫛比：形容緊密相連，猶如梳齒般排列。櫛，音ㄐㄧㄝˊ。

⑨ 輻輳：形容人或物聚集，像車輻集中於車轂一樣。

⑩ 蕞爾：形容（地區）小。

⑪ 錫金：無錫、金壇兩縣。

⑫ 烏：何，哪裏。

⑬ 麕集：群集，聚集。麕，音ㄐㄩㄣ。

需之物，時已八時許，舟子亦來相催。夢霞曰：「往返四十餘里，需時間甚多，到後又須延擱，若不及早就道，恐誤歸期也。」乃與李先率學生至操場，列隊報數，將平日所授旅行之種種規則及儀制，重加申述，令各堅憶。訓練畢，即整隊出。舟泊半里外，計共二隻。既至，兩人各挈學生二十餘人乘其一，旋解纜行。幸好風相助，帆飽舟輕，速率驟加，約十一時許，舟已雙泊於鵝湖之濱。時岸上人家，正炊煙四起也。乃各率學生捨舟登岸，擬先赴果育參觀，問道以往。時正日高風小，路不揚塵，履聲橐橐，旗影翩翩，進退有序，步伐有章，道旁觀者，咸嘖嘖嘆曰：「此蓉湖某校學生也。其精神之活潑，行列之整齊，非受良教師之教育，曷克臻此！」

果育為鵝湖最初之校，開辦有年，成效夙著。其中任事者，多學界名流，富於學識經驗之人。夢霞此行，得與彼都人士握手，心竊為之愉快。既至該校，學生整隊出迎。行禮畢，一面唱歡迎歌，一面唱參觀歌，以表敬愛之誠。旋散隊入室參觀。日已亭午，由該堂留膳，飲饌甚精，學生群歌醉飽。膳畢略憩片時，即由該校學生列隊前導，赴各校參觀。一路軍樂悠揚，歌聲宛轉，蜿蜒如常山蛇⑮，隨路幾折不絕。隨而觀者，途為之塞。嗚呼盛矣！參觀既訖，時已薄暮。果育校長，請同赴曠野，作拋球之戲。夢霞辭以時晏⑯，遽起興辭，學生亦各興盡思返，各校學生復聯隊至江干，歡送如儀。落日歸舟，中流

⑭ 飭：命令。

⑮ 常山蛇：孫子九地：「故善用兵者，譬如率然。率然者，常山之蛇也。擊其首則尾至，擊其尾則首至，擊其中則首尾俱至。」這裏用以比喻隊列。

⑯ 晏：晚。

容與⑰，一帆風送，雙槳如飛。然到校時，亦已萬家燈火鬧黃昏矣。

學生各散歸其家，夢霞亦疲甚，乃別李歸寓。方入門，燈光中鵬郎迎面問曰：「今日星期，先生卻往何處尋樂，教人盼煞。」夢霞語以故，鵬郎不待言畢，即狂奔以去。夢霞入室，亦不遑檢點各物，即向榻上和衣而倒，蓋終日勞頓，亟資休養矣。乃甫就枕，覺衾中有物，突觸胸際，冷如潑水。大驚，急以手撫之，黑暗中不辨為何物，移燈注視，乃鏡架一具，中貯影片。其觸膚生冷者，乃鏡面之玻璃也。再審視鏡中人，不覺心花怒放，肺葉大張，蓋鏡中非他人，即梨娘之影也。夢霞喜生望外，私念梨娘今日獨自來館，留小影於衾中，以慰我相思之苦，何其用情之深而寄意之遠也！繼又念梨娘既來，以此相遺，此外必更有遺跡可尋。此時夢霞已盡忘困倦，遽起攜燈就案，詳細檢視。啟匣則墨瀋⑱猶存，拈管則毫尖尚濕，而遍案窮搜，未遺隻字。乃燭之地上，則見紙灰零亂，遍地皆是，撥之得未燼之紙角一，取而閱之，得七字曰：「悠悠人亦去如潮。」異哉，梨娘既就案作書，胡為而又焚之耶？既焚之矣，復於亂灰中留此七字，又何意耶？此悶葫蘆，一時殊難以打破也。

倩影不留，餘蹤可玩。夢霞對此一角燼餘之紙，摩挲者良久，思索者又良久，終不得梨娘命意之所在。一天歡喜，化成一塊疑團，橫梗胸臆，不能放下。晚膳雖具，粒食不能下嚥矣。冥搜力索又久之，忽若豁然有悟曰：「今日休課，梨娘知我決不赴校，故特有心過訪，或別有所商，而不虞我有旅行之舉也。其所留之句，殊有人邇人遙⑲之感，意若怨我不先告以行蹤者。而我亦深悔從李生之言，隨同人之

⑰ 容與：安逸自得。

⑱ 墨瀋：墨汁。

興，臨行又默不一聲，悠然而逝，致梨娘虛此一行。」思至此，不禁拍案狂呼曰：「大誤大誤，不先不後，一去一來，大好良緣，輕輕錯過矣！」閱者諸君，梨娘係出大家，今為孀婦，非蕩檢逾閑者可比。雖與夢霞誼屬姻親，不妨相見以禮，然親疏有別，內外有嫌，況於青天白日之中，效密約幽期之舉，縱不羞自獻，寧不畏人言乎！梨娘雖戀愛夢霞，亦斷不致輕率至此。其來也，固先探知夢霞之不在也。然夢霞此時，方如痴如醉，決知梨娘有就見之心，而恨為旅行所誤，短嘆長吁，若不勝其懊惱者。因賦詩二首以寄意。詩曰：

鵝湖泛棹偶從行，負卻殷勤訪我情。
湘管題詩痕宛在，紙灰剩字意難明。
室中坐久餘蘭氣，窗隙風過響珮聲。
我正來時卿已去，可堪一樣冷清清。

暫駐芳蹤獨自看，入門如見步珊珊。
更勞寄語悲人遠，為覓餘香待漏殘。
命薄如儂今若此，情真到爾占應難。
青衫紅袖同無主，恨不勝銷死也拚。

⑲ 人邇人遙：疑為「室邇人遙」之誤。詩經鄭風東門之墠：「其室則邇，其人甚遠。」謂男女思慕而不得見。

夢霞吟畢，復取梨娘贈影，端詳審視。畫作西洋女子裝，花冠長裙，手西籍一冊，風致嫣然。把玩之餘，目不旁瞬。畫中愛寵，呼之不出。心忽忽若有所失，旋拓開鏡背，取出影片，又題二詩於其後：

意中人是鏡中人，伴我燈前瘦病身。
好與幽蘭存素質，定從明月借精神。
含情欲證三生約，不語平添一段春。
未敢題詞寫裙角，毫端為恐有纖塵。

真真畫裏喚如何，鏡架生寒漫費呵。
一點愁心攢眼底，二分紅暈透腮渦。
深情邈邈抵瑤贈，密意重重覆錦窩。
除是焚香朝夕共，於今見面更無多。

第十章 情耗

眼前無恙，心上難抛，一著思量，曷勝惆悵。梨娘得詩後，即作書復夢霞，有曰：「我來君不在，君若在，我亦不來。留詩一句，出自無心，君勿介意。至以小影相遺，實出於情之不得已，致不避瓜李之嫌，亦不望瓊瑤之報❶。蓋梨影以君為知己，君亦不棄梨影，引為同病。然自問此生，恐不能再見君子。種玉無緣❷，還珠有淚❸。不敢負君，亦不敢誤君。浮萍斷梗，聚散何常。此日重牆間隔，幾同萬里迢遙。一面之緣，千金難買。異日君歸遠道，妾處深閨，更何從再接霞光，重圓詩夢。贈君此物，固以寄一時愛戀之深情，即以留後日訣別之紀念。」

夢霞讀此書，如受當頭之棒，如聞警夢之鐘。其情正在熱度最高之時，不覺漸漸由熱而溫，而涼，而冷，冷且死，黯然魂銷，掩面而泣，淚簌簌下如貫珠。良久嘆曰：「相見不相親，何如不相見。說是

---

❶ 瓊瑤之報：詩經衛風木瓜：「投我以木桃，報之以瓊瑤。」

❷ 種玉無緣：干寶搜神記載：楊伯雍居終南山，常在嶺上汲水，以供人飲。過了三年，有人飲後給他一斗石子，說選好地種下石子可得玉，並可得美麗的妻子。楊種石果得玉。右北平徐公有女很美，人們去求婚都不答應。楊去求婚，徐說如得白璧一對便可同意。楊在種玉處得白璧五對，於是聘徐女成婚。後稱兩家通婚為種玉之緣。

❸ 還珠有淚：即用前所引張籍節婦吟詩意。

無緣，何以無端邂逅；說是有緣，何以顛倒若斯。情之誤耶？命之阨耶？孽之深耶？造化弄人，抑何其虐耶！茫茫人海中，似此知音，何可再得，亦何惜此淪落之餘生，不為瑯琊之情死❹耶？」因立揮二絕答梨娘。詩中有「來生願果堅如鐵，我誓孤棲過此生」之句。梨娘讀之，心大不安，復答書勸慰，委曲陳詞，情至義盡，字字從肺腑流出，一幅書成，芳心寸斷矣。此數日中，密緘往還，倍形忙碌。而碧紗窗外，埋香冢前，淚雨淒迷，愁雲籠罩，觸耳皆斷腸之聲，舉目盡傷心之景。此黑暗之愁城中，幾不復有一絲天日之光矣。

大凡愛情之作用，其發也至迅捷，其中也至劇烈，其吸引力至強，其膨脹力至大。然其發也，中也，吸引也，膨脹也，亦必經無數階級，由淺而深，由薄而厚，非一蹴而即可至纏綿固結不可解脫之地位也。即如夢霞與梨娘，其始不過遊絲牽惹之情，能力至為薄弱。其後交涉愈多，而愛戀愈切。至於今肺腑之言，不覺盡情吐露，使梨娘願效文君，夢霞竟為司馬，則玉容無主❺，金徽❻有情，前輩風流，不妨繼武，夜館無人，何難了此一重公案。無如梨娘固非蕩子婦，夢霞亦非輕薄兒，發乎情，不能不止乎禮義。深情欲醉，而好夢難圓，遂致雙生紅豆❼，願託再世春風；十欄烏絲❽，痛寫一腔憤血。其才雖可敬，

❹ 瑯琊之情死：瑯琊，指王戎，西晉瑯琊臨沂（今屬山東）人。這裏即指王戎喪子，悲不自勝事。見世說新語傷逝。

❺ 玉容無主：玉容，指女子美麗的容貌，借指梨娘。因已喪夫，故云無主。

❻ 金徽：金色的琴徽。

❼ 紅豆：相思木所結的子。大如豌豆，色鮮紅或半紅半黑。古時常用以比喻愛情或相思。

❽ 烏絲：烏絲欄。指上下以烏絲織成欄，其間用朱墨界行的絹素。後也指有墨線格子的箋紙。

而其遇亦可哀矣。夢霞之誓，出自真誠，梨娘多一言勸慰，即夢霞增一分痛苦。夢霞得梨娘之書，更不能已於言，乃披肝瀝膽，濡淚和血，作最後之誓書。其辭曰：

頃接手書，諄諄苦勸，益以見卿之情，而益以傷僕之心。卿乎卿乎！何忍作此無聊之慰藉，而使僕孤腸寸寸斷也。僕非到處鍾情者，亦非輕諾寡信者。卿試思之，僕之所以至今不訂絲蘿⑨者何為乎？僕之所以愛卿感卿而甘為卿死者何為乎？卿誦僕紅樓影事詩，可以知僕平日之心；卿誦僕連次寄贈之稿，可以知僕今日之心。卿謂僕在新學界中閱歷，斯言誤矣。僕十年蹋翼⑩，一卷行吟，名心久死。迄今時事變遷，學界新張旗幟，僕安能隨波逐流，與幾輩青年角逐於詞林藝圃哉！今歲來錫，為飢寒所驅，聊以託足，熱心教育，實病未能。卿試視僕，今所謂新學界，有如僕其人者乎？至女界中人，僕尤不敢企及。僕非登徒子⑪，前書已言之矣。狂花俗豔，素不關心，一見相傾，豈非宿孽。無奈陰成綠葉，徒傷杜牧之懷⑫；洞鎖白雲，已絕漁郎之路⑬。還君明珠雙

⑨ 絲蘿：菟絲與女蘿。二物蔓生，纏繞草木，不易分開。詩文中常用以比喻男女結成婚姻。

⑩ 蹋翼：即蹋翅。耷拉著翅膀。比喻頹喪無所作為。

⑪ 登徒子：戰國楚宋玉作登徒子好色賦，言其鄰居登徒子妻十分醜陋，但登徒子仍很愛她，可見登徒子貪戀女色。後因稱好色之徒為登徒子。

⑫ 無奈陰成落葉二句：傳說杜牧遊湖州，愛一民女，年十餘歲。杜牧與其母相約，十年後來娶。十四年後，杜牧始出為湖州刺史，此女已嫁人三年，生二子。杜牧因作詩嘆道：「自是尋芳去較遲，不須惆悵怨芳時。狂風落盡深紅色，落葉成陰子滿枝。」陰，通「蔭」。

淚垂，何不相逢未嫁時。卿之命薄矣，僕之命不更薄乎！無論今日女界中，如卿者不能再遇，即有之，僕亦不肯鍾情於二。既不得卿，寧終鰥耳。生既無緣，寧速死耳！與卿造因於今生，當得收果於來世。何必於今生多作一場春夢，於來世更多添一重魔障哉！至嗣續之計，僕未嘗不先為計及。僕雖少伯叔，幸有一兄，去歲結縭，行將抱子。但使祖宗之祀，不至自我而斬，則不孝之罪，應亦可以略減也。

僕亦聞之，一言既出，駟馬難追。若食我言，願與薄倖⑭人一例受罰。卿休矣，無復言矣。我試問卿，卿之所以愛僕，憐僕之才乎？抑感僕之情乎？憐才與感情，二者孰重孰輕乎？發乎情，止乎禮義，僕之心安矣，而卿又何必為僕不安乎！或者長生一誓，能感雙星⑮；寃死千年，尚留孤冢。情果不移，一世鴛鴦獨宿；緣如可續，再生鸞鳳雙成。此後苟生一日，則月夕風晨，與卿分受淒涼之況味。幸而天公見憐，兩人相見之緣，不自此而絕，則與卿對坐談詩，共訴飄零之恨。此願雖深，尚在不可知之數耳。嗚呼！僕自勸不得，卿亦勸僕不得，至以卿之勸僕者轉以勸卿，而僕之心苦矣，而僕之恨長矣。悠悠蒼天，曷其有極⑯！

---

⑬ 洞鎖白雲二句：陶淵明作桃花源記，寫武陵郡漁人入桃花源，所見儼然另一世界，但後來卻再也找不到去的路了。

⑭ 薄倖：薄情。

⑮ 雙星：即牽牛、織女二星。

⑯ 悠悠蒼天二句：語出詩經唐風鴇羽。

僕體素怯弱，既為情傷，復為病磨。前日忽患咯紅，當由隱恨所致。大凡少小多情，便非幸福。僕年才弱冠⑰，而人世間之百憂萬憤，業已備嘗。憔悴餘生，復何足惜，願卿勿復念僕矣。

書後更附以四律曰：

杜牧今生尚有緣，撥燈含淚檢詩篇。
聰明自誤原非福，遲暮相逢倍可憐。
白水從今盟素志⑱，黃金無處買芳年。
回頭多少傷心事，願化閒雲補恨天。

顧影應憐太瘦生，十年心跡訴卿卿。
佳人日暮臨風淚，遊子宵分見月情。
碎剪鄉心隨燕影，驚殘春夢減鶯聲。
客中歲月飛星疾，桑剩空條繭盡成。

⑰ 弱冠：古時男子二十成人，初加冠，因身體未壯，故稱弱。
⑱ 白水從今盟素志：左傳僖二十四年載：晉公子重耳在外流亡十九年後返國，與隨行的狐偃（子犯）在河邊以白水盟誓。後以白水表示信守不移之辭。

萬里滄溟凋片鱗，半生蕭瑟嘆吾身。
文章憎命⑲才為累，花鳥留人意獨真。
浮世百年成底事，新歌一曲惜餘春。
金樽檀板能銷恨，莫負當前笑語親。
才盡囊餘賣賦金，果然巾幗有知音。
寒衾今夜憐同病，滄海他年見此心。
靜散茶煙紅燭冷，凍留蕉雨綠窗深。
蕭寥形影空酬酢，夢醒重添苦楚吟⑳。

鏤心作字，嘔血成詩，萬千心事，盡在箇中。一字一吟腸一斷。梨娘閱此書，誦此詩，悲傷之情，真不可言喻矣。淚似珠聯，心如錐刺，初不料夢霞之痴，竟至於此也。其言如此，其心可知。脫異日果踐其言，則彼將終身鰥居，無復生人樂趣。雖孽由自作，而情實可哀。我雖不殺伯仁，伯仁自我而死㉑。

⑲ 文章憎命：杜甫天末懷李白：「文章憎命達。」
⑳ 楚吟：指楚辭哀怨的歌吟。
㉑ 我雖不殺伯仁二句：東晉周顗字伯仁，與王導交情很好，後被王導堂兄王敦所殺。他在出事前曾告訴王導，王導沒有表態。後來王導得知周顗曾在元帝前為王敦謀反事，多次為自己辯護，於是痛哭流涕說：「吾雖不殺伯仁，伯仁由我而死。幽冥之中，負此良友！」後以「伯仁由我而死」，借指自己間接殺人。

只緣兩字「憐才」，竟演一場慘劇。我將何以對人，且何以自解耶？天乎天乎！沉沉浩劫，已陷我於孤苦淒涼之境，而冤孽牽連，復有此自投情網之夢霞，抵死相纏，絲毫不容退讓，迷迷惘惘，終日顛倒於情愛之旋渦中，不能解決。此事果從何說起？薄命孤花，竟是不祥之物，自誤不足而誤人，一誤不足而再誤。苦念及此，轉不若早歸泉下，一瞑不視，黃土青山，紅顏白骨，同歸於盡，亦免在人世間怨苦顛連，有情難遂，有恨難平，苦挨此奈何天㉒中之歲月。時而攢眉，時而酸眼，時而刺心，時而剜腸，劍樹刀山，生受地獄之苦，夫又何苦來耶？痴哉夢霞，爾何不自愛乃爾，爾何不相諒乃爾！挖心嘔血，掬誠相示，惓惓深情，我非不爾感也。事已無可奈何，雖痴何益，不若大家撒手，各了今生之事，喃喃設誓，又奚為者？今爾言若此，我豈能安。痴哉夢霞，何逼人太甚耶！我不知我前生孽債，究欠下幾許，將於何日清償也。嗟乎嗟乎！梨娘固無如夢霞何矣。如怨如慕，亦感亦哀，蓋梨娘此時對於夢霞，只有勉為勸慰之責任，實無代為解決之能力。然夢霞之言既出，夢霞之志已決，必非虛言勸慰所能有效者。梨娘明知之，而無術以挽回之。感之深，怨之亦深，梨娘怨夢霞，固不能棄夢霞也。既不能棄矣，則梨娘固終不忍使夢霞竟踐其誓言也。

情之所鍾，正在吾輩。勞塵滾滾，只博青娥一笑之恩；長夜迢迢，更下白傅㉓千行之淚。一言激烈，生死以之，記者固不敢謂夢霞過也。然而餅師鏡已荒荒破㉔，霍女釵難兩兩全㉕。秋娘已老，杜牧休狂㉖。

㉒ 奈何天：晏幾道鷓鴣天：「歡盡夜，別經年，別多歡少奈何天。」意謂令人無可奈何的時光。

㉓ 白傅：白居易，授太子少傅。

㉔ 餅師鏡已荒荒破：餅師，賣餅人。尤袤全唐詩話載：有賣餅人之妻，纖白明媚。唐寧王李憲一見中意，用重

人生不幸而遇此，惟有運慧劍以斬斷情絲，持毅力以抑制痴念，既未亂之，何妨棄之。兩相棄則兩得保全，兩相戀則兩增煩惱。此中得失，亦自分明。而當局者迷，每欲倒行逆施，強售其情，不知情與情戰，必有一傷，或且兩敗而俱傷。吾輩用情只能用之於可用之地，不能用之於不可用之地。於不可用情之地，而必欲用其情，貿貿焉挺身入情關，為背城借一之計，其始也則如佛經所云，恐怖顛倒，夢想究竟，受盡萬種淒涼，嘗遍一切苦惱，而終不得美滿之效果，徒剩此離奇惝恍之事跡，長留缺陷於天地間，博後人無窮之涕淚而已，豈不可憐，豈不可笑！記者泚筆至此，未嘗不感夢霞之多情，又未嘗不深怪夢霞之無情。推其心殆必欲將可憐可愛之梨娘，置之死地而後已。此情而入於痴，痴而流於毒者也。

閱者諸君，亦知梨娘得書之後，欲拋拋不得，欲戀戀無從，血共魂飛，心和淚熱。恨壓眉峰，不知為夢霞添上幾許顰皺；愁擔香肩，不知為夢霞增加幾分重量。蓋彼決不肯使夢霞為我失盡人生之幸福，

金求得，寵愛非常。一年後，寧王讓餅師見其妻。其妻雙淚垂頰，若不勝情。寧王便將此女歸還餅師。孟棨本事詩載：南朝陳將亡時，駙馬徐德言把一面銅鏡破開，和妻子樂昌公主各藏一半，預備失散後作為信物。後以「破鏡」比喻夫妻離散。

㉕ 霍女釵難兩兩全：湯顯祖紫釵記，寫唐霍王爺小女小玉，天生麗質。上元與母觀燈，丟失紫釵。隴西才子李益由拾釵而識小玉，一見傾心，以紫釵為媒，結為夫婦。李益赴考，高中狀元。朝中盧太尉想招李益為婿。小玉忠貞不渝，貧病交加，叫丫頭沿街賣釵尋夫。盧太尉買得紫釵，陰謀離間其夫妻感情。後在黃衫客幫助下，夫妻終得團圓。

㉖ 秋娘已老二句：唐金陵女子杜秋娘，善歌金縷衣曲。後入宮，為憲宗所寵。晚年歸金陵窮老以終。杜牧作杜秋娘詩，當時膾炙人口。

必欲籌一兩全之法，使之能取消其誓，而又不欲孤負其情。輾轉思量，不得一當，魂夢為之不安，飲食為之漸減。以多愁多病之身，怎禁受如許折磨，不三日而梨容憔悴，病中三分矣。

第十一章 心潮

夏氣初和，春寒猶戀。這般天氣，大是困人。窗外雲愁如夢，日瘦無光。陰慘之氣，籠罩於閒寂之空庭。芭蕉一叢，臨風聳翠，葉大如旗，當窗卓立，又如捧心西子❶，懷抱難開。異哉，蕉也何愁，而其心亦捲而不舒也。受淡日之微烘，掩映於窗紗之上，若隱若現，易恆綠作水墨色。此時窗外悄無一人，惟有此映日之蕉，偎窗作窺探狀。若訝窗內之人，每晨必當窗對鏡理妝，今何以日已向午，窗猶深鎖。其夜睡過遲，沉沉不醒耶？抑春困已極，懨懨❷難起耶？而此時窗內繡牀之上，正臥一魂弱喘絲之梨娘，眉尖宿雨，鬢角翻雲，不勝其憔悴零落之狀。非失睡也，非春困也，嗚呼病矣。梨娘病臥深閨，別無良伴，為之看護與慰問者，惟鵬郎、秋兒，斯時又皆不在。鴛帳❸半垂，鴨爐❹全熄，簾櫳黯黯，悄無人聲。絕好香閨，竟同幽宅。梨娘正在伏枕無聊之際，星眸驚欠，突見窗上現一黑影，疑為人，作微呻，

❶ 捧心西子：莊子天運載：越國美女西施因患心病而捧心皺眉，同村醜女見了覺得很美，也捧心效其顰。捧心，雙手抱著胸口，表示病態。
❷ 懨懨：精神不振的樣子。
❸ 鴛帳：繡著鴛鴦的帳子。
❹ 鴨爐：鴨形的薰爐。

亦不動，細認之，知為蕉影。嗚呼！病骨支離❺，足音闃寂，呻吟之苦，孤零之況，極人世之慘淒，惟有此多情之綠天翁❻，當窗搖曳，頻作問訊。此情此景，其感傷為何如！此日幸有晴光，設易晴而雨，一陣廉纖❼，敲葉作響，斷斷續續，送入病者之耳，窗外芭蕉窗裏人，分明葉上心頭滴，爾時情景，恐更覺難堪也。

梨娘因感夢霞而成病，夢霞之誓書，實為梨娘之病證。而梨娘之病，固又別有一原因在。古人云：憂能傷人，勞以致疾。憂也勞也，有一於此，皆足以病人。梨娘為夢霞所顛倒，其傷心也至矣。然梨娘近日，憂思固深，積勞亦甚。先之以勞，足以介紹病魔；繼之以憂，足以增進病候。蓋是鄉蠶桑之業，頗甚發達。每當春夏之交，麥黃如酒，桑碧於油，南阡北陌間，採桑之婦，絡繹不絕。崔氏莊後，亦有桑田十餘畝，家中育蠶甚多，由梨娘司其職。梨娘非長腰健婦，提筐摘葉之勞，雖雇傭工作，而祀蠶神，理蠶室，日移場，夜餵葉，審寒暖，辨燥濕，鞠育之苦，看護之勤，如保赤子，心誠求之。三眠❽之後，上箔❾之前，梨娘恆徹夜不眠，盡心作蠶母❿。比三日開箔，萬繭成團，已不知費卻幾許心力矣。蠶老人先老，蠶眠人亦眠。而夢霞之書，適乘其隙，積憂與積勞交戰，瘦弱之軀，疊受大創，雖欲不病，烏

---

❺ 支離：形體不全，形容衰弱。

❻ 綠天翁：芭蕉。明王志堅表異錄花果：「懷素貧無紙學書，常種芭蕉萬餘，以供揮灑，名曰綠天。」

❼ 廉纖：細雨。

❽ 三眠：蠶自出生至成蛹，蛻皮三四次。蛻皮時不食不動，其狀如眠，故稱三眠。

❾ 箔：蠶簾。養蠶用的竹篩、竹席。

❿ 蠶母：主管蠶事的女官。

可得耶？

祛愁無術，招病有媒。獨枕難支，百端交集。病中之梨娘，其苦有倍於病中之夢霞者。自來女子善懷，情人多怨。蘭閨靜質，足不出深闈一步。蘆簾紙閣，落寞不堪；秋月春風，等閒輕度。身軀之運動，失其自由，腦筋之作用，甚形發達。然平居無恙，或刺繡以消永晝，或觀書以遣良宵，猶得將一擔閒愁，暫時放下。設一旦病魔忽集，與枕席為緣，淚縈眼角，空餘未斷之魂；苦溢心頭，中有難忘之事。舊恨新愁，一時勾起，無窮心事，不盡思量，如驚濤，如怒浪，一剎那間，澎湧而起，此即所謂心潮也。嗚呼梨娘！腸回九曲，欲斷不斷，此時之苦，莫可名言。則回憶夫深閨待字之年，與諸姊妹鬥草⓫輸釵，簪花對鏡，爾時之快樂，今日已同隔世。又回憶夫畫眉時節，卻扇年華，有肩皆並，無夢不雙。方期白首同盟，詎料紅顏薄命。今生休矣，夫復奚言！舊情未了，觀念再生，如蠶抽絲，如蟻旋磨。凡家常事，閨閣閒情，平日所毫不記憶者，此時一一從心窩中翻騰而出，歷歷若前日事。最後則念及與夢霞之交涉，花前灑淚，燈下傳書，兩月以來，種下幾許情苗根葉，而歸結於此次夢霞之一書。梨娘雖病思昏昏，猶不忘夢霞，思籌一對付之法。一寸心潮，忽起忽落，伏枕喘息者良久。時則有雙燕穿簾入，繞室飛鳴，其聲淒絕，與梨娘呻吟之聲相應，非復昔日呢喃中之含樂意矣。燕乎燕乎，何多情乃爾耶？而此多情之梨娘，乃與此多情之燕，結病中之良伴耶？是則大可憐矣！

情生病耶？病生情耶？梨娘之病，為夢霞也，為夢霞之書也。則夢霞之情，不能自解，梨娘之病，終不能就痊，此可斷言者。藥梗香喉，牀支瘦骨，心懸百丈，病到十分。梨娘非不自愛也。夢霞不自愛，

⓫ 鬥草：古代民俗，五月初五有踏百草之戲。唐人稱為鬥百草。

梨娘烏得自愛？人以為病深，而梨娘且曰：病深不敵情深也。人以為病重，而梨娘且曰：病重不如情重也。諺云：心病還須心藥醫。曩者夢霞不嘗病乎，梨娘以兩種名花、一封錦字醫其心，而病若失。此次梨娘之病，亦豈藥石所能療者。夢霞苟不忘前日之惠，當代謀救治之方。蓋梨娘之病，實視夢霞之心為轉移。夢霞欲使梨娘病癒，其事亦非大難。只須書傳一紙，以前言之戲，絕後日之情，豁開心地，勘破情天，梨娘有不為之霍然乎！然使夢霞果以此意對付梨娘，恐梨娘之病癒，而夢霞之病將復來，病且至於死。夢霞病且死，梨娘又將如何？要之此生此世，兩人終不能斷絕關係，揆情度勢，兩人俱有必病之理由，且俱有必死之理由。死且不惜，病何足言？情之誤人，乃至於此。吁，亦慘酷矣哉！

月韜鏡匣，風約簾鉤。淒涼難訴，窗前鸚鵡無聲；孤零誰憐，枕上鴛鴦不夢。此幽寂之病室中，半日無人過問。良久忽聞有人與病者問答之聲，則鵬郎已入內來視其母。童子無知，知愛其親，因母病不起，頓改其平日遊嬉之態度。此時方偎倚牀頭，手撫梨娘之胸而呼曰：「阿母病矣。阿母欲服藥乎？兒當告祖父，遣人去延醫生來也。」梨娘低言曰：「兒勿多事，兒知母之苦乎？心中之苦，已是難受，若再飲苦口之藥，不將苦死耶？」鵬郎聞言，哇然而泣曰：「母何苦，兒願代母苦。」梨娘執其手而笑曰：「痴兒，此何事而可相代。兒勿憂，母固無病也。」鵬郎乃止泣而喜。旋從懷中出一緘，置之枕曰：「今日先生未赴校中去，兒以母病告彼，彼即書此付兒。」梨娘微愠曰：「誰教汝又向渠饒舌。」繼復長嘆一聲，徐啟函倚枕閱之。鵬郎在旁不語，室中又寂無聲息。

梨娘讀夢霞問病之書曰：

聞卿抱病，惻然心悲。卿何病耶？病何來耶？相去荔牆⑫咫尺，如隔蓬島萬重。安得身輕如燕，飛入重簾，揭起鮫綃⑬，一睹玉人之面，以慰我苦惱之情。閱聊齋孫子楚化鸚鵡入阿寶閨中⑭事，未嘗不魂為之飛，神為之往也。雖然，終少三生之果，何爭一面之緣，即得相見，亦將淚眼同看，那有歡顏相對。睹卿病裏之愁容，適以撥我心頭之憤火，固不如不見之為癒矣。

嗟乎梨姊，夢斷魂離，曩時僕狀今到卿耶？卿病為誰？夫何待言。愁緒縈心，引病之媒也；誓言在耳，催病之符也。我無前書，卿亦必病，但不至如是之速耳。夢霞夢霞，無才薄命不祥身，重以累吾姊矣。傷心哉，此至酷至虐之病魔，乃集之於卿身也。此可驚可痛之惡耗，乃入之於我耳也。此偌大之宇宙，可愛之歲月，乃著我兩人也。我欲為卿醫，而恨無藥可贈；我欲為卿慰，而實無語可伸；我欲為卿哭，而轉無淚可揮。我不能止卿之不病，我又安能保我之不病耶！近來積恨愈多，歡情日減，今又聞卿病信，亂我愁懷，恐不久將與卿俱病耳。

尚有一言，幸垂愛察，但我書至此，我心實大痛而不可止，泣不成聲，書不成字矣。我之誓出於萬不得已。世間薄福，原是多情，我自狂痴，本無所怨。卿之終寡，命也。僕之終鰥，命也。知其在命，而牽連不解，抵死相纏，以至於此者，亦命也。我不自惜，卿固不必為我惜矣，卿尤不

---

⑫ 荔牆：薜荔牆。覆蓋著薜荔的牆。

⑬ 鮫綃：手帕。

⑭ 孫子楚化鸚鵡入阿寶閨中：聊齋志異阿寶寫粵中名士孫子楚，性迂，戀同邑某大賈女阿寶，附魂鸚鵡，得近阿寶。成婚三年，孫子楚死，阿寶殉身。後雙雙復生。

宜為我病矣。痛念之餘，痴心未死，還望愁消眉霽，勉留此日微生，休教人去樓空，竟絕今生餘望。

是書筆情瑟縮，墨色慘淡，瘦勁之中，時露淒苦之態。初視之，幾不辨為夢霞所書。想見其下筆時，百感奔赴於腕下，手隨心轉，故字跡遂失其常態也。書後另附一箋，上書八絕句，字裏行間，淚珠四濺，作梅花點點，斑斕滿紙，未讀其詩，已覺觸目不堪矣。

麥浪翻晴柳颭風，春歸草草又成空。
庾郎⑮未老傷心早，苦誦江南曲一終。

一日偷閒六日忙，忽聞卿病暗悲傷。
舊愁不斷新愁續，還較蠶絲一倍長。

佳期細叩總參差，夢裏相逢醒不知。
訴盡東風渾不管，只將長恨寫烏絲。

半福蠻箋署小名，相思兩字記分明。

⑮ 庾郎：庾信，字子山。初仕梁。後歷仕西魏、北周。有哀江南賦。

遙知潑盡香螺墨，一片傷心說不清。

怯試春衫引病長，鷓鴣特為送淒涼。
粉牆一寸相思地，淚漬秋來發海棠。

晚晴多在柳梢邊，獨步徘徊思杳然。
目送斜陽人不見，遠山幾處起蒼煙。

惻惻輕寒早掩門，一絲殘淚閣黃昏。
不知今夜空牀夢，明月梨花何處魂？

綠窗長合伴殘燈，一度劉郎到豈曾⑯。
只覺單衾寒似鐵，爭教⑰清淚不成冰！

---

⑯ 一度劉郎到豈曾：為「劉郎豈曾一度到」的詞語倒裝。唐代詩人劉禹錫再遊玄都觀：「種桃桃樹歸何處？前度劉郎今又來。」這裏反其意而用之。

⑰ 爭教：怎教。爭，怎。

梨娘閱未竟，顏色慘變，一陣劇痛猛刺心頭，不覺眼前昏黑，忽忽若迷。喘絲縷縷，若斷若續；波淚盈盈，忽開忽閉；身不動而手微顫，如是者良久。疊經鵬郎呼喚，梨娘乃痛定而醒。瞪目視鵬郎，欲哭又止，恐驚之也。斯時書紙數幅，尚在手中，徐徐納之函內，擲諸枕旁，微吁一聲，若已無力作長嘆者。既而謂鵬郎：「我倦欲眠，汝且去，勿擾我也。」言已，合眼作入睡狀，鵬郎乃出。嗚呼！梨娘非真睡也，蓋欲背鵬郎而偷搵其一掬傷心之淚耳。

第十二章 情敵

藕絲不斷，藥性難投。梨娘病臥兼旬，迄未能癒。鎮日昏昏，如被鬼祟，不語亦不食，不睡亦不醒。曾幾何時，而花羞月閉之梨娘，已花蔫月暗，瘦不成人。繡牀一尺地，變作愁城萬疊，枕邊被角，繡遍淚花，斑斑點點，梨娘一人見之耳。嗤❶弱於絲，肉銷見骨，朽腐王嬙❷，狐狸鑽穴相窺，其期當不遠矣。誰為為之❸，而令若此？

嗚呼！吾書至此，吾為梨娘危，吾不能為夢霞恕矣。忍哉夢霞，既以一封書逼其病，更以一封書加其病，是直立意欲制梨娘之死命，豈復尚有人心者？嗚呼，路旁枯骨，仁者動心，門內哭聲，行人變色。夢霞與梨娘，其感情果屬何等，而忍以無聊之語，作催命之符耶？世不乏有情人，能不為梨娘叫屈？

雖然，夢霞非不知梨娘之病之何因，且非不知梨娘之病之當用何藥也。誓言既出，萬難追悔，欲對症發藥，雖足癒一時之病，而盡拋往日之情，夢霞之所不肯出也。其意若曰：「梨娘病，我與之俱病；梨娘死，我亦與之俱死。死生事小，惟此嘔心螫血之誓言，當保存於天長地久，而不可銷滅。」其作書

❶ 嗤：疑為「噓」之誤。

❷ 朽腐王嬙：意謂王嬙的屍體。王嬙，字昭君。漢元帝時入宮，後出嫁匈奴呼韓邪單于。

❸ 誰為為之：為誰為之，為誰這樣做。

慰問也，明知梨娘閱之，其病有加無減，以傷心語作了世事，亦心有所不能安、情有所不容已耳。嗚呼，梨娘固在病中，夢霞雖不病，亦無日不在奈何天中，以眼淚洗面。一日十二時，心戀神傷；一夜五重更，魂飛夢杳。自聞病耗以來，不知為梨娘絞出多少淚汁，瘦減幾許風神。人遙兩地，實已四目全枯，使兩人此時一面，當必有相對失聲者。易地以觀，其苦適相等耳。

榴火飛紅，荷淺漾碧，斯何時耶？非已屆各校之暑假期耶？夢霞離家數月，歸思如雲，固急盼夫假期之至，得以離此愁城，還我樂土，慰老母倚閭❹之望，且得與久別之劍青，握手言歡，重敘天倫之樂事。今假期已屆，而梨娘之病，尚無起色，歸心雖急，不得不為之滯留數日。夢霞不能捨梨娘，又烏能捨病中之梨娘，而掉頭竟去耶！然梨娘之病，非急切所能癒者。梨娘一日不癒，即夢霞一日不能歸。日來憶念梨娘之心，與思母思兄之心，交戰於胸，轆轤萬狀，一重愁化作兩重愁。人非金石，何以堪此。嗚呼夢霞，恐亦殆將病矣！

相持不決，兩敗俱傷，為梨娘危，又為夢霞危矣。孰知梨娘之病，與前此夢霞之病，同其病情，且同其病態。不數日間，梨娘已不病，夢霞且得歸。如此驚波，如此危象，頃刻間煙消雲散，了無痕跡。天有不測風雲，人有旦夕禍福，古人不我欺也。蓋屆此各校放假之時，梨娘忽於鵬郎、秋兒外，多一侍疾之人。梨娘得此人，因思得一對付夢霞之法。心事已了，病亦旋癒。此侍疾者何人，梨娘病中之救星，而實夢霞眼中之勁敵也。

---

❹ 倚閭：意同「倚門」。戰國策齊六：「(王孫賈）母曰：女（汝）朝出而晚來，則吾倚門而望；女暮出而不還，則吾倚閭而望。」後用以比喻盼望子女歸來的迫切心情。

記者暫擱筆，先有一言，報告於閱者諸君。諸君已知夢霞與梨娘，為玉梨魂之主人翁矣。不知此外固更有一賓中之主，主中之賓在也。此人未出現以前，玉梨魂為一種情書；此人既出現以後，玉梨魂為千秋恨史。有離奇之情節，無良好之結果矣。其人何人？厥名筠倩。崔氏之少女也。

閱者諸君，尚憶及玉梨魂第一章葬花一節乎？夢霞所葬者為已落之梨花，庭中不更有方開之辛夷乎？梨花為梨娘之影，而此弄姿鬥豔、工妍善媚之辛夷，又為何人寫照？知閱者蓄此疑問也久矣。豔哉辛夷，有美一人，遙遙相對。但此人來，而夢霞與梨娘之情，將愈淪於悲苦之境。記者所以遲遲不忍下筆也。

記者於此，更有一疑問，欲為諸君解決。夢霞寓居崔氏，已近三月，知否崔氏之眷屬，捨梨娘、鵬郎等以外，尚有筠倩其人。諸君試檢閱第二章夢霞之詩；其詠辛夷一首，末有「題紅愧乏江郎筆，不稱風前詠此花」之句。此詩固非借花寄興，漫無所指者也。特筠倩肄業於鵝湖女學，每月一歸省其親。夢霞僅於初至時，一識春風之面❺耳。

今請先略述筠倩之歷史。崔父生子女二人，長為鵬郎之父，次即筠倩也。筠倩十歲喪母，煢獨❻無依，視梨娘若姊，梨娘亦視之若妹。時梨娘亦年僅十八耳。梨娘出自大家，素嫻文字，筠倩質美而秀，慧根種自前生，於是又以梨娘為師。閨房之內，衣履易著❼，几案同親，其融融泄泄❽之象，即求之同

---

❺ 春風之面：杜甫詠懷古跡：「畫圖省識春風面，環佩空歸月夜魂。」言漢元帝若能在圖畫中約略得知王昭君的美貌。這裏用以指女子姣好的容貌。

❻ 煢獨：孤獨。煢，音ㄑㄩㄥˊ。

❼ 衣履易著：衣服鞋子相互換著穿。

姓之姊妹，恐亦無此親暱也。乃未幾而梨娘遽喪所天⑨，銜哀終古。筠倩僅此一兄，中途分手，悲慟與梨娘相等。淒涼身世，孤苦伶仃，兩人同嗟命薄，從而親愛有加，相依若命，大有一日難離之勢。平日間雖不無外家姊妹，鄰舍嬌娃，慕兩人之慧美，時來閨中伴寂寞，忸怩作狎昵態，兩人殊淡漠遇之，不甚與之款洽。而若輩猶相嬲⑩不休，或招赴踏青⑪之遊，或約共鬥草之戲，兩人由是益厭之，竟謝絕焉。嘗笑相謂曰：「此皆俗物也，胸無點墨，貌豐而肥，塗脂抹粉，醜態畢露，見之令人作十日惡。那有閒心情與若輩周旋哉！」噫，諺有之：痴人多福。若輩俗則俗矣，而命乃獨隆，一生飽享家庭之幸福。彼不俗者才清貌秀，矯矯不群，不為惡物摧殘，定遭天公妒忌。負才畢世，飲泣終年，千古紅顏，竟成慣例。「世間亦有痴於我，豈獨傷心是小青⑫。」嗚呼，小青之言驗矣，彼梨娘與筠倩，非皆小青之流哉！

筠倩年漸長，益秀麗，柔姿媚態，傾絕人寰。而一種兀傲之氣，時露於眉宇間，有不可親近之色。所謂豔如桃李而凜若冰霜者非耶！戊申⑬之秋，肄業於鵝湖女學，得與四方賢女士交，眼界為之大擴，學術因之驟進，一泄從前禁錮深閨中無限不平之氣。每歸語其家人曰：「黑暗女界，今日始放光明。而環顧吾同胞，獨沉埋地獄，不知覺悟。吾他無所惜，所惜者梨嫂耳。以嫂之天資穎敏，心巧玲瓏，使得

⑧ 融融泄泄：和樂而輕鬆。
⑨ 所天：古時君權、父權、夫權高於一切，故詩文中常以「所天」指帝王、父親或丈夫。這裏指丈夫。
⑩ 嬲：糾纏，煩擾。音ㄋㄧㄠˇ。
⑪ 踏青：古時於農曆二月二日或三月三日出郊遊賞。後世以清明出遊為踏青。
⑫ 世間亦有痴於我二句：語出馮小青絕句。世，原詩作「人」。
⑬ 戊申：指光緒三十四年。

研究新學，與幾輩青年女子，角逐於科學世界，必能橫掃千人，獨樹一幟。惜乎生不逢辰，才尤憎命。青春負負，問誰還乾淨之身；墨獄沉沉，早失盡自由之福。來者縱尚可追，往者已不可諫⑭。梨嫂梨嫂，胡兄之死也早，而嫂之生也亦早耶！」

自筠倩就學鵝湖後，梨娘失一良伴，益復無聊。雖遇良辰佳節，恆鬱鬱不歡。視他人之勃發，嗟實命之不猶。中心感憤，莫可名言。幸筠倩月必一歸，歸必三四日始去，積匝月之離思，傾連宵之情話，尚可藉以抵償。筠倩尤善詼諧，能解梨娘頤⑮。兩人恆徹夜不眠，擁衾待旦。別後則彼此以書代語，浹旬之間，必有數函往復，魚箋疊疊，忙煞寄書郵。梨娘孤棲半世，於世已等畸零⑯，彼視筠倩而外，更無第二親愛之人。孰知孽緣未了，冤債正多，筠倩去而夢霞來，恨海翻騰，情場變幻，梨娘心腦中，遽多增一親愛者之影。然梨娘雖移其愛於夢霞，而於筠倩一方面，別時惆悵，去後思量，郵函往還，仍未嘗稍形冷落也。

方夢霞之初至也，筠倩適告假歸。夢霞於窗欞⑰間望見之，雖驚其豔，而覺其嫵媚中含有一種英爽氣，令人不敢平視。既見之後，如浮雲之過太空，腦海中不復留其影象。至筠倩之於夢霞，則更形淡漠。在家時少，在校日多。平日間但知家中有夢霞其人，而於夢霞之年貌品性，固屬茫然，即夢霞之里居姓

---

⑭ 來者縱尚可追二句：論語微子：「往者不可諫，來者猶可追。」諫，補救，挽回。

⑮ 解梨娘頤：解頤，開顏歡笑。

⑯ 畸零：整數以外的餘數。這裏意謂多餘的人。

⑰ 窗欞：窗戶。欞，音ㄌㄧㄥˊ。

氏，亦未能一一詳悉。彼性本落落⑱，素不作小兒女之喋喋，此時方專肆志於學問，校課以外，不問他事。非過事忽略，實未暇旁騖也。即歸家後，除與梨娘談話時間外，輒終日兀兀⑲，伏案如老儒。或溫習舊課，或翻閱新籍，家中事概置不理，故梨娘與夢霞交涉史，彼竟纖毫未悉。而梨娘亦深自隱密，心中事不敢輕遣小姑知也。

入門帶笑，見面含愁。鵲報檐前，了無喜意；鸚迎窗下，亦少歡聲。筠倩久別梨娘，懷思頗切。兩星期來，又為預備試驗，未暇作書問訊。考試事竣，即鼓棹還鄉，自念得與久別之梨嫂，攜手碧窗，談衷深夜，紅燈雙影，笑語喁喁。此後遲遲夏日，家庭之樂事正多，可以追昔時聯榻之歡，而償數月分襟之苦。帆影如飛，家門在望，風花片片，煙草離離。昔日見之以為牽愁惹恨之媒者，此時樂意在心，接觸於目者，無不足以增加其愉快。彼梨嫂之相念，當與余同，今日見我歸來，更不知當若何歡慰也。

炊煙四起，柔櫓數聲，一船傍岸歇。一女郎登岸，淡裝革履，手攜書籍數冊，翩翩若迎風之燕。一舟子負裝⑳隨其後，望而知為由校還家之女學生也。此女學生即筠倩。筠倩登岸後，望家門而疾趨，履聲橐橐㉑，容色匆匆，頓失其平日嫻靜之態度。蓋其別緒如雲，歸心似火，倉皇急遽，有流露於不自覺者也。無何而入門矣。入其門，不聞人聲。無何㉒而入庭矣。入其庭，不見人影。咄，離家僅三月耳，

⑱ 落落：落落難合，形容孤獨。
⑲ 兀兀：獨自端坐。
⑳ 負裝：背著行李。
㉑ 橐橐：狀聲詞。音ㄊㄨㄛˊ ㄊㄨㄛˊ。

而門庭之冷落，至於如此，我其夢耶？門以外之所見，無物不助歡情；門以內之所見，到處皆呈慘狀。十分歡喜，化成一種淒涼。感觸之來，轉移甚捷。斯時筠倩如痴如醉，木立不動，逡巡廊下，不遽入室。須臾門內有一人出，見筠倩即呼曰：「女公子歸矣。我報老主人去也。」筠倩識為秋兒，乃入室，則鵬郎已迎面至。牽筠倩之衣而呼曰：「阿姑歸來矣，市得何物以餉余也？」筠倩笑應之曰：「有，有。」語時，抱鵬郎於膝，摩撫其頂，復問之曰：「汝母安在？」鵬郎忽慘然曰：「阿母臥病已多日矣！姑歸大好，阿母得姑為伴，其病當即有起色也。」筠倩聞言大驚，遽捨鵬郎，入內往朝其父訖，急趨步入梨娘病室。

㉒ 無何：無幾何時，很快。

第十三章　心藥

病到旬餘，人歸天末。未語離衷，先看病態。瘦減手姿，非復別時面目；驚殘春夢，尚餘枕上生涯。梨娘自臥病以來，日與藥灶為鄰，夜共蘭缸結伴。愁帳一幕，被冷半牀。室中惟鵬郎、秋兒二人，為之進湯藥，報晨昏，而來去無常，亦非終日相伴不去者。冷清清境地，寂惻惻時光。一枕幽棲，大有夜臺風味。深深庭院，黯黯簾櫳，久不聞笑語之聲矣。

筠倩歸來，鵬郎已奔入報告梨娘。須臾筠倩直入室中，揭帳視梨娘，見其狀不覺失驚，幾欲泣下，呼曰：「嫂，妹歸矣。」梨娘喘息言曰：「我病甚，不能起，妹其恕我。」筠倩泫然曰：「梨嫂梨嫂，一月不見，病至於此耶！睹嫂容顏，令妹肝腸寸斷矣。」梨娘嘆曰：「薄命之身，朝不保暮，葳蕤❶弱質，至易摧殘。自憐孤影，未嘗傾國傾城❷；剩此殘軀，真個多愁多病。撫牀心死，對鏡容灰，天公安在，我命如何。筠姑筠姑，汝所愛之梨嫂，將不久於人世也矣！命薄如儂，生何足戀，與其悶悶沉沉，生埋愁坑；不若乾乾淨淨，死返恨天。轉念及斯，萬恨皆空，一身何有，日惟僵臥待死而已。我他無所

❶ 葳蕤：草名。又名女草、麗草。

❷ 傾國傾城：形容絕色的女子。西漢李延年作歌：「北方有佳人，絕世而獨立。一顧傾人城，再顧傾人國。寧不知傾城與傾國，佳人難再得。」

戀，所不能忘者姑耳。深恐不及姑歸，遽然奄忽❸。數年來親愛如同胞之好姊妹，臨死不得一面，則雖死猶多遺恨。今幸矣，我病已深，汝歸正好。六尺孤兒，敬以相託。春秋佳日，如不忘往日之情，以冷飯一盂，鮮花一朵，相餉於白楊荒草之間，嫂身受之矣。」筠倩聞言，涕不可抑，拭淚言曰：「嫂勿作此不祥語。上帝上帝！我為嫂祈禱上帝：勿使嫂痛苦，勿使嫂煩惱，為嫂驅病魔，為嫂求幸福。」言次，趺坐❹牀沿，俯其首，合其眼，喃喃作默禱狀。良久忽張目視梨娘而言曰：「嫂病癒矣。」梨娘睹狀，不覺為之破顏一笑。謂之曰：「姑其癲耶，胡作此態。姑入校讀書，乃學得師婆子❺術歸耶！」筠倩與梨娘相居甚久，素念梨娘之心情，知此次之病，必係積鬱所致，而不知其實為情傷也。

筠倩既歸，遂為梨娘之看護婦，晨夕不相離。捧湯進藥，曲盡殷勤，加被易衣，倍加愛護。日長無事，則與病者談天說地，滔滔不竭。舉在外之所聞所見，或屬遊觀之樂，或屬兒女之情，或屬身親目睹，或屬佚事遺聞，色色種種，凡腦海中所能記憶者，一一傾筐倒篋，盡情供獻於梨娘之前。而又加以穿插，雜以諧笑，如海客之談瀛❻，仙風飄忽；如名伶之扮演，花雨繽紛。筠倩熟而能詳，梨娘樂而忘倦，不知其身之在病中矣。此外更以學校之情形，他鄉之景物，以及遊戲之快樂，學問之進益，凡足以娛梨娘

---

❸ 奄忽：指死亡。

❹ 趺坐：雙足交疊而坐。

❺ 師婆子：指巫婆。

❻ 海客之談瀛：李白夢遊天姥吟留別：「海客談瀛洲，煙波微茫信難求。」海客，航海者。瀛洲，神話傳說中的海外仙山。

之心者，無不探諸懷中，翻諸舌底。時更引吭高歌，珠喉宛轉，好花之歌，春遊之曲，歌辭之最麗，音調之最佳者也。梨娘聽之，心曠神怡，積愁都化。筠倩日共梨娘談話，夜則與鵬郎同睡於梨娘病榻之旁。蓋筠倩善撫鵬郎，鵬郎亦相依若母，樂就阿姑眠也。此黑暗之病室，自筠倩歸後，頓大放其光明，愁幕揭開，生機充足，不啻為世界第一等最優之病院。雖病中十分，群醫束手，得此看護者知心著意，曲體病情，亦足令病魔退避三舍，生路頓開一線。況梨娘原非真病，不過心多惡感，胸積煩憂，萬種情懷，難拋孽種，一團愁塊，化作凝團，遂致兀兀不安，懨懨難起。筠倩以有趣味之談話，逗動其歡心，抑遏其愁火，曾無幾時，梨娘之病，十已去其八九，飲食亦能漸進，憔悴之中，已現活潑之神情，不久當就痊復。是筠倩之歸，實大有造於梨娘也。然筠倩之所以能藥梨娘之病者，猶不在此。

筠倩侍梨娘疾，無時不與梨娘談話，以解其病悶。然梨娘之心事，彼究無從而知，雖極意慰藉，如隔靴搔癢，實未嘗搔著癢處也。一日謂梨娘曰：「嫂處深閨，亦知世界文明，結婚亦尚自由乎？」梨娘曰：「蓋有之矣，我未之見也。」筠倩曰：「舊式結婚，待父母之命，憑媒妁之言，兩方面均不能自主。又有所謂六禮❼、三端、問名、納采種種之手續。往往客散華堂，春歸錦帳，我不知彼之才貌，彼不知我之性情，配合偶乖，終身貽誤，糊塗月老，誤卻古今來才子佳人不少矣。今者歐風鼓盪，扇遍亞東，新學界中人，無不以結婚自由為人生第一吃緊事，此求彼允，出於兩方面之單獨行為，而父母不得掣其肘❽，媒妁不能鼓其舌。既婚之後，雖生離死別，彼此均無所怨。則終風❾之賦，迴文之織，庶幾可以

---

❼ 六禮：舊時婚制有六禮，即納采、問名、納吉、納徵、請期、親迎。

❽ 掣其肘：呂氏春秋具備載：戰國時宓子賤治亶父，請魯君派兩近臣同往。至亶父，宓子賤令二吏書，己從旁

免矣。」筠倩言至此，截然而止，自覺失言。念梨娘雖非不得於其夫，實歷遍生離死別之慘者，我不應再以此種語撥動其舊感也。孰知梨娘聞其言，別有所感，其所感有出於筠倩意料之外者。此時梨娘腦海中，若驟得一物者，不知其何自而來，欣快莫可名狀；又如驟失一物者，不知其何自而去，懊喪又不可言喻。片刻之間，哀樂紛乘，愁喜交並，而失意一方面，終不敵其快意一方面，實覺肩梢之發展，胸廓之舒暢，達於極點。從此心頭一塊石可以放下。筠倩一席話，竟為梨娘之續命湯、返魂丹。天下事之奇幻，實無有逾於此者。嗟嗟，梨娘何幸，而遇此救星，筠倩又何不幸，而與梨娘同墮情劫哉！

惡感在心，好言入耳；柔腸欲斷，異想忽開。梨娘聞筠倩言，忽思得一接木移花之計，僵桃代李⑩之謀。計維借助筠倩，方足以對付夢霞。以筠倩之年、之貌、之學問、之志氣，與夢霞洵屬天然佳偶。我之愛筠倩，無異於愛夢霞。就中為兩人撮合，事亦大佳。夢霞得筠倩，可以相償；筠倩得夢霞，亦可以無怨。我處其間，得以脫然無累，薦賢自代，計無有善於此者。此時梨娘，心地大開，病容若失，一種愉快之顏色，猝然見於面。旁坐之筠倩，方恐以前言傷梨娘心，注目視梨娘，覘其喜怒。既見其梨容含笑，心中若甚豫⑪者，正不解其作何思想，有何感觸，而遽改病態為歡容也。梨娘思忖半晌，心雖快

掣搔其肘，吏書寫不善，則怒之。近臣歸報魯君，魯君曰：「宓子以此諫寡人之不肖也。」後以掣肘比喻使人做事而又故意留難牽制。

⑨ 終風：詩經邶風篇名。是一個女子寫其被丈夫玩弄後遭遺棄的詩。

⑩ 僵桃代李：即「李代桃僵」。古樂府雞鳴高樹顛：「桃生露井上，李樹生桃旁。蟲來齧桃根，李樹代桃僵。」以桃李比喻兄弟，言能共患難。後轉用為以此代彼或代人受過之意。

⑪ 豫：安樂。

而口難宣。筠倩亦默不一聲。四目互射，相對無言。

梨娘視筠倩良久，忽覺其笑容漸斂，其意又若大失望者。蓋念及筠倩平日頗自矜貴，性情落落難合，與夢霞又無一面之交，一言之契。彼方心醉自由，在外就學者一年，相識必多，其心中安知不已有如意郎君，我若強為作合，干涉其自由，彼必不允，豈非徒費心機，空勞唇舌。至夢霞一方面，亦屬難行。讀其誓書，苦心孤憤，矢志終身，已有騎虎難下之勢，百計諷勸，總歸無效。恨重於山，心堅如石，其情專，其志決矣。今我忽欲強其求婚於筠倩，彼必曰我言既出，萬悔莫追，爾既為我知己，不當再以此言相聒。若是我復將以何辭繼之？循是以思，則此事於兩方面，均有阻礙。不待發表，而可知其事之決裂也。梨娘轉念至此，頃刻間又眉峰壓恨，眼角牽愁，一場好夢，丟入華胥國⓬中去矣。繼而又自念曰：山窮水盡，僅有此一絲生路。謀事在人，成事在天，盡心力而為之可耳。幸而成，則三人皆得其所；不幸而不成，則筠倩自有佳婿，夢霞終鰥，亦當無怨，而吾心亦可以釋然矣。

深閨病質，寓館吟身。藥鐺茶灶，拋來病裏工夫；冷席單牀，嘗遍箇中滋味。夢霞自校中放假，歸思綦⓭切，為梨娘之病，淹留者又旬餘矣。獨宿空齋，百端棖觸⓮。夢裏還家，雲山疊疊；愁邊問訊，

⓬ 華胥國：列子黃帝：「(黃帝)晝寢，而夢遊於華胥氏之國。華胥氏之國在弇州之西，台州之北，不知斯齊國幾千萬里。蓋非舟車足力之所及，神遊而已。其國無帥長，自然而已；其民無嗜欲，自然而已……黃帝既寤，怡然自得。」後用以指理想的安樂和平之境，或用作夢境的代稱。

⓭ 綦：極，甚。

⓮ 棖觸：觸發，感觸。

消息沉沉。終日徘徊，庭草有傷心之色；連宵躞蹀，燈花無報喜之時。心懸一線，腸結千層，李後主所謂此中日夕，以淚眼洗面者也⑮。蓋梨娘自偃臥以來，病軀久未臨窗，瘦腕不堪握管，黃花之句輟吟⑯，青鳥之使已絕。夢霞於初病時作書慰問後，無日不就鵬郎探詢梨娘病狀，而童子無知，語多恍惚，病之淺深，殊游移不能確定。欲以目睹為真，而重門深鎖，有翼難飛。翻閱錦箋，紙上猶餘淚跡；摩挲玉影，鏡中如換病容。粒粒長槍，食難下嚥；沉沉清漏，睡不來魔。潘郎鬢影，愁損千絲；沈約腰支⑰，瘦餘一握。數日來夢霞之心，蓋為梨娘寸寸碎矣。夢霞知梨娘之病，決不能一時就癒，或一病而竟至香銷玉碎，亦意中事，而無術以救治之，則亦空喚奈何而已。後聞筠倩歸來，梨娘得一親愛之看護人，不覺為之一喜。私心默祝，以為梨娘之病，原係積憂積勞所釀成。有人焉為之調護，為之勸解，破其愁悶，開其懷抱，或從此脫離病趣，改變歡容。梨娘之幸，亦我之幸也。夢霞對於筠倩，雖並無情感之可言，而此時則不能不深有望於筠倩。推其心苟使梨娘病癒，則筠倩於梨娘實不啻有再生之恩，於己亦間接受無窮之惠也。幸也天公見憐，果如人意，筠倩歸不數日，梨娘已離死域，夢霞亦出愁城。筠倩與夢霞，暗中又結一重愛感。奇情幻事，蓋亦今古情場中所絕無僅有者矣。

---

⑮ 李後主所謂此中日夕二句：李後主，李煜。五代南唐國主。宋兵破金陵，出降。然懷念故國，不能自已。其與故宮人書云：「此中日夕，只以眼淚洗面。」後被毒死。

⑯ 黃花之句輟吟：黃花，菊花。南宋女詞人李清照醉花陰：「人比黃花瘦。」這裏意謂不再作詩。

⑰ 沈約腰支：南朝梁沈約與徐勉書，自稱因病腰圍減損。後因以沈腰作腰圍細瘦的通稱。

第十四章 孽媒

草閣寒深，蕉窗病起。光陰草草，心事茫茫。梨娘一病纏綿，幾淪鬼趣，幸得一妙人兒粲其生花之妙舌❶，施其回春之妙手，遂啟發梨娘心中之巧計，而成就夢霞意外之奇緣。以懨懨難癒之疾，晨夕之間，霍然而蘇，如陰霾累日，忽現晴光。梨娘之心，若何其快；夢霞之心，亦若何其快；即筠倩之心，亦一樣與兩人俱快。然病之來也，梨娘自知之，夢霞亦知之，而筠倩不知也。癒之速也，則惟梨娘自知之，筠倩固不知，即夢霞亦不能知也。梨娘明知此意發表後，成否尚未可知，而此時欲解決心中之疑難，有不能不急於發表者。夢霞聞病羈留，欲歸不得，亦知其癒，便可束裝作歸計，而夢霞猶若有所戀而不忍遽行者，蓋欲得梨娘病後之通訊，藉慰其渴想之情也。一日晨興，見案頭有一緘，函封密密，視之固為梨娘所遺。病後腕力不堅，故其字跡殊瘦而不勁也。夢霞逆知其中必有好音，未開緘而喜已孜孜，孰知一罄內容，有足令夢霞忽而喜，忽而怒，忽而搔首，忽而顰眉，執書而躊躇莫決者。書中所言非他，即發表其心中所計畫，而欲夢霞求婚於筠倩也。書辭如左：

一病經旬，恍如隔世。前承寄書慰問，適在瞑眩之中，不克支牀而起，伏案作答，愛我者定能諒

❶ 粲其生花之妙舌：前人形容言談之美，猶如百花燦爛，稱為粲花。

之。梨影之病，本屬自傷，今幸就痊，堪以告慰。君之前書，語語激烈，未免太痴於情，出之以難平之憤，宣之以過甚之辭，情深如許，一往直前，而於兩人目前所處之地位，實未暇審顧周詳也。梨影不敢自愛，而不願以愛君者累君，尤不願以自誤者誤君也。君之情，梨影深知之而深感之；君之言，梨影實不敢與聞。君自言曰：我心安矣。亦知己之心安，而對於己者之心將何以安耶？況以梨影思之，君之心究亦有難安者在也。不孝有三，無後為大，大舜且嘗自專❷。夫婦居室，人之大倫，先哲早有明訓❸。君上有五旬之母，下無三尺之童，宜爾室家，樂爾妻孥，本人生應有之事。君乃欲大背人道，孤行其是，不作好逑之君子，甘為絕世之獨夫。試問晨昏定省❹，承菽水❺之歡者何人？米鹽瑣屑，操井臼❻之勞者何人？棄幸福而就悲境，割天性以殉痴情，既為情場之怨鬼，復為名教之罪人。君固讀書明理者，胡行為之乖僻，思想之謬誤，一至於此，梨影竊為君不取也。語云：天定勝人，人定亦能勝天。君痴如此，豈竟欲勝天耶！吾恐無情之碧翁，且以君之言為怨讟❼，將永淪我兩人於淚泉冤海，而萬劫莫脫也。青春未艾，便爾灰頹，君縱不自惜，獨不為父

---

❷ 不孝有三三句：孟子離婁上：「不孝有三，無後為大。舜不告而娶，為無後也，君子以為猶告也。」
❸ 夫婦居室三句：禮記禮運載孔子之言：「飲食男女，人之大欲存焉。」
❹ 晨昏定省：禮記曲禮上：「冬溫而夏清，昏定而晨省。」後來因以晨昏指對父母的侍養。
❺ 菽水：豆和水。指粗茶淡飯。
❻ 井臼：汲水舂米，比喻操持家務。
❼ 讟：怨言。

母惜身，為國家惜才乎？君風流風采，冠絕一時，將來事業，何可限量，乃為一薄命之梨影，願捐棄人生一切，終身常抱悲觀，將使奇談笑史，傳播四方。天下後世必以君為話柄，以為才識如君，志趣如君，乃為一女子故，而銜冤畢世，遺恨千秋，恐君雖死，九泉亦有未安者。而今顧曰，吾心已安耶？君誠多情，惜情多而不能自制，致有太過之弊。過猶不及，君之多情，適與無情者等。梨影愛君，梨影實不敢愛君矣。總之，此生此世，梨影與君，斷無關係，羅敷自有夫，使君自有婦❽，各有未了之事，各留未盡之緣。冤債未償，既相期夫來世；良姻別締，亦何慊於今生。君不設誓，梨影亦不敢忘君之情；君即設誓，梨影亦無從慰君之情。天下不乏佳人，家庭自多樂境，何苦自尋煩惱，誓死不回，效殷浩之書空❾，願伯道之無後❿，為大千世界第一痴人哉！梨影為君計，其速掃除魔障，斬斷情絲，勿以薄命人為念。梨影以君為師，君以梨影為友。我善撫孤，以盡未亡人之天職；君速娶婦，以全為子者之孝道。兩人之情，可以從此作一收束。梨影固思之審而計之熟矣。然脈脈深情，梨影實終身銘感，不敢負君，為君物色一多情之美人，可以為君意中人之替代，恢復君一生之幸福，此即梨影之所以報君者也。顧求之急而得之愈難，寸腸

---

❽ 羅敷自有夫二句：漢樂府陌上桑，寫某太守調戲採桑女秦羅敷而遭拒絕的故事。「使君自有婦，羅敷自有夫。」為詩中羅敷之言。

❾ 殷浩之書空：世說新語黜免載：東晉殷浩統軍進取中原，大敗，桓溫趁機上疏，殷浩被廢為庶人，整天用手在空中書寫「咄咄怪事」四字。後常用以形容出乎意外的事。這裏用以表示不能從中解脫。

❿ 伯道之無後：東晉鄧攸，字伯道，為河東太守。石勒作亂，鄧攸攜家出走，途中遇賊，自忖不能兩全，因其弟早亡，棄兒存侄。為官清廉自持，然無嗣，時人哀之曰：「天道無知，使鄧伯道無兒！」

輾轉，思欲得有以報君者而不可得，此梨影之病之所由來也。為君一封書，苦煞梨影矣。霞君乎，君非愛梨影者乎？君非以梨影之痛苦為痛苦者乎？君如不願梨影之有所痛苦，則當念梨影為君籌畫之一片苦心，勿以梨影之言為不入耳之談，而以梨影之計為不得已之舉，諒其衷曲，俯而從之。此則梨影謹奉一瓣心香，虔誠禱祝，而深望君不負梨影病後之一書也。

梨影之所以為君計者，今已得之。崔家少女，字曰筠倩，梨影之姑，而青年女界中之翹楚⓫也。髮初齊額，問年才豆蔻⓬梢頭；氣足淩人，奮志拔裙釵隊裏。君得此人，可償梨影矣。阿翁僅此一女，愛逾拱璧⓭，嘗言欲覽一佳婿如君者，以娛晚景。嗣因筠倩心醉自由，事乃擱起。君歸去，速倩⓮冰人⓯，事當成就。筠倩與梨影情甚暱。君求婚於我翁，我為君轉求於筠倩，計無有不遂者。此失隴得蜀⓰之計，事成則梨影可以報君，君亦可以慰梨影，梨影之病今瘉矣。君能從梨影言，梨影實終身受賜，若竟執迷不悟，以誓言為不可追，以勸言為不足信，必欲與薄命之梨影，

⓫ 翹楚：詩經周南漢廣：「翹翹錯薪，言刈其楚。」本指高出雜樹叢的荊樹，後用以比喻傑出的人才。

⓬ 豆蔻：又名草果。詩中常用以比喻未婚少女，言其少而美。

⓭ 拱璧：雙手合抱之璧，大璧。後用以泛稱珍愛之物。

⓮ 倩：請。

⓯ 冰人：晉書索紞傳載：「孝廉令狐策夢立冰上，與冰下人語。紞曰：『冰上為陽，冰下為陰，陰陽事也。士如歸妻，迨冰未泮，婚姻事也。君在冰上與冰下人語，為陽語陰，媒介事也。君當為人作媒，冰泮而婚成。』」後因把媒人稱為冰人。

⓰ 失隴得蜀：雖失去隴地（今甘肅地區），但得到蜀地（今四川地區）作為補償。

堅持到底，纏擾不休，則梨影不難復病，此外無可報君，惟有以一死報君矣。然梨影雖死，終不忘君。梨影之魂魄，猶欲於睡夢中冀悟君於萬一也。君憐梨影，知君必能從梨影言，終不忍梨影之為君再病，且為君而死也。率書數紙，墨淚交縈，無任急切待命之至。梨影謹白。

夢霞讀畢，沉吟良久，如醉如痴。一時之從違，竟難以自主。繼思梨娘之言，情至義盡，以過情責我，我亦自覺過情。然我實處於萬難之局，欲拋則無此毅力，欲合則已誤前緣，顛倒情懷，不遑他顧。故我當下筆之時，直以為不如此不足以對知己，而於後來之種種，實未遑一一慮及也。此言既出，我已甘心犧牲一切，抱恨終身，雖明知其太過，終不願中途翻悔，為負情之人矣。今彼宛曲陳情，反覆勸諭，辭嚴義正，殊令人難忍難受。況更以死相要⑰，有逼我以不得不從之勢。我若固持前說，不肯回頭，或更致意外之變。然我竟食言而肥⑱，無限深情，付之流水，於我心終不能無慊焉。失隴得蜀，計誠妙矣。然趙氏連城之璧⑲，何似中郎焦尾之琴⑳；以曾經滄海㉑之身，肯作再上別枝之想。彼病初癒，我若不

---

⑰ 要：要挾。

⑱ 食言而肥：食言，謂言而不行，如食之消盡。用以指背棄諾言，也指偽言。食，消。左傳哀二十五年：「（孟）武伯為祝（上壽酒），惡郭重，曰：『何肥也！』（哀）公曰：『是食言多矣，能無肥乎？』」

⑲ 趙氏連城之璧：史記廉頗藺相如列傳載：戰國趙惠文王時，得楚國和氏璧。秦昭王聽到後，致趙王信，願以十五城換此玉璧。後形容極珍貴的璧為連城璧。

⑳ 中郎焦尾之琴：後漢書蔡邕傳載：「吳人有燒桐為爨（炊）者，邕聞火烈之聲，知其為良木，因請而裁為琴，果有美音，而其尾猶焦，故時人名曰焦尾琴焉。」

允，則無情之病魔，固日夜環伺其旁，不待招之始返也。我不能使之不病，顧安忍使之再病，此時蓋不能不用緩兵之計矣。夢霞立作覆書，略謂我歸心甚急，方寸已亂，代謀之事，此時不能取決，與我以一月之商酌，俟秋涼來校後，再作射屏㉒之舉，諧否雖未可知，然終不敢重違卿意矣。書後更繫以四絕：

勸儂勉作畫眉人，得失分明辨自真。
蜀道崎嶇行不得，傷心怕探隴頭春㉓。

俯仰乾坤首戴盆㉔，人生幸福不須論。
一枝木筆難銷恨，終愛梨花有淚痕㉕。

天荒地老願終賒，那有心情戀物華。

㉑ 曾經滄海：元稹離思：「曾經滄海難為水，除卻巫山不是雲。」這裏用以比喻經歷過非常的變故。

㉒ 射屏：隋代竇毅招婿，於門屏畫二孔雀，有求婚者，便與二箭射之，以中目者為婿。前後數十人皆不中，李淵（唐高祖）後至，兩發各中一目，乃娶竇女。後用以比喻選擇佳婿。

㉓ 蜀道崎嶇行不得二句：梨娘信中，有所謂「失隴得蜀」之計，這二句詩，即針對梨娘語而言。「蜀道崎嶇」，比喻夢霞與梨娘的情緣，難以發展。怕探隴頭春，比喻向筠倩求婚，在感情上還難以接受。

㉔ 戴盆：司馬遷報任安書：「僕以為戴盆何以望天？」後來以「戴盆望天」比喻手段與目的相反。

㉕ 一枝木筆難銷恨二句：辛夷又名木筆，借指筠倩。梨花借指梨娘。

不見青陵孤蝶㉖在，何曾飛上別枝花。

便教好事㉗竟能諧，誤卻東風㉘意總乖。

最是客窗風雨夕，痴魂頻夢合歡鞋。

孤燈獨宿，孽債雙償，一段奇情，百年幻夢。蓋梨娘此日之書，已定筠倩終身之局。小姑居處，本自無郎㉙；嫂氏多情，偏欲玉汝㉚。惡信誤為鵲信，良媒實是鴆媒。記者不暇為兩人嗟不遇，而先為筠倩喚奈何矣。情有獨鍾，心無他望，除是雲英㉛，願他下嫁；若非神女㉜，那是生涯。夢霞之情，已自誓生死永不移易，雖蘇秦、張儀㉝復生，不能惑其耳；西子、南威㉞無恙，不足動其心，則其決不能以

㉖青陵孤蝶：干寶搜神記載：戰國宋康王舍人韓憑妻何氏貌美。康王欲得何氏，捕韓憑，築青陵之臺。何氏作烏鵲歌以見志，遂自縊。民間傳說，梁山伯與祝英台死後，雙雙化為蝴蝶。這裏以青陵孤蝶，比喻情人中的一方，矢志不移。

㉗好事：指向筠倩求婚事。

㉘東風：指和梨娘的情緣。

㉙小姑居處二句：南朝樂府清溪小姑曲：「小姑所居，獨處無郎。」

㉚玉汝：玉成汝，即成全你的美事。

㉛雲英：晚唐歌妓。羅隱偶題：「鍾陵辭別十餘春，重見雲英掌上身。我未成名君未嫁，可能俱是不如人。」

㉜神女：戰國楚宋玉作神女賦，寫楚襄王與宋玉遊雲夢澤，夜間夢見巫山神女事。李商隱無題：「神女生涯原是夢。」

愛梨娘之心，移以愛筠倩也。夢霞固堪自信，梨娘亦能深知。知之而復勸之，梨娘之不得已也。卻之而復允之，夢霞之沒奈何也。兩人不必言，所苦者筠倩耳。彼方深幸梨娘之病癒，不知梨娘已驅而納之陷阱之中矣。冤孽牽連，誤人誤己，情場變幻，一至於斯。多情者每為情誤，咎由自取，不足怨也。而彼筠倩者，則少小尚不知愁，嬌痴未嘗作態，顧亦為天公所忌，愛嫂所累，終身淪於悲境，果又何罪哉！善談情者，又何說以處此哉？梨娘得夢霞覆書，知夢霞遄歸在即，未免觸動離思，頓增惆悵；繼知代作蹇修㉟，夢霞已有允意，私心竊慰，此事果諧。兩人此後或尚多見面之緣，暫時相別，固無足介意也。翌晨復由鵬郎攜來一函，則夢霞已破曉揚帆歸去，函中乃留別詩六章也。

寓館棲遲病客身，憐才紅粉出風塵。
傷心十載青衫淚，要算知音第一人。

梅花落後遇卿卿，又見枝頭榴火㊱明。
無限纏綿無限感，於今添得是離情。

㉝蘇秦張儀：戰國時期縱橫家，都以能言善辯著稱。蘇秦為齊相，主合縱。張儀為秦相，主連橫。
㉞西子南威：西子，春秋越國美女西施。南威，南之威，春秋時美女。據說晉文公得南之威，三日不上朝。
㉟蹇修：媒妁。
㊱榴火：形容石榴花色紅似火。

略整行裝不滿舟，會期暗約在初秋。
勸卿今日姑收淚，留待重逢相對流。

兩情如此去何安，愁亂千絲欲割難。
別後叮嚀惟一事，夜寒莫憑小闌干。

夢醒獨起五更頭，月自多情上小樓。
今夜明蟾㊲涼如水，天涯照得幾人愁。

分飛勞燕㊳悵情孤，山海深盟永不渝。
記取荷花生日㊴後，重尋鴻爪㊵未模糊。

㊲ 明蟾：指月亮。神話傳說，月中有蟾。

㊳ 分飛勞燕：舊時稱親人或朋友離別。樂府詩東飛伯勞歌：「東飛伯勞西飛燕，黃姑織女時相見。」伯勞，鳥名。

㊴ 荷花生日：清代詩人舒位有寫荷花生日的詩六月二十四日荷花盪泛舟：「吳門橋外盪輕艫，流管清絲泛玉鳧。應是花神避生日，萬人如海一花無。」

㊵ 鴻爪：蘇軾和子由澠池懷舊：「人生到處知何似？應似鴻爪留雪泥。泥上偶然留指爪，鴻飛那復計東西。」後以雪泥鴻爪喻往事留下的痕跡。

第十五章　渴暑

南國言旋，北堂❶無恙。夢霞於五月下浣❷，買棹歸吳。其次日，劍青亦自閩中歸。久別弟兄，一朝聚首，入門帶笑，互看往日容顏；聯榻追歡，共說異鄉風味。人生之樂，無樂於別久而相逢者。更無有樂於骨肉分離、天涯地角而一日之間遊子雙歸者。劍青自去秋客閩，別其釣遊之地❸者，忽焉已裘而葛❹矣。對故鄉之風景，久已生疏，假長夏之光陰，好資遊矚。爰❺與夢霞，或命巾車❻，或棹孤舟，同行同止，以遨以遊。徘徊於響屧廊邊，猶認夕陽殘石❼；借宿於寒山寺裏，共聽清夜警鐘❽。訪墓到

❶ 北堂：詩經衛風伯兮：「焉得萱草，言樹之背。」背，北堂。言於北堂種萱草。古時北堂為母親所居處，後因以北堂、萱堂用作母親或母親居處的代稱。

❷ 下浣：即每月下旬。

❸ 釣遊之地：指故鄉。

❹ 已裘而葛：已經從穿裘衣到穿葛衣了。即從冬到夏。

❺ 爰：乃，於是。

❻ 巾車：有車篷覆蓋的車。

❼ 徘徊於響屧廊邊二句：響屧廊，在江蘇吳縣靈巖山，山上有奇石。春秋時期，吳王夫差在山上為西施建館娃宮，有關吳王和西施的古跡甚多。響屧廊即一處吳宮遺址。

虎阜之麓，憑弔髑以流連❾；觀濤來胥江之濱，緬忠魂而嗚咽❿。或掃石留題，記遊蹤之所至；或登樓買醉，猶餘興之未闌⓫。兩人出則肩隨，睡則足抵⓬，既倦遊而歸來，復長談兮竟夕。盡家庭之樂事，得山水之閒情。葛巾芒履，意致飄然，見之者幾疑其為地行仙⓭矣。孰知樂事不常，歡情易極，十日之遊未竟，二豎之禍忽侵。善病之夢霞，客中多感，起居失調護之常；歸後恣遊，往返歷奔波之苦。況傷心人別有懷抱，其胸中難言之隱恨，有不能與劍青共、且有不能為劍青知者。病根深種，有觸即發，不數日間，夢霞復理藥爐生活，不能追隨劍青之杖履⓮矣。

竹影梳簾，藥煙殢⓯室。劍青以夢霞病，遊興頓衰，終日相伴不去。夢霞此次之病，來勢頗劇，寒熱交作，頭汗涔涔。有時竟昏不知人，神魂顛倒，囈語綿綿，母甚憂之。劍青亦為之眉皺，急延良醫，

❽ 借宿於寒山寺裏二句：寒山寺，在江蘇蘇州閶門外楓橋鎮。唐代詩人張繼途經寒山寺，作楓橋夜泊詩：「月落烏啼霜滿天，江楓漁火對愁眠。姑蘇城外寒山寺，夜半鐘聲到客船。」寒山寺因此名揚天下。

❾ 訪墓到虎阜之麓二句：墓，指真娘墓。真娘，蘇州歌妓。墓在虎丘劍池西。往來遊士，題詠甚多。

❿ 觀濤來胥江之濱二句：史記伍子胥列傳載：吳國大臣伍子胥盡忠進諫，反被吳王夫差所殺，屍投江中。吳人哀憐子胥，在江邊為他建立祠廟，稱山為胥山（在江蘇吳縣西南）。又傳說伍子胥死後，屍投浙江，化為濤神。後稱浙江潮為胥濤。這裏將兩種傳說混淆了。

⓫ 闌：盡。

⓬ 足抵：即抵足。足碰足，謂同牀共寢。

⓭ 地行仙：佛教中的仙人。後也用以比喻閒散享樂無所事事的人。

⓮ 杖履：扶杖漫步。指出遊。

⓯ 殢：滯留。音ㄊㄧˋ。

進猛劑。劍青固素明醫理者，按方用藥，參酌其間，出以慎重，調治旬餘，病乃漸減，轉而成瘧。斯時夢霞神志雖清，而瘧勢時作，疲乏之極，昏昏思睡，怕與家人攀話。蓋其元神，已於無形中，大受虧損。然脫離牀席，尚須調養，非一朝一夕所能起也。

劍青天性友愛，自夢霞病後，日日杜門不出，蹀躞牀頭，藥鐺茶盞，親自料理。慈母愛子，為夢霞病，終日沉憂難解，劍青必好言以慰母，謂弟病且癒矣。其實劍青之心，亦兀然不寧也。終日伴病，藥裹⑯之暇，時就案頭，觀書自遣。偶翻夢霞竹篋，得數箋，閱之乃大驚。蓋夢霞與梨娘唱和之詩詞，往返之函牘，皆留底稿，彙成一束。梨娘見遺之作，尤什襲而藏，倍加珍護。半年來之蹤跡，胥⑰在一篋中，置藏几案之旁，固自謂深藏不露，無人能偵破箇中之秘密也。劍青於無意中，得此離奇之消息，頗深詫愕。讀其詞則語不離情，言皆有物，知夢霞必有奇遇。繼又檢得長幅短簡共數紙，一腔心事，和盤托出矣。復窮搜之，則梨娘之詩若詞若手札，若小影，均連續發現，五光十色，撩亂眼花。次第讀之，驚喜交集。乃知彼美以多才之道韞，為薄命之文君，與夢霞通好者兩月餘矣。情皆軌於正，語不涉於邪，如此佳人，實難多得，可豔亦可敬也。夢霞無長卿⑱之緣，有樊川⑲之恨，一肚閒愁，無可告訴，此所以鬱而成病歟？念至此又不禁為夢霞危。後讀兩人最後之通訊，梨娘欲以筠倩自代，語殊纏綿而哀豔，

⑯ 藥裹：藥袋。
⑰ 胥：皆，都。
⑱ 長卿：司馬相如字。
⑲ 樊川：這裏指杜牧，為京兆萬年（今陝西西安）人。作品名樊川集。

不覺色飛眉舞，私忖曰：儻他萬種痴情，還汝一生幸福。此大佳事，吾當為弟玉成之，決不使其徑情孤往，遺恨無窮，以鰥終其身也。

時夢霞病已少差，特未能起，輾轉牀席間，悶苦殊甚，頗樂與劍青閒談。劍青因詢吾弟在錫有無異遇，不然，何憂思之深也。夢霞曰：「無之。」語甚支吾，狀尤忸怩，旋即亂以他語。劍青笑曰：「弟毋我諱，我已盡悉，彼畫中人胡為乎來哉？」夢霞聞言，知秘密已為兄窺破，大恚。既念阿兄非他人，不妨以實情相告，因將與梨娘交涉之歷史，一一為劍青述之。語時含憤帶悲，聲情甚慘，後乃至於泣下。牀頭喋喋，枕角斑斑。劍青見夢霞聲淚俱下，亦為之黯然，徐慰之曰：「多情自古空餘恨，好夢由來最易醒。天下多無可奈何之事，人生有萬不得已之情。古今來情之一字，不知消磨幾許英雄豪傑、公子王孫。此愛力界中，原非可以貿然挺身而入。吾弟以多病之身，而與至強之愛力戰，其不勝也必矣。況乎梨花薄命，早嫁東風；豆子多情，偏生南國⑳。彼既已蠲除塵夢，詩心不比琴心；弟何必浪用愛情，好事翻成恨事。白日勞形，欲報恩而無自；寒宵割臂㉑，更非分之貽譏。是可痛矣，甚無謂也。兄非故作此煞風景語，自等於無情之物，但歷觀世之痴於情溺於情者，到頭來惡果已成，無不後悔。三生痴夢，空留笑柄於人間。一失足成千古恨，再回頭是百年身。得失分明，烏可不慎之又慎？阿兄生平自問他種學問，皆不如弟，惟於情愛關頭，尚能把持得定。數年來所遇之佳麗，不為不多，而接於目者，不印於

⑳ 豆子多情二句：王維相思：「紅豆生南國，春來發幾枝？願君多采擷，此物最相思。」

㉑ 割臂：左傳莊三十二年載：魯莊公曾答應封孟任為夫人，孟任割臂與莊公立盟約，生子般。後稱男女秘密訂婚為割臂盟。

心；現於前者，便忘於後。弟生本多情，心尤易感，孽緣巧合，便爾情深一往，恨結同心。須知撒手懸崖㉒，當具非常毅力；回頭苦海㉓，是為絕大聰明。吾所愛之弟乎，名花老去，拍手徒嗟；好夢醒來，噬臍㉔何及。此時擺脫，猶或可追望弟之速悟也。況彼美之所以為弟計者，亦可謂情至義盡。遺恨還珠，且斫同心之樹；良緣種玉，別栽如意之花。此意良佳，此計殊妙，弟勿迷而不悟，甘以身殉痴情。弟年已及冠矣。吾家門衰祚薄，血裔無多，父死亦應求嗣，母老尤望抱孫。此事若諧，則一可以慰慈母，二可以慰知己，三亦可以自慰。一舉而三善具，亦何樂而不為哉？」劍青語時，注視夢霞之面，急待其答。夢霞則頻點其首，默不一語。

驕陽眩眼，溽暑炙心。夢霞之病，由濕溫轉成瘧疾。雖似較輕，而瘧勢時作時止，留戀不肯去。際此炎蒸之氣候，解衣揮扇，終日昏昏，猶覺非常困頓。矧㉕呻吟牀席，擁被深眠，有風而不可乘，有水而不可飲，其沉悶之苦，為何如耶？幸瘧勢間日一作，病不作時，尚可偶然起坐。伏枕無聊，輒深遐想，賦詩八律，以寄梨娘，俾知近日狀況。

無端相望忽天涯，別後心期各自知。
南國只生紅豆子，西方空寄美人思㉖。

㉒ 撒手懸崖：景德傳燈錄卷二十江州廬山永安淨悟禪師章有「直須懸崖撒手」語。後多作「懸崖勒馬」。
㉓ 回頭苦海：元岳百川鐵拐李：「苦海無邊，回頭是岸。」
㉔ 噬臍：比喻後悔已晚。
㉕ 矧：況且。

夢為蝴蝶身何在㉗，魂傍鴛鴦死亦痴。
橫榻窗前真寂寞，綠陰清晝閉門時。

天妒奇緣夢不成，依依誰慰此深情。
今番離別成真個，若問團圓是再生。
五夜有魂離病榻，一生無計出愁城。
飄零縱使難尋覓，肯負初心悔舊盟。

半捲疏簾拂臥牀，黃蜂已靜蜜脾香。
吟懷早向春風減，別恨潛隨夏日長。
滿室藥煙情火熱，誰家竹院午陰涼。
階前拾得梧桐葉，恨少新詞詠鳳凰。

海山雲氣阻崑崙，因果茫茫更莫論。
桃葉成陰先結子，楊花逐浪不生根。

㉖ 西方空寄美人思：詩經邶風簡兮：「云誰之思，西方美人。」
㉗ 夢為蝴蝶身何在：莊子齊物論載：莊周夢中變成一隻蝴蝶，就像真成了蝴蝶。不一會醒來，仍然是莊周。

煙霞吳嶺催歸思，風月梁谿㉘戀病魂。
最是相思不相見，何時重訪武陵源。

一年春事太荒唐，晴日簾櫳燕語長。
青鳥今無書一字，藍衫舊有淚千行。
魚緣貪餌投情網，蝶更留人入夢鄉。
欲識相思無盡處，碧山紅樹滿斜陽。

碧海青天喚奈何，樽前試聽懊儂歌㉙。
病餘司馬雄心死，才盡江郎別恨多。
白日聯吟三四月，黑風吹浪萬重波。
情場豔福修非易，銷盡吟魂不盡魔。

夜雨秋燈問後期，近來瘦骨更支離。
忙中得句閒方續，夢裏行雲醒不如。

㉘ 梁谿：無錫的別稱。

㉙ 懊儂歌：也作懊憹歌、懊惱歌。樂府歌曲。寫男女愛情受到挫折的煩惱。

好事已成千古恨，深愁多在五更時。
春風見面渾如昨，怕檢青箱舊寄詞。

小齋燈火斷腸時，春到將殘惜恐遲。
一別竟教魂夢杳，重逢先怯淚痕知。

無窮芳草天涯恨，已負荷花生日期。
莫訝文園㉚因病懶，玉人不見更無詩。

詩既就，書以蠻箋，護以錦封，珍重付劍青，浼㉛其代交郵使。病情大惡，消磨長日如年；別緒時縈，容易秋風又起。夢霞困頓月餘，終未能驅瘧鬼使之遠去，未幾而梨娘之復書，與校中勸駕之函俱至。蓋時值金風送爽，玉露滴秋，距秋季開校之期不遠矣。夢霞得書後，心念意中人，即欲如期而往，而病意纏綿，若與夢霞深表愛戀之情，而不忍捨之遽去者。家中人咸尼㉜其行，其母謂之曰：「兒病若此，豈可再歷風塵之苦。調養幾時，痊後赴校，未為晚也。不然，竟作書辭去教職，或薦賢以自代，亦無傷也。」夢霞不得已，函知該校，謂病莫能興，請緩期數日，一俟病魔漸祛，即當鼓棹而來，行開校禮也。

㉚ 文園：漢文帝的墓所。司馬相如曾為文帝陵園令，後人因以文園指相如。
㉛ 浼：請託。音ㄇㄟˇ。
㉜ 尼：阻止。

然此時之夢霞，身雖病臥家中，蓋已魂馳遠道，夢繞深閨矣。

一日有戚來問疾，為言有藥名金雞那粉㉝者，治瘧之妙品也，效如神。惟性甚烈，味甚苦，病者多不敢服也。夢霞喜曰：「我欲求速癒耳，他何慮焉。」如言購服，果驗。僅兩服而病若失，寒熱不復作，飲食已如常，惟病後精神，未能遽復，夢霞固自謂已癒矣。家中人亦咸謂良藥苦口利於病，此言洵不虛也。乃擇日為夢霞治裝，劍青以夢霞病愈，放下愁懷，亦擬同時負書擔囊，作遠行計。時己酉㉞秋七月初旬也。天涯骨肉，能有幾人，而聚散匆匆，至無憑準。傷離經歲，跡等參商㉟；良晤一朝，情諧塤篪㊱；又為病魔所苦，未盡其歡。夢霞之不幸耶？劍青之不幸耶？無何而一聲長笛，兩片秋帆，流水無情，又分道載征人而去。

㉝ 金雞那粉：現名「金雞納霜」，「奎寧」的俗稱。

㉞ 己酉：宣統元年。

㉟ 參商：二星名。參在西，商在東，此出彼沒，永不相見。

㊱ 塤篪：即壎篪。音ㄒㄩㄣ ㄔˊ。二者都為樂器，聲音相應。詩經小雅何人斯有中有「伯氏吹壎，仲氏吹篪」之語，後因用以比喻兄弟親睦。

第十六章　燈市

一帆飽雨，隻槳划風。方夢霞登舟時，朝旭初升，照水面樓臺，映波成五色奇彩。甫出港，陽烏❶漸隱，風雨驟至。一望長天，忽作黲慘色昏黑模糊，渾不辨山光樹影。蓋初秋天氣，晴雨不常，江南苦濕，初夏則有梅子雨❷，初秋則有豆花雨❸。殘暑未盡，新涼乍生，時有斜風細雨，陣陣送寒，以淨炎氛，以迎爽氣❹，謂之釀秋。夢霞此行，會逢其適，不情風雨，咄咄逼人。回首家山，不知何處。煙波渺渺，雲水茫茫，極目杳冥，如墮重霧。嗚呼，旅行遇雨，易斷人魂，矧在舟中，矧舟行於茫無涯涘之太湖耶？此時狂風亂雨，挾舟而行，船身搖搖，顛簸萬狀，風勢逆且急，橫拖倒曳而行，不知其自東自西，自南自北，舟人相顧失色。三尺布帆，舊且破矣，風乘其破處，極力扇打，一片呼呼聲，若龍吟，若虎嘯。而斯時之雨師，且含禰正平之怒氣，以帆當鼓，亂敲狂擊，作漁陽參撾❺，與風聲相和，錯雜

❶ 陽烏：神話中日中的大烏。也用以代指日。

❷ 梅子雨：江南梅子黃熟時，常陰雨連綿，稱梅雨。

❸ 豆花雨：俗稱八月雨為豆花雨。

❹ 爽氣：明朗開豁的自然景象。

❺ 且含禰正平之怒氣四句：禰正平，禰衡，字正平，漢文學家。曹操想見他，禰衡自稱狂病，不肯去。曹操乃召禰衡為鼓吏，大會賓客，想當眾羞辱禰衡。禰衡揚枹（鼓搥）為漁陽參撾，聲節悲壯，聞者莫不慷慨。參

入耳，恍然如八音❻之並奏。中流，風勢更顛，舟不能進，而蕩益甚。俄聞砰然一聲，即有一舟子呼曰：「桅折矣。」又聞一舟子呼曰：「速下帆！速下帆！毋緩，緩且覆。」帆既下，舟仍不定，雨花與浪花相激戰，撲船首尾幾遍。夢霞危坐舟中，不敢少動，蓋一探首艙外，而彼無情之雨點，正待人迎面而擊也。移時舟子入艙言曰：「風雨甚厲，波浪大惡，前無去路，後無來舟，行不得也哥哥。」夢霞不應，但命其鼓勇前進，當倍其酬金。舟子嘆曰：「公無渡河，公竟渡河❼。設前途有變，我等皆葬於江魚腹中矣。」乃復冒險行，風頭漸低，兩腳尚健，欸乃❽一聲，秋山無色，篷窗聽雨，點點滴滴，好不悶殺人也。

帶病遄征，中途又為風浪所困，倒臥艙中，心旌搖搖，不知身之在何處矣。船窗緊閉，雨珠時從窗隙中跳入，行裝微被沾濕。風勢既逆，流水更急。舟子二人，雙櫓齊舉，衝波而鳴，聲殊不柔。蓋舟行甚遲，雖用力撥動，猶有倒挽九牛之勢也。夢霞體已不支，心益焦急，既臨流而惆悵，乃扣舷而成吟：

藥緣不斷苦愁中，偃蹇居然老境同。
只為相思幾行字，又拼病骨鬥西風。

撾，擊鼓之法。撾，敲擊。音ㄓㄨㄚ。

❻ 八音：古代稱金、石、絲、竹、匏、土、革、木為八音。

❼ 公無渡河二句：語出樂府歌詞公無渡河。

❽ 欸乃：搖櫓聲。欸，音ㄞˇ。

翩然一棹又秋波，流水浮雲意若何？
兩面船窗開不得，亂愁攢似亂山多。

煙水蒼茫去路無，秋槎獨泛客星孤。
人生離別真無限，風雨漂搖過太湖。

急雨飛來亂打篷，舵師失色浪山中。
不須更祝江神助，舟載離人例逆風。

由蘇台赴錫，不越百里，今為風雨所阻，舟行竟日，計程尚未及半。行行重行行，時已薄黃昏矣。長天色死，古渡人稀，悵望前途，混茫一片。須臾進一港，斷橋孤倚，老樹交橫，岸上漁舍櫛比，炊煙四起，微聞人聲。漁舟三四，泊於水濱；兩三星火，直射水面，作磷光點點。舟子曰：「此大好繫舟處矣。」舟既傍岸歇，舟子爇⑨火作炊，時雨歇孤篷，月生遠水，碧波如練，夜色絕佳。舟子飽後即眠，不脫簑衣，酣然入夢矣。夢霞不能遽睡，推篷而出，危坐船頭，領略秋江夜景。時則一輪明月，照徹江干⑩，雨後新霽，色倍澄鮮。隔溪漁笛，參差斷續，其聲幽咽，入耳而生愁。流螢幾點，掩映於荇藻之

---

⑨ 爇：燒。音ㄖㄜˋ。

⑩ 江干：江邊。

旁，若與漁火爭光者。夢霞對此可憐之夜景，不覺觸動離思，潸然淚下。大有赤壁舟中客，所歌「渺渺兮余懷，望美人兮天一方」之概⓫。雖境地不同，寄情各別，所以興懷，其致一也。俯仰之餘，口占一律，以抒悲感：

日暮扁舟何處依，雲山回首已全非。
流螢黏草秋先到，宿鳥驚人夜尚飛。
寒覺露垂篷背重，靜看月上樹梢微。
茫茫前路真如夢，萬里滄波願盡違。

月光之下，冷氣襲人，微風起於萍末⓬，砭膚欲栗。夜深矣，人靜矣，夢霞以病後之軀，忍寒露坐，至此不可復耐，旋入艙睡。時渡頭行柝，正連敲三下也。就枕後，覺衾寒似鐵，瑟縮不能成寐。離鄉之感，懷舊之意，均於此時奔赴腦際，無目不鰥，有身非蝶，所謂求之不得、輾轉反側⓭者；此夜之睡況，庶幾近之。至村雞亂唱，一線曙光，自篷隙透入，始覓得睡魔，遽然化去。而舟子已於此時起，解纜行。時風勢已轉，大好揚帆，櫓聲咿啞，載夢而去。舟行良久，夢霞殊未覺，時未及午，已達目的地。泊既定，舟子呼夢霞醒曰：「至矣！」推枕而起，盥洗畢，攝衣登岸，命舟子荷裝相隨，徑造崔氏廬。嘉賓

⓫ 大有赤壁舟中客三句：蘇軾前赤壁賦，寫在黃州時，泛舟遊赤壁，飲酒作歌。渺渺兮余懷二句，即其歌詞。

⓬ 萍末：宋玉風賦：「夫風生於地。起於青萍之末。」風起則萍葉動，故云。

⓭ 求之不得輾轉反側：語出詩經周南關雎。寫男子追求女子而不得的痛苦心情。

賢主，相見歡然。重啟舊舍，下榻其中。舟子得金，解維⓮自去。崔父略詢夢霞別後情狀，有頃出盛肴款客。午餐既竟，夢霞即獨行赴校。

人來前度，秋鬧今宵。夢霞一路行來，舊地重經，覺此冷落之街市，忽地十分熱鬧，迥異從前。十里彩棚，懸燈錯落，紅男綠女，點綴其間，笙歌隱隱，響遏雲表。咄，此何為者？詢之野老，云每歲節屆初秋，豐收可望，鄉之人必聯結秋社，懸燈敬神，幸五穀之豐登，竭三日之誠敬。春祈秋報，慣例使然。今日乃第一日也。夢霞聞言，雖笑鄉人之迷信，然其不忘報本，猶存醇厚之風；含哺⓯而嬉，如見太平之象。不先不後，適於我來校之初，逢茲佳節，眼福不淺哉。無何，行至校門，則見門首高懸國旗，紅燈三四，蕩漾檐前。鄉人媚神，與學校何與？乃亦從而附和之，不其傎⓰乎。然是鄉風氣未開，迷信未能破除，教育難於普及，不如是不足以取信於鄉人，該校前途，將大受影響。夢霞任職半載，洞悉此種情弊，亦不為怪。既入校，先見李某，繼見秦翁亦在，坐談良久，知已於前日行開校禮，今日起放燈節假三日。秦翁邀夢霞至家中晚膳，有石痴書相示。李某約夢霞晚膳後同遊燈市。夢霞兩諾之。

征塵甫息，樂事偶逢。夢霞與李某，攜手出門，同赴燈市。時則璧月初升，金風不起。行人雜沓，雅樂悠揚。頃刻間萬燈齊放，燦若明星，照耀通衢如白晝；鄉人雖樸陋，亦知出奇鬥勝，競巧爭妍，燈

⓮ 維：繫舟的大繩。

⓯ 含哺：莊子馬蹄謂上古時人，「含哺而熙，鼓腹而遊」。含哺如嬰兒，鼓腹如童子，指人天真純樸，沒有詐偽。後也以「含哺鼓腹」形容飽食嬉遊。

⓰ 傎：同「顛」。顛倒。

之形式，種種不同，足炫遊人之眼。時非元夜⑰，地非錦城⑱，而燈火之紛繁，人聲之騰沸，亦居然有萬丈光明，十分喜氣。拋卻無數金錢，付之一炬，鄉人視之，亦不甚惜，則迷信之過也。兩人環行一周，全市勝處，探索殆遍。偶至一處，露臺之上，遊女如雲，鴻影翩翩⑲，鶯聲嚦嚦⑳，意必大家眷屬也。夢霞偶一注目，衣香鬢影之間，仿佛有若梨娘者，掩映於燈光之下。時以李某在旁，不便駐足注視。過眼曇花，一現便無蹤影。夢霞固神馳於臺上之人，而無心征逐於遊人隊裏，賞此秋燈矣。李某興猶未闌，夢霞辭以倦，乃分道而歸。

夢霞臺上所見者，其果為梨娘乎？曰：是也。梨娘前得夢霞病訊，心電交馳。今聞其來，知其病已癒，而急欲一見以為慰。明知夢霞赴校後，晚間必為同人等邀往遊觀，故藉觀燈為名，倩妝㉑偕鵬郎出。其實意不在於燈，而專盼夫意中人之來，得售其傾城之一顧也。方夢霞瞥見之時，正梨娘盼望之際，燈影與人影齊明，燈光與目光互射。昔人詩云：「看燈兼看看燈人。」若兩人此時之情，則不僅兼看之謂矣。夢霞回寓後，梨娘亦即乘輿車歸。蓋既見君子，中心已慰，良宵美景，可讓與一般行樂客，作長夜遊耳。夜闌人倦，夢霞猶不遽睡，撥燈拈管，賦詩數章，以記觀燈情事。

---

⑰ 元夜：元夕，農曆正月十五夜。

⑱ 錦城：成都的別稱。

⑲ 鴻影翩翩：曹植洛神賦，以「翩若驚鴻」。形容宓妃體態輕盈柔美。

⑳ 嚦嚦：形容女子婉轉悅耳的聲音。

㉑ 倩妝：美麗的打扮。

尋樂追歡我未曾，強扶殘病且攜朋。
愁心受盡煎熬苦，何忍今宵再看燈。

繁華過眼早相忘，今日偏來熱鬧場。
不為意中人悵望，客窗我慣耐淒涼。

萬燈一例放光明，逐隊遊人喜氣迎。
滿耳笙歌聽不盡，誰知都作斷腸聲。

叮嚀千萬早登程，猶記當時別爾行。
盼到相逢難一語，最無聊㉒是此時情。

韶華到眼輕消遣，過後思量總可憐。景在秋宵，本無一刻千金之價值；人為病客，尤少及時行樂之精神。轉瞬而三日之期，已悠然而逝。收拾繁華之景，依然寂寞之鄉。從此夢霞朝朝暮暮，理不清教育生涯；冷冷清清，嘗不了相思滋味。在家臥病時，愁亂於絲，心急如火。眼盼征雲，不知去路；魂隨夜月，直到深閨。惘惘出門，皇皇㉓就道。視家庭若傳舍㉔，以逆旅㉕為安居，一若得為前度之劉郎，便

㉒ 無聊：無所依賴。精神無所寄託。

可償問津之夙願者。洎㉖乎舊遊重歷，回首一驚，苔碧葉丹，又易一番慘象；春風秋月，空教兩度消魂。望美人兮何處，咫尺天涯；問相見以何時，等閒㉗秋半。

夢霞冒險服猛藥，病魔雖暫退避，病根實未剗除，加以船頭看月，又為風露所欺，到校後晨夕奔波，曾未稍事休養，未幾而病態依然，藥緣再結。幸瘧勢尚輕，兩日中有一日可以強起，不欲曠課以貽誤學童，日日扶病登壇，不堪其苦，而病且益深。梨娘不時遣鵬郎探詢病狀，欲為之醫，夢霞卻之，但囑覓金雞那粉，無如此藥來自西土，鄉中人鮮有知者，無以報命，則亦已耳。顧梨娘夙聞人言，久瘧不癒，將成癆瘵，以是深為夢霞憂，遣鵬郎謂之曰：「先生病若此，不醫不藥，將坐以待斃耶？此間無良醫，不能治先生病，且乏人侍奉，重苦先生。吾母欲於明日買舟送先生歸去，先生之意若何？」夢霞連搖其首曰：「我不歸，我不願歸，我當病死此間耳。」鵬郎聞言大悲，嗚嗚而泣。夢霞悔以重言驚孺子，乃慰之曰：「鵬郎勿哭，我雖病，那便遽死。去語阿母，勿為我慮。我病行且癒矣，不必去去來來，多費一番跋涉也。」言已，再起書一紙交鵬郎，所書乃病中吟四首也。

用情深處尺難量，病中新秋瘦沈郎，

㉓ 皇皇：同「遑遑」。匆忙。
㉔ 傳舍：古時供來往行人休止住宿的處所。
㉕ 逆旅：客舍，迎止賓客之所。
㉖ 洎：及。
㉗ 等閒：尋常，隨便。

悔把當時腸盡斷，而今欲斷更無腸。

帶病登壇漫討論，胸前還漬淚雙痕。
人生此苦誰禁得，口欲言時眼又昏。

鰥魚照影夢難成，莫恨吟蟲訴不清。
便使蟲聲都寂寂，何曾合眼到天明。

病骨朝來漸不支，為伊憔悴至於斯。
西風落葉蕭蕭夜，恐是羈魂欲化時。

第十七章 魔劫

好夢不成，奸謀忽中。彼蒼者天，顛倒之，播弄之，離以苦之，病以困之，種種摧殘，猶以為未足，特再加一惡魔，為之讒構其間，俾常處於千荊萬棘中，不得一日寧貼。命宮❶磨蠍❷，而此悲痛之慘劇，且連續演出，靡有窮期。獲罪於天，無所禱也。以是知兩人之結果，蓋有難言者矣。夢霞養疴寓舍，猶間日❸一赴校，梨娘止之不可，乃代為之請假。李某時於課餘之暇，來視夢霞，狀至殷勤。夢霞平日與之冰炭，顧未嘗形諸詞色，一堂問答，虛作周旋，雖非深交，並無惡感。今者繁重之校課，彼一人服其勞，復偷得餘閒，時來存問先生之無恙。夢霞於此，固當易其厭惡之心，為感激之私，謂此人亦多情者，前誤以輕薄少年視之矣。然而奸人之交接，蓄其陰賊險狠之心，必飾以謙恭肫摰之行，虛示其誠，潛行其詐，發於人之所不覺。李某來而夢霞納之，直不啻引狼入室，揖盜開門。一來再來，不數日而禍事起矣。

❶ 命宮：謂人本命所在的宮位，為立命之宮。舊時星命術士以本人生時辰的地支加於太陽宮上，順其數遇卯，即以該宮為命宮。

❷ 磨蠍：星名。十二宮之一。舊時迷信星象者，謂生平遇事多磨折不利者為遭逢磨蠍。

❸ 間日：隔一日。間，隔。

一日薄暮，李復來，夢霞方臥，移坐牀前，瑣瑣作無謂談。夢霞殊厭其嘮叨，閉目不答，耳聒矣而彼終無去意。鵬郎忽入，手持一物，狀若緘札，大呼曰：「先生，阿母……」夢霞大驚，急作咳嗽以止之。鵬郎急回首，見李，乃不語。夢霞莊容謂鵬郎曰：「汝年長矣，猶頑憨如許。此李先生，余之好友，長者在前，作此狂呼跳躑之態，不令人笑汝為失教之兒耶？」鵬郎受責默然，雙睛炯炯，目李不少瞬。夢霞復顧謂李曰：「是兒名鵬郎，舍親之幼孫也。椿庭❹早萎，遺此孤雛。乃祖囑余善督教之，今半年稔矣。輕浮若此，適足以見余訓導之無方耳！」李笑曰：「君言過矣，吾觀鵬郎，貌聰慧而態活潑，佳兒也。」言時，鵬郎已將手中函乘間擲於枕旁，欲行不行之際，李某故作不見，欠伸而起曰：「日暝矣，吾其去休，霞君珍重，明晚當再來視君也。」又呼鵬郎曰：「鵬郎，同我至門外遊耍去，勿在此擾先生清睡也。」言畢牽其手與之俱出。

李挈鵬郎至門外，時斜陽一角，掩映林梢。倦還之歸鳥，方載❺飛載止，撲速投其故巢。長堤十里，暮色猶未深也。可憐之鵬郎，不知此時與彼同行之人，實為神奸巨慝❻，將以至劇烈之慘痛，加之於其母。顧與之攜手出門，作嬉遊之伴侶，此真危境也。兩人且行且語，李先以不急之語詢鵬郎曰：「汝讀何書？先生待汝好否？」鵬郎一一具答。有頃，李忽止不行，陡謂鵬郎曰：「余思得一事問汝，汝勿誑余。」鵬郎請其說。李曰：「汝適間手中所持之書函，非汝母遣汝交與先生者乎？」鵬郎驀聞是語，目

---

❹ 椿庭：莊子逍遙遊載上古有大椿長壽。論語季氏載孔鯉趨庭接受父訓。後因以椿庭作為父親的代稱。

❺ 載：發語詞，猶「乃」。

❻ 慝：邪惡。

瞪口呆，面色驟變為白，嫩弱之神經，若受非常之刺激者。良久乃答曰：「非也。是書乃自先生家中寄來者，母遣余攜交先生耳。」李笑而不信，又問汝家幾人，汝母何名，年幾何矣。鵬郎不悅曰：「先生瑣瑣問余家中事，意欲何為？余殊不願聞也。黃昏已近，恐阿母盼望余歸矣。」言已，遽回首望家門而奔。李追呼之，去已遠矣。李乃沿堤歸，喃喃自語曰：是兒狡哉！乃敢以謷言❼欺余。若其母與夢霞而果無關係者。則彼方持書而入狂呼阿母之時，書可以為人所共見，夢霞何為作嗽示意？後鵬郎突被余之詰問，忽露驚惶之狀，噤不能答，久之乃以家書對，是中之曖昧，不問可知。而是書之為其母所發，亦可斷言。今既為余於無意中撞見，余必欲偵破其秘密，俾情婦姦夫，知余之手段。然偵探之手續，不能不以交歡鵬郎為入手辦法。今日不得，則繼以明日，明日不得，則繼以後日，威脅之而無效，則以計誘之。不懼彼狡猾之孺子，不墮之術中也。

自今伊始，崔氏之廬，無日不有李之蹤跡，戶限幾為之穿。以視疾為名，作秘密之間諜。來必或袖食物，或懷玩具，以餌鵬郎，以市愛❽於鵬郎。鵬郎雖狡，然髫齔❾之齡，知識究甚淺薄，彼不知李所以不惜金錢，購種種之食物玩具以相餉者，實挾有別的欲望。且以李為真愛我，樂與之相處，頗切依依之態。李間以甘言誘之，鵬郎忘其所以，時竟以真消息相告。此實由於李之毒計，不得為鵬郎責，然兩人之密事，實破壞於此小兒之口。愛河滾滾，情海茫茫，霎時間陡起絕大之風波。李既偵得其實，欲望

❼ 謷言：不實之言。

❽ 市愛：買取別人的喜愛。

❾ 髫齔：童年。髫，童子下垂之髮。音ㄊㄧㄠˊ。齔，毀齒，即兒童換牙。音ㄔㄣˋ。

已滿，乃去而不復來。

夢霞靜養若干時，困頓之精神，已稍稍復其常態，而彼多情之瘧鬼，與夢霞朝夕不離者，至此乃知夢霞不可久相與處，若日與夢霞疏，不久將捨之而他適矣。夢霞以校課久曠，病體已蘇，擬即趨赴講壇，以補從前之缺。一日晨起，方披衣下牀，忽館童奔入曰：「有一舟子在外，言先生家中遣渠來載先生回去者，請先生速登舟。謂奉老夫人命，今日必須趕到也。」夢霞心竊駭，意家中必有意外事矣。急呼舟子入，舟子所述與童言同。夢霞乃問之曰：「汝來時，老夫人無恙乎？」曰：「無恙。」「家中人均無恙乎？」曰：「均無恙。」「然則因何事而急待余歸乎？」曰：「不知，老夫人於昨晚遣人來雇余舟，囑余連夜鼓棹來此，但言明日能早載得先生歸者，當倍償汝之舟金，未嘗言及何事也。」夢霞大疑，然終莫測其所自。正籌思間，舟子已疊作無情之催促，勢難免此一行矣。乃將案頭亂稿，草草收拾，書二紙付童，一以留別其主人，一則校中告假書也。時尚早，崔家人猶未起，館童送之出門，匆匆登舟去。

江神助風，舟行如矢，午雞唱罷，便抵家門。夢霞急趨入見其母，母見之亦訝曰：「兒病已癒耶？胡昨晚接得汝函，謂病重欲歸也？」夢霞茫然曰：「奇哉！兒並無此書，必贋鼎⑩也。是何奸人，作此狡獪，使老母飽受虛驚耶？」索書閱之，字體殊艱澀，強摹夢霞筆跡，而時露其本態，則李生所為也。夢霞默念吾中奸賊之計矣。顧彼之作此，又欲何為？噫，吾知之矣！方余病時，彼日來視余，後忽絕跡，余初甚疑之。今發現此偽函，其心誠不可測也。或余之秘密，已為彼所偵悉，故設計遣余歸，欲不利於梨娘耶？果爾，則彼必更施詭計以賺梨娘，吾可憐之梨娘，將為奸人所蹂躪矣。夢霞至此，幾欲失聲呼

---

⑩ 贋鼎：仿造或偽託之物。

奈何，然終不能以心中所懸揣者，舉以告母，則為諼⓫以語之曰：「是書乃同事李君偽託，兒能識其字跡，渠與兒甚相得，曩見兒病軀未復，勸兒歸，校課為兒代。兒未允，彼故為兒作書，俾以母命召兒，則兒不得不歸耳。」母曰：「此亦良友之好意，不得謂之惡作劇。兒既歸，姑暫事休息。吾視兒之容顏，固猶帶數分病態也。」夢霞唯唯。

夢霞自此復家食矣，獨居深念，頗難為懷。時取偽函反覆審視之，探其用意所在，覺李之為人，實為小人之尤。與之相處半載，雖意見相左，尚未知其設心竟若是其險惡也。脫余之秘密而果為彼知者，彼能偵余，余不能偵彼，彼能陷余，余不能陷彼，養虎貽患，余斷不容此惡魔，常擾余左右，而破余之好事也。石痴行時，曾以全校主持責余一人，余對於此校，實負完全責任，余固有進退教員之權。李之人格，即此一書可以斷定，小學中有此無道德之教師，亦非鄉閭之福，去之去之，余決去之。為公乎？為私乎？固兩得其所也。彼在余之掌握中，顧乃欲設計陷余，以自絕於余，恐余去之不速耶。但彼既賺余歸，數日中難保無意外之變。以李譎詐多端，欲欺一荏弱之女子，固甚易易。梨娘危矣！彼非有心欲加毒於梨娘，何用此狡獪之伎倆，余不免為彼所愚，梨娘之墮其詭計，亦事之所必至。念至此而夢霞之心，遂不能片刻寧，而怒而懼，而切齒，而驚心，意李果出此忍心害理之舉者，余誓不與之兩立。思潮泛濫之際，恨不脅生雙翼，飛飛直到窗前，一覘玉人之安否。而一念迴旋，猶望事實或不如余之所料。李或尚未知余秘密，或知之而實未嘗設心破壞；或梨娘靈心慧眼，能識破其奸謀，而不為所窘。然此萬一之希望，實與事理不合。作如是想，聊以自慰則可，以為必中恐未也。方寸靈臺，頃刻間翻雲覆雨，

⓫ 諼：欺騙。音ㄒㄩㄢ。

極變幻之態。思緒愈紊，愈覺低徊欲絕，如坐針氈，如被芒刺。靜處一室中，若有鬼魅現於前，虎狼躡其後，覺一起一坐，一舉一動，皆有非常之危險。忘餐廢寢，終夜以思，長此以往者，不將成癲癇之疾耶！

次晨，夢霞方晨餐，郵使遞一函至。接而視之，顏色倏變，手持書而顫。此奇異之函，何自而來？蓋梨娘之通辭也。雖未開緘，已知其中消息，必惡無疑。乃急拆閱之，書辭錄下：

君此行殊出意外，臨行並無一言相示，雖有慈命，何其速也！君非神龍，而行蹤之飄忽，至於如此。豈恐妾將為臧倉⑫之沮耶？顧去則去耳，吾家君非從此絕跡者，暫時歸去，不久即當復來，何必以一紙空言，多作無聊之慰藉。抑君即欲通函，何不直接交於妾，而間接交之李某，倩彼作寄書郵，此何事而可假手於他人耶？君若此，直不啻以秘密宣示於人。彼李某為何人，君果信其必不竊窺君書之內容耶？妾實不解君命意所在，君縱不為己之名譽計，獨不為妾之名節計乎？妾素念君才大而心細，事必出以慎重，今竟輕率荒謬至此，豈驟患神經病耶？漆室遺嫠⑬，心如古井，與君為文字之交，並無絲毫涉於非分；君亦束身自好，此心可質神明。然縱不自愧，其如悠悠之口何！今君不惜以密札授人，人即以密札要我，一生名節，為君一封書，掃地盡矣。不知君將何以處妾？且何以自處也？事已決裂，妾何能再覥顏⑭人世？然竊有所疑者。以此書證之君平

---

⑫ 臧倉：戰國魯平公嬖人。孟子梁惠王下載：魯平公將見孟子，為臧倉所阻。

⑬ 漆室遺嫠：漆室，春秋魯邑名。嫠，寡婦。這裏只取寡婦義。

昔與妾之交際，如出兩人，此中有無別情？或為郵差誤投，或為奸人所弄，妾殊不能自決。今無他言，惟盼君速來，以證明此事，而後再及其他。方寸已亂，書不成文，謹忍死以待行旌。

夢霞讀既竟，不禁大訝。歸來三四日，未嘗一握管，何得有書交郵，是又必李所假託矣。彼竟出此毒計以陷梨娘，是烏可恕！梨娘為彼所欺，憤無可泄，憔悴孤花，又經此一番狂風暴雨，此時正不知作若何情狀矣。彼書趣⑮余行，則家中尚可片刻留耶？急袖書往見其母，謂兒病軀已大好，欲回校供職矣。母許之，遂行。

⑭ 靦顏：面有愧色。靦，音ㄇㄧㄢˇ。

⑮ 趣：催促。

第十八章　對泣

茫茫然歸，皇皇而去。名花多難，禍根種自前生；秋雁無情，驚信飛來一紙。何物么魔❶，捉弄人至此。席不暇暖，浹旬兩度奔波；帆又高懸，多事這回破浪。斯時夢霞又在舟中矣。兩岸青山，列隊送征人遠去，夢霞殊無戀別之情，但望仙風借便，霎時吹到蓬萊。秋水長天，碧雲紅樹，一路煙波，正好大尋詩料。而夢霞對之，覺盡是惱人之景。心事匆匆，正似雲山萬疊，複雜縈繞於其間，紛亂不可名狀，更不容著一點閒情，復何心作船頭之憑眺耶！可恨江神作惡，偏靳此一帆風，雙槳翻波，大有遲遲吾行之意。夢霞焦急欲死，不時探首窗外，覘舟行之速率，連聲迫促舟子。意今日若誤我行程，恐彼惡魔，或更有狡計發生，梨娘能禁其幾許蹂躪耶！

落日酣波，繫船大好，夢霞已登岸矣。神情昏惘，如懷鬼胎，不知此來將演出何種慘劇。既至門前，反逡巡而不敢遽進。徘徊良久，暝色黝然矣。天寒日暮，烏能久作門外漢耶！乃放膽直入，鵬郎方在庭中疊石為戲，見夢霞，迎問曰：「先生來矣，歸去何事，臨行胡再不謀，好教人盼煞也。」夢霞不答，挽之入室，卒然問曰：「汝母安否？」鵬郎曰：「先生去後之第三日，校中不知何人送一書至，秋兒接得以交吾母，吾母閱之，容色即大變，繼而大哭，問之不答，與之食不食，狀如驚悸失魂者。我不知此

❶ 么魔：么，小。指微不足道的人。

一紙條兒，其中所言何事，而令吾母若此，今已兩日夜未進勺水，此時恐尚在伏枕啜泣也。」夢霞曰：「汝速去告汝母，說我已來，勿多言也。」鵬郎諾而去，未幾復來，授夢霞以寸簡。受而展閱之，書語殊簡略，僅「今夜人靜後，當遣鵬兒導君一行」二語而已。

寒更三逗，明月一方，中庭有人，獨步彷徨，旋繞迴廊而西，而敲門，而入室。此時若有人從旁覘之，得勿曰：彼其之子，必東牆宋玉❷，夜行多露❸，赴幽會於陽臺❹者也。夢霞何人，乃亦貿然出此曖昧之行徑。月上柳梢頭，人約黃昏後❺。人之多言，寧獨不畏？蓋彼心含有無窮冤憤，急待申雪；蓄有絕大疑難，急待解決；受有無量驚怖，急待鎮壓。覺此行關係之重大，有什佰倍於一己之名譽者。毅然決然，冒險以行，更不遑作遲徊瞻顧之態矣。

半載相思，一朝對面，燈前攜手，簾底談心，在理兩人愉快之情，當必有十分滿足者。然兩人此次之會晤，以奸人為之介紹，雙方皆具有萬種悲憤鬱勃，直無一點歡情樂意。夢霞悄然入室，梨娘方斜背銀缸，低沉翠黛，以羅巾搵其淚痕。其神情之慘淡，顏色之憔悴，較前見時，又增加幾分可憐之態。夢

❷ 東牆宋玉：宋玉登徒子好色賦，說宋玉東鄰有美女，登牆偷看宋玉已有三年，但宋玉仍未答應她的求愛。這裏僅用以借指情郎。

❸ 夜行多露：詩經召南行露：「厭浥行露，豈不夙夜？謂行多露。」言路上露水正濕，我豈不想趕早夜行？只是怕被露水打濕身體。用以比喻怕在路上遭遇強暴。

❹ 陽臺：宋玉高唐賦，寫神女自謂「旦為朝雲，暮為行雨，朝朝暮暮，陽臺之下。」後因稱男女合歡之所為陽臺。

❺ 月上柳梢頭二句：語出歐陽修生查子。或謂乃朱淑貞之詞。

霞對之，幾欲失聲而泣。

燈心吐黑，人淚飛紅。兩人願見之誠，若是其迫切者，至此乃相對不發一語。鵬郎偕夢霞來，即就寢，俄作一種極細弱之鼾聲。此外則有壁上時計，搖擺叮噹，時時震盪人之耳鼓。而夢霞重疊之心事，此時亦正一往一復，盤旋迴繞於腸角，無一息停，與此時鐘之搖擺聲，作心理上無形之應答。三更四更天氣，深邃幽寂境地，惟有兩個愁顏，寫照於不明不滅一粟燈光之下，有若死灰，不作黑獄觀，亦當作夜臺觀矣。含淚互看者良久。梨娘時作微嘆，終無一言，其意若深恨夢霞者。夢霞乃先以李之奸謀為梨娘告，以明己之無罪。梨娘驚曰：「如君言，君未嘗有書寄余，且君之歸亦為彼所賣，余與君皆墮入奸人之計中，余復何怨於君？然彼果何從而知我等之陰事，而播弄兩人如嬰兒耶？」夢霞答曰不知。梨娘略作沉吟，急猛省曰：「否，否！君言殊未然。彼固曾以君書之一紙交余，紙上之筆跡，實出自君手，余一見而能確認者也。」

言頃，解所佩紫囊，出一紙授夢霞，曰：「閱之，此非君所書乎？紙上之詩，非君所作者乎？李雖奸猾，恐亦未必能仿君之字，學君之詩，竟盡竊君之真相也。」夢霞接而視之，乃大愕，曰：「奇哉，有他紙乎？」梨娘曰：「僅此耳。彼以此一紙來，言此外尚有函紙數頁。余遣秋兒，向彼索取，故靳不與，謂此函關係重大，必親交與受信人之手，否則寧存我處，以交還於寄信者。夫向生人而索其情人之書，此雖至卑賤之淫娃蕩婦，亦知有所羞愧，余獨何人，而能出此？余知彼之終不與余也，即亦不索。蓋箇中內容，已為奸人洞悉，此秘密函件，即盡喪其珍貴之價值。余不恨彼之無情，而惟怨君之不慎，致彼此名譽，決裂破壞於一朝。想後思前，惟有一死。顧懷疑而死，死不能甘，一塊肉又復相累。故郵召君來，證明其事之虛實。余心碎矣，君復何言。」

梨娘語時，含悲帶憤，淚隨聲出，頃刻間懷滿瓊瑤，若梨花之戰雨。夢霞泫然答曰：「冤哉！卿以此事為果真耶？此紙實為余所手書，但詩非余作，且非書以寄卿者耳。余閒居無俚❻，輒喜弄筆，襟袖間常污墨漬。此紙乃余在校中課餘時戲作，所錄乃余友某君無題詩四律也。書後即已棄諸敗簏❼，彼乃拾而藏之，即假此以欺我知己。當作此時，漫不經意，詎❽料此無聊之遣興，即深種夫禍根。奸人設計之險毒，真有為人意想所不到者。一筆鑄成大錯，此亦余疏忽之咎，致卿遭此奇辱，余實無以對卿矣。」梨娘乃如夢醒，拭淚言曰：「余固疑君決不至躁率若此，孰知其中竟有如許變幻，今已水落石出，則君復何罪，余復何怨，但終有所不解者。彼必先知兩人之秘密，而後設計相欺。是果誰與之隙，又誰為之諜耶？」夢霞曰：「然，容徐思之。」俯首沉思者良久，忽憬然悟曰：「余憶之。方余病臥，彼日來視余，來時必與鵬郎戲，或攜果餌以餉鵬郎，鵬郎因是樂就之，每晚必同至門外遊散。余亦未之禁。後李忽一去絕跡，余固甚疑之。意者此數日中，鵬郎年幼無知，為彼以計誘，以言餂，或竟將秘密泄露其一二。彼既探得其情於小兒之口，遂思設計以相欺，故去而不來。余家中之偽書，即發現於三日之後。此中情節，固已灼然。余不意此無情之病魔，竟為引進奸人之導線；此可愛之鵬郎，竟為破壞好事之罪魁。要之皆由於余無知人之明，日與虎狼相處，而夷然坦然，一再不慎，釀此大禍。彼鵬郎固何知者，望卿

❻ 俚：聊賴，依託。
❼ 簏：竹箱。
❽ 詎：豈。

恕此可憐之孤兒。」梨娘長嘆曰：「余安忍責兒，余惟自疚，未亡人不能割情斷愛，守節撫孤，雖未作琵琶之別抱❾，而已多瓜李之嫌疑❿。貽玷女界，辱沒家聲，亡者有知，烏能恕余。若更以不可告人之事，責及彼所愛之兒，不益以重余之罪，更何以見余夫於地下乎？」

夢霞聞言，心怦然驚，念梨娘既自怨，則己烏能不自愧。一念難安，如芒刺背，恍惚間如見梨娘之夫之魂，現形於燈光之下，怒目而相視。而鵬郎之鼾聲，與梨娘之泣聲，聲聲刺耳，益覺魂悸神傷，舉動改其常度。天下最難安之事，生平最難處之境，實無有逾於此時者。既而曰：「余誤卿，余誤卿。願卿恕余，並願卿絕余，勿再戀戀於余。一重公案，乘此可以了結，還卿冰清玉潔之身，安卿慰死撫生之素⓫，而余亦從此逝矣。」梨娘止泣言曰：「霞郎霞郎，若意殆怨余乎？余言非怨君，幸君恕余。」梨娘泣，夢霞亦泣曰：「非也，余亦自怨耳。然兩情至於如此，欲決撒也難矣。天乎無情，既合之矣，復多方以為之障礙，俾惡魔得遂其謀，後此之磨折正未有窮期也。」繼又作恨聲曰：「余與此賊，誓不兩立。余必去此眼中釘，以免後來之再陷。」梨娘色變曰：「是奚可者！是奚可者！君欲彼一人知之耶？抑欲使盡人皆知耶？彼既百計偵知余等之秘密，固決無能代余等守此秘密之德義。則此事之宣佈，在彼一啟唇一掉舌之間耳。君若不與之較，交以道，接以禮，一如平日，若不知此事也者。彼尚有人心，必

❾ 琵琶之別抱：別抱琵琶。指改嫁，也指移情他人。

❿ 瓜李之嫌疑：古樂府君子行：「君子防未然，不處嫌疑間。瓜田不納履，李下不正冠。」用以瓜李比喻招惹嫌疑之地。

⓫ 慰死撫生之素：死，指亡夫。生，指鵬郎。素，素心。

受君之感化力，而生其愧悔之心，知偵人秘密之不當，因之終身箝口，以贖前愆⓬。若必欲去之以泄憤，則彼之仇君將益深，謀君且益甚，是速禍也。君能遠彼之身，豈能掩彼之口？恐教職甫解，而醜聲已洋溢乎全邑⓭矣。既少事前之防範，亦當為事後之彌縫，逞一朝之忿，其如後患何？」夢霞曰：「善哉卿言！可謂能審事而慮禍者矣。然自茲以往，余亦不敢再作問津之想。驚弓孤鳥，怯王孫挾彈而來；漏網僵魚，凜漁者執竿而伺。自問此心不怍，本非同汶汶⓮之可污；無如有口難防，誰不恤悠悠⓯之可畏。好事多磨，孽緣終挫。若再迷戀不捨，更不知將再歷何種慘酷之魔劫，余縱不惜犧牲名譽，捐棄幸福，以易卿一點憐才之心，而實不忍再陷卿於苦惱之境，浼卿以不潔之名。嗟乎梨姊，夫復何言！從茲一別，後會無期。然言猶在耳，誓豈忘心。卿固飲泣終身，余亦孤棲畢世。今生緣了，來世期長。余當先驅狐狸於地下⓰，而俟卿於黃泉碧落間耳。」言已，喉噎氣促，鉛淚疾瀉。復忍痛口占四絕，吟聲雜以哭聲，巫峽哀猿⓱，亦無此淒楚也。

金釵已斷兩難全，到底天公不見憐。

⓬ 愆：罪過。音ㄑㄧㄢ。

⓭ 邑：舊時別稱縣為邑。

⓮ 汶汶：污垢，污辱。

⓯ 悠悠：悠悠之言。指庸俗的話。

⓰ 先驅狐狸於地下：先赴黃泉。歐陽修祭石曼卿文：「更千秋而萬歲兮，安知其（指墓穴）不穴藏狐貉與鼯鼪？」

⓱ 巫峽哀猿：酈道元水經注，寫三峽景色，引漁歌：「巴東三峽巫峽長，猿鳴三聲淚沾裳。」

我更何心愛良夜，從今怕見月團圓。

煩惱重生總為情，何難一死報卿卿。

只愁死尚銜孤憤，身死吾心終未明。

詩呈六十有餘篇，速付無情火裏捐。

遺跡今生收拾盡，不須更惹後人憐。

望卿珍重莫長嗟，來世姻緣定不差。

死後冤魂雙不得，冢前休種並頭花。

夢霞吟畢，涕不可仰。梨娘亦掩面悲啼。數聲嗚咽，如子野之聞歌⑱；四目模糊，作楚囚之相對⑲。斯時一粟之燈暈，兩面為淚花所障，光明漸減，室中之景象，呈極端之愁慘，幾有別有天地、非復人間

⑱ 子野之聞歌：東晉桓伊，小字子野。喜音樂，善吹笛。世說新語任誕：「桓子野每聞清歌，輒喚『奈何』。謝公聞之，曰：『子野可謂一往有深情。』」

⑲ 楚囚之相對：世說新語言語載：晉室南渡後，從北方來的士人，常在新亭聚宴。一次周顗嘆息道：「風景不殊，正自有山河之異。」眾人聽了，都相視流淚。惟獨丞相王導愀然變色曰：「當共戮力王室，克復神州，何至作楚囚相對！」後借指處於困境中的人無用的哭泣。

之概。相思味苦，不道相逢更苦。受盡萬種淒涼，只博一場痛哭，冤哉，冤哉！若合若離，不生不死，一角情天，竟有若是之迷離變幻者。此情此景，旁觀者為之酸鼻，當局者能不摧心。有頃，夢霞悄然起，剔已殘之釭焰，索紙筆更賦四律。心中苦痛，難以言宣，聊以詩泄。這回相見，捨此更別無可述者矣。

秋風一棹獨來遲，情既稱奇禍更奇。
十日離愁難筆訴，三更噩夢有燈知。
新詞輕鑄九洲錯，舊事旋翻一局棋。
滾滾愛河波浪惡，可堪畫餅不充飢。

一聲哀雁入寥天，火冷香消夜似年。
是我孤魂歸枕畔，正卿雙淚落燈前。
雲山渺渺書難到，風雨瀟瀟人不眠，
知爾隔江頻問訊，連朝數遍往來船。

卿是飄萍我斷蓬，一般都是可憐蟲。
驚弓孤鳥魂難定，射影含沙[20]計劇工。

[20] 射影含沙：射影，又名蜮、射工。相傳居水中，聽到人聲，以氣為矢，或含沙以射人，被射中的人皮膚生瘡。

北雁無情羈尺素，東風有意虐殘紅。
誤他消息無窮恨，只悔歸途去太匆。

風入深林無靜柯，十分秋向恨中過。
情場自古飄零易，人事於今變幻多。
豈是浮雲能蔽月，那知止水忽生波。
乾坤割臂盟終在，未許焚香懺爾魔。

浪浪情淚，上紙不知；測測殘宵，為時已促。夢霞擲筆長嘆。梨娘徐取閱之，啼珠又狼藉於紙上，嗚咽而言曰：「君何哀思之深也！余何人斯，能聞斯語。君所以致此者，皆薄命人之相累，然君亦未免用情失當。余不願君之沉迷不悟，更安忍君之煢獨無依。筠姑姻事若何矣？此余所以報君者也。即君不願，余亦必強為撮合，以了余之心事。鵬兒年稚，俟後得君提挈，免墜箕裘㉑，則又君所以報余者。君知余今所以銜冤飲恨、忍辱偷生者，只為此一塊肉耳！」夢霞曰：「容緩圖之。俟石痴歸，當倩之作冰。然此殊為多事，雖勉從卿命，實大違余心。余已自誤而誤卿矣，何為而再誤他人耶？」梨娘曰：「君以此為多事，則君與余之交際，不更多事耶？事已至此，君復奚辭！余深祝君之種惡因而收良果也。今日

後稱陰謀中傷他人為含沙射影。

㉑ 箕裘：禮記學記：「良冶之子，必學為裘；良弓之子，必學為箕。」後因稱克承父業為箕裘。

之事，可一而不可再。天將明矣，君宜速去，此間不可以久留也。」乃低唱泰西㉒羅米亞㉓名劇中「天呀天呀，放亮光進來，放情人出去」數語，促夢霞行。夢霞不能復戀，珍重一聲，慘然遽別。

㉒ 泰西：極西，泛指歐洲、美洲各國。

㉓ 羅米亞：即莎士比亞的戲劇羅密歐與茱麗葉。

第十九章　秋心

黃葉聲多，蒼苔色死。海棠開後，鴻雁來時。雨雨風風，催遍幾番秋信；淒淒切切，送來一片秋聲。秋館空空，秋燕已為秋客；秋窗寂寂，秋蟲偏惱秋魂。秋色荒涼，秋容慘淡，秋情綿邈，秋興闌珊。此日秋閨，獨尋秋夢；何時秋月，雙照秋人。秋愁疊疊，並為秋恨綿綿；秋景匆匆，惱煞秋期負負。僅無限風光到眼，阿儂總覺魂銷；最難堪節序催人，客子能無感集。蓋此時去中秋已無十日矣。

夢霞自經此番風浪，心境大受震盪。念兩人歷盡苦辛，適為奸人播弄之資，憤激莫可名狀。繼復念我與梨娘，愛情之熱度，雖稱達於極點，然惟於紙上傳情，愁邊問訊，時藉管城即墨，間接通其款曲已耳。半稔光陰，積得相思幾許，蓄之既久，望之愈遠。久欲叩香閨，拜妝臺，將我纏綿複雜之情思，對我心愛之玉人，一一傾倒而出之，雖死亦無所恨。而格於內外之嫌疑，束於禮法之防範，彼固不肯逾閑❶，我亦難於啟齒。徒有憐聲愛影之私，終無攜手並肩之分。幾世幾生，才能修到，一顰一笑，迄未曾親。獨自追思，只剩千行錦字；無多殘淚，難銷半幅羅巾。今者宵小❷從身旁竊發，禍星自天外飛來，恐怖顛連，一時同陷於至難堪之境。然得藉為紹介，與素心人談衷竟夕。前之不能希望於萬一者，今竟居然

---

❶ 逾閑：越過（規定的）範圍。

❷ 宵小：小人，壞人。

如願。奸人之毒計，適足玉成好事。雖云不幸，亦差堪自慰矣。夢霞此時，對於李之惡感，已盡消釋於無形。梨娘曾以後患宜防，諄諄以勿與李較為囑。夢霞固深佩其慮事之周密，而自悔其一時之鹵莽也。

次日赴校與李相見，周旋晉接，曾不稍異於曩昔。李突見夢霞來，容色甚張皇失措，繼見夢霞無異言，更覺面紅耳赤，口噤目瞪。此蓋良心之發現，新機之萌動。人雖至狡極惡，傾陷他人，無所不至，而受其害者，唾面自乾❸，一切不與之較，未有不息其邪念、生其悔心者。至誠可格豚魚❹。李雖冥頑，究非豚魚可比，以夢霞相待之誠，益露跼蹐不安之態。嗣後梟獍之心，已為夢霞所感化，盡心教職，不問他事，反覺溫文爾雅，一改從前躁率多言之故態，從此不敢再溷乃公事矣。

大凡人於愛情熱結之時，橫遇惡魔之阻撓，此惡魔之來，僅能破壞愛情之外部，不能破壞愛情之內部。其最後之效力，適足以增加愛情之熱度，以所得者償其所失而有餘。夢霞與梨娘相見之後，證明雙方之誤會，益嘆人情蜀道❺，深險難測，以最親之同事者，而今竟太行起於面前❻矣，又何怪知己之難得，情感之難言也。側身天地，獨立蒼茫，覺世之最愛我者，惟彼九泉之死父，與五旬之老母，千里之

---

❸ 唾面自乾：尚書大傳大戰：「罵女毋嘆，唾女毋乾。」為逆來順受、不與人較之意。

❹ 至誠可格豚魚：格，感通。豚魚，泛指小動物。唐元和年間，韓愈因上表反對迎佛骨，被貶為潮州刺史。到任後，詢問民間疾苦，都說當地有鱷魚，對百姓的生命財產危害極大。過了幾天，韓愈發表了一篇檄文祭鱷魚文。傳說當晚鱷魚就向西遷移六十里，從此不再危害潮州。蘇軾作潮州韓文公廟碑，說：「故公之精誠……能馴鱷魚之暴。」又說：「智可以欺王公，不可以欺豚魚。」作者將兩種說法混在一起了。

❺ 人情蜀道：言人情險惡，有如蜀道。

❻ 太行起於面前：太行，山名。山勢高峻，連綿數千里，為華北屋脊。這裏用以形容險難出現在面前。

阿兄。捨此而外，則惟彼可敬愛之梨娘，與我有生死難忘之關係。驚怖之餘，萬疊情絲，益紊亂而不可收拾。不恨李某之無情，惟怨天公之善妒。念後來之魔劫重重，不可窮詰，則覺心灰意冷，萬千之欲愛都消，固不如大家撒手，斬斷葛藤，悟徹情天，撥開情障，力於苦海中猛翻一筋斗，能如是乎，豈不甚善。然一念及來生之會合難期，今生之希望未絕，一場幻夢，終未分明，便爾決裂一朝，關係斷絕，心實有所難甘，情實有所難解。碧翁何心，專以弄人為能事，不使之不遇，卻不使之早遇；不使之常離，復不使之遽合，俾兩情同陷於夢想顛倒迷離惝恍之域，永遠不能解決。天乎天乎！搔首問之而無語，虔心禱之而無靈，憤念至此，殊欲拔劍而起，與酷虐之天公一戰。明知戰必不勝，則惟有以死繼之。天心雖至渺茫，人情雖至變幻，極之以死，又何事不可以了耶！自此之後，夢霞更深種一層病根，厚縛一重情網，不得生為鸞鳳，終當死作鴛鴦，一念之堅，奮全力以持之矣。

四時之佳景難窮，一生之行樂有限。人之境遇，各不相謀，故所感亦不能一致。上之則關於天下國家之大，下之則極於飲食男女之戀，感之淺深，至不齊也，而莫不因時以為之消長。夫四時之景，各有佳處。大塊文章❼，時或極其絢爛，時或趨於平淡，形形色色，無不並臻其妙，皆足以娛悅吾人之耳目，愉快吾之性情，此天然行樂之資，乃造物之獨厚於吾人者也。然吾人之對之者，悲歡哀樂之表示，或因人而參差，或隨時而變易。大抵歡樂者少，而悲哀者多；歡樂之時少，而悲哀之時多。四時景物，其絢爛平淡，兩相對照者，為春為秋。吾人於其間表示其悲歡哀樂之情，以時序上之反映，為心理上之反映。然在無愁者視之，則秋色荒涼，雖不抵春光明媚，而青山紅樹，淡白疏黃，觸於眼簾者，又別有一種可

❼ 大塊文章：大自然的形象。大塊，大自然。文章，指形象，色彩。

愛之處，未必人人對西風而隕涕，望衰草而傷神也。傷心者視之，則良辰美景，亦具悲觀；旅館寒宵，更多苦趣。

人以客而情孤，時值秋而腸斷。以別有懷抱之夢霞，際此傷心時節，更覺閒愁滿眼，不招自來，如醉如痴，無以自遣。而天公狡獪，更於此時大佈其肅殺之令，倏變其陰晴之態。有時晴光淡麗，秋色宜人；有時陰霾掩日，冷氣襲人。庭樹因風，蕭疏作響；牆花倶露，憔悴泥人。一日之間，榮悴不常，炎涼互易，若為浮世人情，作絕妙之寫照者。舉頭一望，半天慘淡；回眸四矚，萬態蕭森。夢霞何人，傷心曷極！課罷之後，時往舍後散步，則見夫煙消山瘦，日落草枯，曠野無人，寒風砭骨，一片零落蕭條之景象，觸於目而不堪，感於心而欲絕。而溪邊殘柳數株，風情銷歇，剩有黃瘦之枯條，搖曳於斜陽影裏，上有歸鴉幾個，啞啞似送行人。地不必白門❽，人不必張緒❾，因時同感，睹物傷懷，身世之悲，古今一例。多情如夢霞，能不撫樹低徊，而興「樹猶如此」❿之嘆哉！

天寒日暮，獨步徘徊。樵叟牧童，亦倶絕跡於原野，惟有飢鷹欲下而盤旋，饞兔見人而驚竄。聽溪水潺潺，似為傷心人細訴不平之恨。仰視山容，暗淡若死，愁雲疊疊，籠罩其顛。歷此境也，幾如身入

---

❽白門：六朝皆建都建康（今江蘇南京），其正南門為宣陽門，俗稱白門。後因以白門作為南京的別稱。李白楊叛兒：「君歌楊叛兒，妾勸新豐酒。何許最關人？烏啼白門柳。」

❾張緒：南史本傳載：字思曼，風姿清雅，吐納風流。劉悛官蜀州，獻蜀柳數株。齊武帝植柳於太昌靈和殿前，嘗賞玩咨嗟，曰：「此柳風流可愛，似張緒當年。」

❿樹猶如此：世說新語言語載：桓溫北征，途經金城，見前任琅邪時所種柳，都已十圍，感慨地說：「木猶如此，人何以堪！」

黃沙大漠間。凜冽之氣，著膚欲栗；危慘之象，到眼欲眩。摶摶⑪大地，寥闊無垠，渺渺一身，蒼茫獨立。徙倚無聊，天涯目斷⑫，一點秋心，更無著處。輒臨風而灑淚，更悲吟以寄懷。

明日黃花蝶可憐⑬，西園夢冷雁來天。
知伊尚為尋芳至，瘦怯秋風舞不前。

鴻雁誰教南北飛，杜鵑枉說不如歸。
只今剩有傷秋淚，依舊浪浪滿客衣。

兩三宿鷺點寒沙，秋老空江有落霞。
開到並頭真妒絕，芙蓉原是斷腸花⑭。

寒風瑟瑟動高樓，極目斜陽天正秋。

---

⑪ 摶摶：凝聚成圓形的樣子。音ㄊㄨㄢˊ ㄊㄨㄢˊ。

⑫ 天涯目斷：即「望盡天涯路」（晏殊蝶戀花）之意。

⑬ 明日黃花蝶可憐：蘇軾南鄉子：「萬事到頭都是夢，休，休，明日黃花蝶也愁。」黃花，菊花。後以「明日黃花」比喻過時的事物。

⑭ 開到並頭真妒絕二句：芙蓉，荷花的別名。一蒂兩心的荷花，稱並頭蓮，常用作男女好合的象徵。

獨立獨行人莫會，更從舊地得新愁。

蕭蕭落葉掩重門，斷送秋光暮氣昏。

芳草斜陽終古在，天涯猶有未銷魂。

鏡裏浮花夢裏身，煙霞不似昔年春。

錦城不少閒花柳，從此風光屬別人。

吟聲淒越，山鬼和泣。雁過中天，遲徊而不敢遽度，倦飛之歸鳥，亦正相與撲簌作新枝之投。黃昏將迫，景象益慘，凜乎其不可留也。旋掩雙扉，不遽入室，躑躅於庭階之畔。時一鉤新月，已上檐梢。庭中木筆、梨花，各剩枯枝敗葉，對月婆娑⑮，若互相弔者。而注目假山石畔，則更見荒冢草黃，斷碑蘚紫，地下花魂，何時才醒？夢霞至此，不禁悲從中來，清淚奪眶而出，徑趨冢前，盡情一哭。蓋夢霞自葬花之後，不啻開闢一斷腸之境界，每至極傷心之時，輒赴其處，撫墳一慟以為常。彼日以萬斛加泉之情淚，著力培溉此已死之花。且曰，花魂有知，則精誠所聚，將來此冢上必挺生一枝奇異之花，以發泄此鬱久難消之氣。嗚呼，此可以喻其痴矣！

---

⑮ 對月婆娑：婆娑，扶疏，紛披。世說新語黜免載：東晉殷浩曾在月朔（農曆每月初一），對著大司馬廳前的一棵老槐看了好久，嘆道：「槐樹婆娑，無復生意！」

吾書今須述梨娘矣。女子之神經，每較男子為薄弱，不能多受猛烈之激刺。梨娘以蘭心蕙質之慧姝，為柏操霜節之嫠婦。開東閣門，坐西閣牀，豔情綺思，早等諸泡影曇花，消亡殆盡。自憐賦命之窮⑯，敢作白頭之嘆⑰。而翁雖老邁，尚多矍鑠⑱之精神；子未成人，應盡撫育之責任。凡百家政，惟彼一人是賴。以纖纖之手，支撐此衰落之門庭，其困苦艱難之狀況，梨娘獨喻之。親友之知者，亦共諒之。平居無恙時，固已戚戚然無日不在奈何天中消磨歲月矣。乃天道孽緣湊合，更教魔鬼摧殘。一縷柔情，復作死灰之再熱；而千百種之煩惱，無量數之驚怖，均於以連續發生。今更於意外受此絕大之刺激，狂風暴雨，陣陣逼人，其腦筋之震動，心旌之蕩漾，真有為生平所未曾經過者。既悲身世之顛連，復痛名節之喪失，悔恨交加，死生莫擇。欲生則幾重孽障，厄我何堪；欲死則六尺遺孤，累人已甚。將前塵後事，往復思量，一寸芳心，能不淒然欲絕！方其以簡招夢霞往也，本有與夢霞決絕之心。及夢霞辨明此事之誤會，覺彼之待我，悉出真情，怨恨之心，旋付諸九霄雲外。嗣後獨處深閨，神情益惘，一念欲拋撇之，一念又復縈繞之。思緒愈紛而愈歧，情絲愈撩而愈亂。當夢霞臨風興嘆之時，正梨娘獨坐長吁之際。對此滿庭秋色，無一不足為斷腸之資料。珠簾不捲，翠袖生寒。一絲殘淚，時擱腮邊。若到黃昏，更無聊賴，對燈花而不語，借湘管⑲以貢愁。詩曰：

---

⑯ 賦命之窮：天生（賦）命窮。

⑰ 白頭之嘆：相傳司馬相如想聘茂陵女子為妾，卓文君作白頭吟以自絕。相如乃罷此事。

⑱ 矍鑠：老而勇健。

⑲ 湘管：用湘竹（斑竹）做的筆管。

西風吹冷簟⑳，團扇㉑尚徘徊。
寂寞黃花晚，秋深一蝶來。
玉鉤上新月，照見暗牆苔。
為恐釭花笑，相思寸寸灰。

⑳簟：竹席。
㉑團扇：圓扇，也叫宮扇。漢成帝寵趙飛燕，立為皇后。班婕妤害怕危及自身，求去長信宮侍奉太后，作團扇歌，以寫愁苦之情。

第二十章 噩夢

荻穗如綿，蕉心漸裂，風物江南，殘秋盡矣。古人云：客子斗身強。言客子之所恃者，惟強健耳。夢霞第三次來校後，雖斷藥緣，尚餘病意。蒲柳之質，望秋先零，固不能如黃花傍秋而有精神也。流光如矢，羈緒如麻，獨客他鄉，況味至苦。瞭望征雲，來鴻絕影。夢霞於是念及夫老母，未念秋來眠食何如；更念及夫大暑❶中與劍青一番聯袂，而病魔擾擾，未竟歡情。嗣復南轅北轍，各不相顧；地角天涯，寄書不達。忽焉而豆棚月冷，中秋屆矣。忽焉而菊籬霜綻，重陽近矣。一回首間，遽有今昔之感，不必謂志士之光陰短，而勞人之歲月長也。更念石痴浮雲一別，滯雨三秋。酒分詩情，一齊擱起。遙望故人，海天縹緲。於秋初由其父轉達一書，略知蹤跡。我亦裂素寫意，屢寄殷勤，迄今荷淨菊殘，橙黃橘綠，亦復鱗沉羽斷，消息如瓶❷。每當半窗殘月，一粟寒燈，聽征雁一聲，則夢魂飛越，萬水千山，形離神接。醉吟之暇，寤寐之間，言論丰采，猶可想見。誦「渭北春天樹，江東日暮雲❸」之句，每為之愀然

---

❶ 大暑：二十四節氣之一。在農曆六月中。西曆為七月二十三日或二十四日。這裏指從大暑到立秋這一段時間。

❷ 消息如瓶：下章證婚中有「消息久如瓶井」之語。白居易井底引銀瓶：「井底引銀瓶，銀瓶欲上絲繩絕。石上磨玉簪，玉簪欲成中央折。瓶沉簪折知奈何，似妾今朝與君絕。」瓶沉水底難覓，簪斷難續，後因以「瓶沉簪折」比喻男女分離。這裏是消息隔斷的意思。

不樂；誦「海內存知己，天涯若比鄰」之句，又未嘗不爽然自失也。蓋夢霞自謂捨梨娘外，惟石痴可為第二知己，故岑寂之中，思之綦❹切。然其相思之主點，固別有在，此不過連類及之耳。飄颻異土，煞甚淒涼，更為情人，幾回腸斷。況日來風伯雨師，大行其政，淅淅瀝瀝之聲，時於酒後燈前，喧擾於愁人耳畔。鵬郎於此時又沾微恙，已數日不能上學，挑燈獨坐，益復無聊。風高雁急，長夜漫漫，一枕清愁，十分滿足。擁衾不寐，時復苦吟，將複雜之情思，纏綿之哀怨，一一寫之於詩。兩旬之間，積稿已不止盈寸，茲擇錄其感賦八章於左：

秋娘瘦盡舊腰支，恨滿揚州杜牧之。
不死更無愁盡日，獨眠況是夜長時。
霜欺籬菊猶餘豔。露冷江苹有所思。
暗淡生涯誰與共？一甌苦茗一瓢詩。

愛到清才自不同，問渠何事入塵中。
白楊暮雨悲秋旅，黃葉西風怨惱公。
鴛夢分飛情自合，蛾眉謠諑❺恨難窮。

❸ 渭北春天樹二句：語出杜甫春日懷李白。
❹ 綦：極，甚。

晚芳零落無人惜，欲叫天閽❻路不通。

相逢遲我十餘年，破鏡無從得再圓。
此事竟成千古恨，平生只受一人憐。
將枯井水波難起，已死爐灰火尚然❼。
苦海無邊求解脫，愈經顛簸愈纏綿。

好句飛來似碎瓊，一吟一哭一傷情。
何堪淪落偏逢我，到底聰明是誤卿。
流水空悲今日逝，夕陽猶得暫時明。
才人走卒真堪嘆，此恨千秋總未平。

說著多情心便酸，前生宿孽未曾完。
我非老母真無戀，卿有孤兒尚可安。

❺謠諑：造謠毀謗。
❻天閽：天帝的守門人。
❼然：「燃」的本字。

天意如何推豈得，人生到此死俱難。
雙棲要有雙修福，枉把金徽著意彈。

對鏡終疑我未真，蹉跎客夢逐黃塵。
江湖無賴二分月❽，環珮空留一刻春。
恨滿世間無劍俠，才傾海內枉詞人。
知音此後更寥落，何惜百年圭璧身。

今古飄零一例看，人生何事有悲歡。
自來豔福修非易，一入情關出總難。
五夜杜鵑枝盡老，千年精衛❾海須乾。
愧無智慧除煩惱，閒誦南華❿悟達觀。

---

❽ 江湖無賴二分月：徐凝憶揚州：「天下三分明月夜，二分無賴是揚州。」言天下明月三分，揚州占了二分，比喻當日揚州的繁華。
❾ 精衛：傳說炎帝少女女娃，在東海溺死，化為精衛鳥，常銜西山木石，以填東海。
❿ 南華：莊子別名南華經。

死死生生亦太痴，人間天上永相期。
眼前鴻雪緣堪證，夢裏巫雲跡可疑。
已逝年華天不管，未來歡笑我何知。
美人終古埋黃土，記取韓憑化蝶時。

風雨撼窗，雞鳴不已。夢霞方披衣而起，覺有一絲冷氣，自窗隙中送入，使人肌膚起粟。乃起而環行室中數周，據案兀坐，悄然若有所思。所思維何？思夫夢境之離奇也。疇昔之夜，風雨瀟瀟，夢霞獨對孤燈，兀自愁悶，閱長生殿⓫傳奇一卷。時雨聲陣陣，敲窗成韻，夜寒驟加，不耐久坐。乃廢書就枕，蒙首衾中，以待睡魔。而窗外風雨更厲，點點滴滴，一聲聲沁入愁心，益覺鄉思羈懷，百端棖觸。魚目常開，蝶魂難覓。

正輾側無聊之際，忽聞枕畔有人呼曰：「起，起！汝欲見意中人乎？」夢霞曰：「甚願。」隨所往，至一處，流水一灣，幽花乍開，粉牆圍日，簾影垂地。回顧則同來人已失。因念此不知誰家繡闥，頗涉疑懼。徘徊間見簾罅忽露半面，則一似曾相識之美人也。見夢霞，含笑問曰：「君來耶？君意中人尚未至，盍⓬入室少待。」夢霞乃掀簾而進，美人款接殊殷勤，室無他人，既而絮絮不休，頓厭其煩，奪門而遁。既出，已非來路，平原曠野，方向莫辨。覺背後有人追逐甚急，欲奔而兩足癱軟，不能進，窘甚。

⓫ 長生殿：清洪昇所作傳奇劇。寫唐明皇和楊貴妃的故事，也反映了當時的社會動亂。
⓬ 盍：何不。

忽望見半里外有一女郎先行。步履蹇緩，狀類梨娘。急大呼梨姊救我，即覺健步如飛，剎那間已追及。細視之，真梨娘也。時夢霞氣咻咻而汗涔涔矣。因同據道旁大石上小憩，大喜賀曰：「好了，好了，今可脫離虎口矣。」言頃，旋覺身搖搖若無所主，同坐之大石已不見，茫茫大海，一望無際，兩人同在一葉舟中，檣傾楫摧，波浪大作。梨娘已驚懼無人色。夢霞見有斷篙半截在手，立船頭慢慢撐之，一失足墮入海中，大驚而號，則身在藤牀，殘燈熒然，映入帳裏。衾冷於冰，為驚汗層層濕透。窗外風聲雨聲，鬧成一片，猶恍惚如在驚濤駭浪中也。

夢去影留，歷歷在目，驚魂乍定，暗淚旋流。此夜夢霞，不復能寐，無情風雨，伴此愁眠，惟有伏枕聳寒，擁衾待旦而已。夫夢者，心理造成之幻境也。心理上先虛構一幻象，睡夢中乃實現此幻境。其心清淨者，其夢不驚。故曰：至人無夢。以夢霞近日之心理，正如有千百團亂絲，迴環縈繞於其際，紊亂複雜，至難名狀，忽而喜，忽而憂，忽而悟，忽而迷，剎那之間，心理上疊呈無窮之幻象，宜其夜睡不安，有此妖夢也。是夢也，至奇至幻，夢霞既以心理造成之，可以假，亦可以真。試以夢境徵諸實事，而預推兩人後來之結局，苦海同沉，不必有是事，固已不能逃此劫矣。然則此幻境之實現於夢霞之夢中，可以為目前怨綠啼紅、鎖愁埋恨之證，即可以為異日鳥啼花謝、月落人亡之券。心能造境，果必隨因。夢霞寂寂追思，茫茫後顧，而決此夢之必非佳兆，能不魂銷殘雨，淚咽寒宵。正不必謂夢霞亦殉愚夫之迷信，而誚曰妖夢是踐也。

終風⑬苦雨，不解開晴。客館愁孤，形影相弔。斷夢留痕，亦如風片雨絲，零零落落，粘著心頭，

---

⑬ 終風：大風，暴風。

不能遽就消滅。以多情之公子，為說夢之痴人，乘休業之星期，寄訴愁之花片。夢霞乃以夢中所歷，一一宣諸毫端，為梨娘告，更書兩絕句以記其事：

分明噩夢是同沉，駭浪驚濤萬丈深。
竟不回頭冤不醒，何年何地得相尋。

一念能堅事不難，情奢肯遣舊盟寒。
可憐萬劫茫茫裏，滄海乾時淚不乾。

梨娘得書，亦竊嘆夢境之奇。其夢耶？其真耶？以為夢則真亦何嘗非夢，以為真則夢亦何必非真。情緣草草，孽債重重，無論天公之見憐與否，姻事之能成與否，兩人總屬情多緣少，神合形離。生惟填恨，冤沉碧海之禽；死不甘心，魂化青陵之蝶。嗟嗟，叙斷今生，琴焚此夕，熱淚猶多，痴心未絕。此夢也，幻夢也，實警夢也。可以警夢霞，亦可以警梨娘，且可以警情天恨海中恆河沙數⓮之痴男怨女。惜乎其沉迷不悟，生死輕拚，雖有十百之警夢，曾不足以警醒其萬一，明知希望已絕，不肯回頭，縱教會合綦難，還思見面，是可痛矣，豈不惜哉！此時梨娘心旌搖曳，恍如身入夢境，與夢霞同飄蕩於大海之中，長嘆一聲，淚珠萬顆，支頤不語，半晌而和作成矣。

⓮ 恆河沙數：佛家語。恆河，印度最大的河流。恆河的沙子，言多至不可勝數。

淒風苦雨夜沉沉，魂魄追隨入海深。
不料一沉人不醒，翻身還向夢中尋。

金石心堅會合難，殘宵我累客生寒。
重重魔障重重劫，淚到乾時血不乾。

低頭吟就，和淚書成，喚秋兒密交於夢霞。蓋鵬郎方病，不能殷勤作青鳥使也。秋兒去良久，此回則又攜得夢霞詩至。

積得相思幾寸深，風風雨雨到而今。
詩惟寫怨應同瘦，酒為排愁只獨斟。
五夜夢留珊枕恨，一生身作錦鞋心。
歡場不信多奇險，便到黃泉也願尋。

心如梅子濺奇酸，愁似抽絲有萬端。
苦我此懷難自解，聞卿多病又何安。
情根誰教生前種，痴恨無從死後寬。
但是同心合同命，枕衾莫更問溫寒。

梨娘復依韻和之曰：

頻添緘札達情深，冷隔歡蹤直到今。
怨句不辭千遍誦，濁醪誰勸滿杯斟。
青衫又濕傷春淚，碧海常懸捧日心[15]。
不道相思滋味苦，愁人只向箇中尋。

苦吟一字一心酸，誤卻毫端誤萬端。
月魄不圓人尚望，雨聲欲碎夢難安。
恩深真覺江河淺，情窄那知宇宙寬。
我更近來成懶病，和郎詩句怕凝寒。

---

⑮ 青衫又濕傷春淚二句：白居易琵琶行：「座中泣下誰最多？江州司馬青衫濕。」錢起贈闕下裴舍人：「陽和不散窮途恨，霄漢常懸捧日心。」

第二十一章　證婚

意外奇緣，夢中幻劇，印兩番之鴻爪，證百歲之鴛盟。夢霞與梨娘，既不能斷絕關係，則夢霞與筠倩，自必生連帶關係。而兩人之婚事，梨娘既極力主張，夢霞應守服從主義。在夢霞心中，雖抱極端之反對，亦不能不勉為承順，藉慰知己者之心。梨娘之所以對夢霞者僅此，夢霞之所以對梨娘者亦僅此。然兩人皆各自為計，皆互為其相知者計，而於筠倩一生之悲歡哀樂，實未暇稍一念及。記者觀於筠倩終身之局，有足為之深悲而慨嘆者。故今述至證婚一章，不能不於兩人無微詞❶也。

夢霞與筠倩絕無關係者也，無端而有證婚之舉，主動者梨娘也，被動者夢霞也，陷於坑阱之中，為他人作嫁者，筠倩也。而介於三者之間，以局外人為間接之紹介，玉汝於成者，其人非他，則秦石痴是也。當梨娘籌得此李代桃僵之計，固以解脫一身之牽累，保全夢霞之幸福，然為筠倩計，得婿如此，亦可無恨。故雖夢霞容有不願，亦必用強制手段，以成就此大好姻緣。孰知夢霞已抱定宗旨，至死不變乎！「曾經滄海難為水，除卻巫山不是雲。」大凡人之富於愛情者，其情既專屬於一人，斷不能再分屬於他人。梨娘已得夢霞矣，夢霞烏能再得筠倩。梨娘之意，以為事成則三人皆得其所。不知此事不成，則兩人為並命之寃禽，筠倩為自由之雛鳳；事若成，則離恨天❷中，又須為筠倩添一席地矣。夢霞固深冀其

❶ 微詞：隱晦的批評。

事之決裂，得以保全筠倩，而恐傷梨娘，一時難以拒絕，曾賦詩以見意。其句曰：「誰識良姻是惡姻，好花不放別枝春。薄情夫婿終相棄，不是梁鴻案下人❸。」梨娘自受奸人播弄以後，心灰情死，而謀所以對付夢霞者，益覺寸腸輾轉，日夜熱結於中，幾有不容少待之勢，以函催夢霞者，不知若干次。夢霞無如何，惟以石痴未歸、斧柯❹莫假二語為暫緩之計。無何而嶺上梅開，報到一枝春信。石痴有書致夢霞，謂陰曆十月，已屆年假之期，考試事竣，便當負笈歸來，一探綺窗消息❺。開軒面場圃，把酒話桑麻❻。屈指不逾旬日，先憑驛使，報告故人。嘻，石痴歸矣，夢霞之難關至矣。石痴早歸一日，則姻事早成一日。此一紙露布❼，直可以筠倩之生死冊籍視之。

滄海客歸，東窗事發❽。石痴者，夢霞之第二知己也。傾蓋❾三月，便賦河梁之句❿。梅花嶺樹，

---

❷ 離恨天：佛經謂須彌山正中有一天，四方各有八天，共三十三天。民間傳說三十三天中最高者為離恨天。後用以比喻男女生離、抱恨終天的境地。

❸ 梁鴻案下人：後漢書梁鴻傳載：梁鴻娶同鄉孟光為妻，後避禍去吳，為人舂米。每當回家，孟光送上飯時，從不敢抬頭仰視，總是舉案齊眉（把端飯的盤子高舉到眉前）。後常用以形容夫妻相敬相愛。

❹ 斧柯：詩經豳風伐柯：「伐柯如何？匪（非）斧不克。娶妻如何？匪媒不得。」後因稱為人作媒曰「執柯」，又變為「作伐」。

❺ 綺窗消息：王維雜詩：「君自故鄉來，應知故鄉事。來日綺窗前，寒梅著花未？」綺窗，雕畫美觀的窗戶。

❻ 開軒面場圃二句：語出孟浩然過故人莊。

❼ 露布：不緘封的文書。

❽ 東窗事發：也作「東窗事犯」。傳說秦檜殺岳飛，曾與其妻預謀於東窗之下。秦檜死，在陰曹受審，對一道士說：「可煩傳語夫人，東窗事犯矣。」這裏說事情終於揭開。見田汝成西湖遊覽志餘四。

遙隔浩然；朗月清風，輒思元度⑪。相知如兩人，相違已半稔⑫。秋水伊人之嘆⑬，屋梁落月之思⑭，與時俱集，亦易地皆然矣。今者歸期已定，良覿⑮非遙。片紙才飛，吟鞭⑯便起。夕陽衰草，忽歸南浦之帆；夜雨巴山，再剪西窗之燭。在石痴固不勝快慰，在夢霞當若何歡迎乎？然而理想竟有與事實絕對相反者。夢霞聞石痴歸，固並不表歡迎之意，而轉望其三宿出晝⑰，姍姍來遲也。非夢霞對待知己之誠，較前遽形淡薄，至不願與之相見。蓋石痴歸來，與薄命之筠倩，有絕大之關係，行將以海外客作冰上人，虛懸待決之姻事，從此成為不磨之鐵案矣。

---

⑨ 傾蓋：謂路上相遇，停車交談，車上的傘蓋靠在一起。指初次相逢或訂交。

⑩ 河梁之句：舊題李陵與蘇武詩：「攜手上河梁，遊子暮何之？」後因用作送別之地的代稱。

⑪ 朗月清風二句：東晉許詢（字元度，今本世說作玄度）少時稱神童，能清言，當時士人皆傾慕仰愛之。世說新語言語載劉惔語：「清風朗月，輒思玄度。」

⑫ 稔：古代穀物一年一熟，因稱年為稔。

⑬ 秋水伊人之嘆：古詩十九首：「迢迢牽牛星，皎皎河漢女……盈盈一水間，脈脈不得語。」描寫男女相近而不能達情的苦悶心情。秋水伊人之嘆：詩經秦風蒹葭：「蒹葭蒼蒼，白露為霜。所謂伊人，在水一方。」描寫追求意中人而不得的心情。

⑭ 屋梁落月之思：杜甫夢李白：「落月滿屋梁，猶疑照顏色。」寫詩人積思成夢，在夢中與故人相見的情景。

⑮ 良覿：歡聚。覿，音ㄉㄧˊ。

⑯ 吟鞭：詩人的馬鞭。多用以形容行吟的詩人。

⑰ 三宿出晝：孟子公孫丑下：「三宿而後出晝，是何濡滯也。」一宿，指即日。三宿，隔三日。晝，戰國時齊國西南邑名。

我書至此，知閱者必有所惑。何惑乎？則曰：夢霞對於姻事，究持若何之態度，願乎不願乎？其願也，則兩意相同，撮合至易。幸冰人之自至，便玉鏡以飛來。朝詠好逑之什，夕占歸妹⑱之爻。斬斷私情之糾葛，即與筠倩正式結婚，事亦大佳，何必假惺惺作態。如其不願，則結婚自由，父母且不能禁制，梨娘何人，能以強迫手段，施之夢霞。承諾與否，主權在我，拒絕之可矣。何為而模稜兩可⑲，優柔寡斷，既不能拋卻梨娘，復不能放過筠倩，聚九洲鐵鑄一大錯⑳。昏瞶哉夢霞，其存一箭雙鵰之想，而竟忍欺人孤兒寡婦，以謀一己之幸福乎？則其人格，亦太低矣。斯言也，以之質問夢霞，當噤口不能答一辭。然人有恆言，當局者迷，旁觀者清。矧事涉愛情之作用，尤具絕大之魔力，足以失人自主之權。夢霞戀戀於梨娘，未嘗不自知其逾分。而情之所鍾，不能自制，即易地以觀，梨娘亦何獨不然。梨娘不能絕夢霞，故必欲主張姻事；夢霞亦不能忘梨娘，故不能拒絕姻事。而一念及筠倩之無辜被陷，心中亦有難安者。明知事成之後，惟一無二之愛情，決不能移注於筠倩。故當此將成未成之際，情與心訟，憂與喜並，顯示依違遲疑之態度。夢霞之誤，誤在前此之忘用其情。既一再忘用，百折不回，有此牽連不解之現象，則與筠倩結婚，即為必經之手續，莫逃之公案。而此時石痴既歸，更有一會逢其適之事，足以促姻事之速成者。則同時筠倩亦於校中請假，一棹自鵝湖歸也。

---

⑱ 歸妹：易卦名。兌上震下。兌為少女，故謂妹以嫁震男，故稱歸妹。舊注謂歸妹即嫁妹。

⑲ 模稜兩可：也作「摸稜兩可」。唐蘇味道初拜相，遇事不置可否，徒有其位。常對人說：「決事不欲明白，誤則有悔，摸稜持兩端可也。」

⑳ 聚九洲鐵鑄一大錯：辛棄疾賀新郎：「鑄就而今相思錯，料當初、費盡人間鐵。」

鴛鴦簿上，錯註姓名；燕子樓中，久虛位置。以人生第一吃緊事，將次發表之際，而主人翁與介紹者，尚處於悶葫蘆中，懵無一點知覺。此時之懷憂莫釋、身處萬難之局者，惟夢霞一人。梨娘得石痴歸耗㉑，喜此事之得以早日成就，了卻一樁心事。諄諄函囑夢霞，待石痴來，即與之道及。踵門求婚，事無有不遂者。梨娘固未知夢霞此時憂疑交迫之狀態，更作此無情之書以督促之。夢霞閱之，惟有默然無語，愁鎖雙眉，廢寢忘餐，一籌莫展而已。而遠隔千里之劍青，北雁南鴻，消息久如瓶井㉒，忽地亦有魚緘頒到。其內容則問候起居外，終幅皆談姻事，情詞密切，問訊殷勤。其結尾則曰：「事成速以好音見示，慰我懸懸。」咦，異哉！石痴歸而筠倩亦歸，梨娘之書方至，劍青之函又來，同時湊趣，各方面若均經預約者。四面楚歌㉓之夢霞，受多數之壓迫，幾於無地自容，茫茫四顧，恨天地之窄矣。

石痴既歸之次日，即來校與夢霞敘舊。知己久違，相見時自有一番情話。石痴先詢夢霞以別後狀況，夢霞一一置答。有間，拊掌談瀛島㉔事，口吻翕翕㉕，若決江河，滔滔不竭。青年氣概，大是不凡。而夢霞有事在心，入耳恍如夢寐，此慷慨淋漓之一席話，乃竟等於東風之吹馬耳㉖。曩者地角天涯，睽違㉗

㉑ 耗：音問，消息。

㉒ 消息久如瓶井：白居易井底引銀瓶：「井底引銀瓶，銀瓶欲上絲繩絕……潛來更不通消息，今日悲羞歸不得。」

㉓ 四面楚歌：史記項羽本紀載：項羽駐兵垓下，兵少食盡，被漢軍層層包圍。夜間四面漢軍皆楚歌，項羽大驚曰：「漢皆已得楚乎？是何楚人之多也！」後用以比喻四面受敵、孤立無援的處境。

㉔ 瀛島：指日本島國。

㉕ 翕翕：一開一合的樣子。

㉖ 東風之吹馬耳：形容毫不相干。

兩地，懷思之苦，彼此同之。一旦握手周旋，共傾積愫，促膝斗室，絮絮談別後事，其情味之濃厚可知，而顧冷淡若是歟？

兩人閉戶長談，石痴興甚豪，將東遊始末，從頭細述，語刺刺㉘不可驟止。自晨以迄於午，不覺花影之頻移也。夢霞意殊落落，如泥人，如木偶，聞言不置可否，亦不加詰問，惟連聲諾諾而已。石痴當高談雄辯之時，未暇留神細察，既而亦覺有異。念平日夢霞為人，豪放可喜，曩者朝夕過從，詼諧調笑，無所不至，形跡之間，脫略已盡。今者久別重逢，晤言一室之內，兩人固當各表十分美滿之歡情，以補半載荒疏之密誼，乃觀夢霞，竟驟改其故態。此則口講指畫，逸興遄飛；彼則疾首蹙頞，神情蕭索。周旋應接之間，若盡出於強致，絕無一毫活潑之態。意者其心中必蓄一大疑難之事，神經失其效用，現此憂愁憂思之象乎？

石痴此時，注視夢霞之容色，默揣夢霞之心理，反覺一塊疑團，不能打破，思以言探之。夢霞見石痴語忽中斷，雙目炯炯，注射不少瞬，若已知石痴之意，乃強作歡笑以自掩飾。石痴愈疑，不能復耐，起謂夢霞曰：「察君神情，蹙然若不勝其憂者，有何煩惱，憔悴若此？」夢霞聞言，益露跼蹐態，惟假詞以支吾而已。石痴笑曰：「君何中心藏之，諱莫如深也。我雖無師曠之聰，聞絃歌而知雅意㉙，君縱不肯語我，而君顏色之慘淡，意興之索莫，已不啻為君心理之代表。吾輩相知，憂樂要期相共，請君明

㉗ 暌違：分離。

㉘ 刺刺：形容話多。

㉙ 雅意：本意。

白宣示，何事懷疑不決。倘能助君一臂者，余必力任之。」夢霞嘆曰：「感君誠意，弟心滋愧，此事終難秘君。因事涉曖昧，實難啟齒，是以少費躊躇。孰知個裏神情，已為明眼人參透，不敢再以讆言欺我知己矣。但此事不足為外人道。今願與君約，言出我口，入於君耳，我不秘君，君不可不為我秘。不然我寧有苦自嚥，不願以他人寶貴之名譽，易我一人獨享之幸福也。」石痴憤然曰：「君以余為投井下石者流耶？余決為君守此秘密之義務，如不見信，誓之可耳。」夢霞謝曰：「此事牽涉頗多，不能不出以鄭重，非有疑於君也，幸君恕我。」石痴曰：「若是則請速語余。」

夢霞至此，已有箭在弦上不得不發之勢，乃以一篇斷腸曲，纏綿曲折，一聲聲唱入石痴之耳，繼乃至聲淚俱下。石痴亦為之黯然，連呼恨事不絕。既而嘆曰：「梨夫人清才，余久耳食㉚其名。君作客一年，乃以文字締得如許奇緣，殊令人羨極而妒。惜乎落花有意，流水無心，司馬、文君，各非所願，而一段痴情，竟至纏綿不解。墨花淚點，亂灑狂飛，蓉湖風月，幾為才子佳人盡行占去，雖云恨事，亦豔事也。君誓終鰥，本屬過情之舉。欲慰知己之心，必出聯姻之計。筠倩既非尋常巾幗，君亦何必固執。二美既具，萬恨全消，使天下有情人都成眷屬，固余之素願也。蹇修之役，余頗樂承其乏，請即為君一行可耳。」繼復含笑曰：「此去為君撮合，我任其勞，君得其樂，事成之後，將何以酬謝冰人耶？此切己事，不可不預與君約者。」夢霞微笑不語，石痴作而曰：「此時便往謁崔父，代君求婚，請君於黃昏時佇聽好音也。余之情乃急於子，是豈非可笑事耶！」言已，狂笑出門，夢霞呼之使返曰：「姑緩。」石痴不應，揚長而去。

㉚ 耳食：聽到。

石痴徑造崔氏廬，以侄禮見崔父。寒暄畢，崔父略詢來意，石痴致敬曰：「特來為女公子作伐。」崔父曰：「吾侄所指者為何人？」石痴語之。且曰：「敢問吾丈，此人尚合東牀㉛之選否？」崔父喜曰：「夢霞耶？固老夫之遠戚，而今下榻於吾廬者也。此人青年飽學，久為余所深契㉜，得婿如此，光我門楣矣。既吾侄盛意作合，老夫安有異言。但小女殊驕蹇㉝，好門戶輒拗卻，方命者數矣。渠自入學以來，醉心於結婚自由之說，老夫亦不欲以一人之主張，誤彼終事之大局。幸機緣甚巧，彼適於前日假歸，容往商之，明日當有決議也。」石痴不能多贅，遽興辭而出，逆知此事已有七分成熟。筠倩既為女學生，具新知識，必有知人慧眼。如夢霞者，尚不合意，更從何處求如意郎君耶？

石痴之來也，館僮導之入，秋兒於窗外窺見之。急入告梨娘曰：「有客，有客。一髮種種㉞而履橐橐㉟者，求見主人，升堂矣，入室矣。伊何人？伊何人？胡為乎來哉？」秋兒此言，蓋以石痴已去辮改裝，服飾離奇，故不識其為何人，而驚異之也。梨娘叱之曰：「痴妮子，何預汝事，張皇若此。去視庭畔早梅，花開也未，勿在此喋喋為也。」秋兒應聲去。

㉛ 東牀：世說新語雅量載：太傅郗鑒派門生送信，向丞相王導求女婿。門生回來說：「王家諸郎亦皆可嘉，聞來覓婿，咸自矜持，唯有一郎在東牀上坦腹臥，如不聞。」郗鑒說這人正合適，打聽後，得知是王逸少（羲之），於是將女兒嫁給他。後因稱人的女婿為東牀或令坦。

㉜ 契：契合，融洽。

㉝ 驕蹇：傲慢不馴。

㉞ 髮種種：頭髮短少。清人留辮。石痴去日本，已剪成短髮，故秋兒感到奇怪。

㉟ 橐橐：指皮鞋聲。

門外久無車轍，今朝嘉客何來，默揣其人，梨娘固決知其為石痴矣。且決知石痴此來，必無他事，為夢霞執柯耳。其遣去秋兒者，乃欲效蔡夫人故智㊱，潛往屏風後，竊聽箇中消息也。兩人問答之詞，其聲浪乃直達於梨娘之耳，一字不漏。比客去已久，梨娘隨款步入闈㊲。崔父入內喚之出，謂之曰：「有事須與兒商酌。余老矣，鄧攸㊳之命終窮，向平之願未了。筠兒長成如許，尚為待闕之雛鳳，渠屢違父意，豈將以丫角老㊴耶？今為渠覓得佳婿，冰人才來，余已許之矣。汝為余往告筠兒，勿再拗執，以傷老父之心也。」梨娘佯訝曰：「翁前言必如夢霞其人，乃足稱筠姑之婿，今胡為又捨之而別覓東牀耶？」崔父曰：「余所言者，即夢霞也。老眼雖花，尚具識人之鑒。夢霞者，真難得之佳子弟也。相處半載，屬意甚深。今彼自倩冰人，來提姻事，余何為而不允，錯過此大好良緣耶？」梨娘曰：「筠姑得配夢霞，洵稱佳偶。況有阿翁作主，兒亦深望此事之成就。得此佳婿，筠姑亦烏有不願意者。兒當即以好消息報告，且將為筠姑賀喜也。」語畢，整衣含笑而入。

㊱蔡夫人故智：三國演義第三十四回載：荊州刺史劉表後妻蔡氏，為人險詐。劉表與劉備談立嗣之事，蔡夫人潛入屏風後竊聽。故智，曾經用過的智謀，老辦法。

㊲闈：內室。

㊳鄧攸：字伯道。東晉時為河東太守。石勒作亂，鄧攸攜家出走，途中遇賊，自忖不能兩全，因其弟早亡，棄兒存侄。為官清廉自持。然無嗣，時人哀之曰：「天道無知，使鄧伯道無兒！」

㊴以丫角老：古代女孩頭上梳雙髻，像「丫」形，出嫁時改髮型。這裏是終身不嫁之意。

第二十二章 琴心

珠簾半捲，微風動鉤。筠倩午睡未起，梨娘翩然忽入。見筠倩正枕臂眠湘妃榻❶上，手書一卷，夢倦未拋，書葉已為風翻遍，片片作掌上舞。窺其睡容，秋波不動，笑口微開，情思昏昏，若不勝其困懶者。一種嫵媚之睡態，令人可愛，又令人可憐，即西子風前，楊妃❷醉後，未必是過。世縱有丹青妙手，恐亦難描寫人神也。若使霞郎見之，更不知魂消幾許矣。梨娘恐其中寒，乃微撼之醒曰：「阿姑倦乎？胡不掩窗而睡。寒風無情，砭之肌膚，足為病魔紹介，姑欲試藥爐滋味耶？」語次，筠倩醒矣，睡意惺忪，支枕而起，謂梨娘曰：「晴窗無事，溫習舊課，偶爾困倦，不覺入夢，未知嫂來，慢客甚矣。」梨娘戲之曰：「阿姑情思，正復不淺，夢中有何喜事，而微笑啟腮窩耶？」筠倩面微赬，徐曰：「嫂勿相戲，妹正欲詢嫂來意也。」梨娘笑曰：「姑慧人也，試一猜之。」筠倩凝思者再，問曰：「論文耶？」梨娘曰：「非也。」「談詩耶？讀畫耶？」梨娘曰：「皆非也。」「然則將與妹戰一局楸枰❸矣？」梨娘莞爾曰：「無興彈棋，有心報喜。姑聰明一世，亦有懵懂❹時耶？請明以告子，阿翁已為姑覓得有情郎，

❶ 湘妃榻：竹牀。
❷ 楊妃：指唐明皇的楊貴妃。
❸ 楸枰：棋盤。

來與姑賀喜耳！」筠倩聞言，潮紅暈頰，晴翠翻眉，似羞似愠而言曰：「嫂胡作此惡劇，令人不耐。妹愚甚，實不解於嫂所云也。」

紅窗雙影，綺語如絲。筠倩以梨娘無端以不入耳之言相戲，心滋不懌。梨娘笑謝曰：「余不善辭，惱吾妹矣。雖然，事有佐證，非架詞❺以戲姑也。阿翁適詔余，謂筠兒今已有婿，溫郎不日將下玉鏡臺矣❻。冰人來，直允之，不由兒不願意也。余聞言甚駭，乃婉語翁曰：此事翁勿孟浪，一時選擇不慎，畢生之哀樂繫之，容兒商諸姑，然後再定去取。余竊為姑不平，而姑尚欲怒余耶？」筠倩見事似非虛，遽易羞態為愁容，問曰：「真耶？抑仍戲余耶？」梨娘亦憤曰：「誰戲汝者！不信可問若翁，當知余言之不謬也。」筠倩作恨聲曰：「阿父盲耶？彼非不知兒之性情者，曩以此與之衝突者非一次。父固有言，此後聽兒自主，不再加以干涉。父固愛兒而不忍拂兒意者，今胡又憒憒若是，必欲奪兒之自由權，置兒於黑暗中乎？嫂乎，妹非染新學界習氣，失卻女兒本分，喜談自由，故違父命，實以此事關係甚大，家庭專制之黑獄中，不知埋歿煞幾多巾幗。妹自入學以來，即發宏願，欲提倡婚姻自由，革除家庭專制，以救此黑獄中無數可憐之女同胞，原非僅僅為一身計也。方欲以身作則，為改良社會之先導，而身反陷

---

❹ 懵懂：不明瞭，糊塗。

❺ 架詞：編造話語。

❻ 溫郎不日將下玉鏡臺矣：世說新語假譎載：東晉大臣溫嶠從姑劉氏，有女頗有姿色。劉氏託溫嶠做媒。時溫嶠正喪妻，有自娶之意。隔數日，溫嶠報劉氏云：「已覓得一婿，其人不讓溫嶠。」留下玉鏡臺一枚。成婚時，女以手披紗扇，大笑曰：「我固疑是老奴，果如所卜。」

之。可痛之事，孰有甚於此者！妹固無以自解，更何詞以塞同學之口乎？」語時秋波熒熒，熱淚一眶，幾欲由腮而下。

梨娘為夢霞作說客，聞筠倩一席話，頓觸起身世之感，念曩者若得結婚自由，今日或未必有此惡果。十年舊恨，驀上心來，顏色忽然慘變，兩人相對默然。良久，梨娘嘆曰：「聞妹言余心滋感。余與妹相處久，相知亦深，今日之事，幸妹曲從余言。翁所愛者惟姑，世烏有僅一掌珠，而肯草草結姻，遺其女以遇人不淑❼之嘆者？妹知翁所屬意者非他人，夢霞也。此人文章道德，卓絕人群，彩鳳文鸞，天然佳偶，選婿如斯，不辱沒阿姑身分矣。姑乃膠執，翁心必傷。翁老矣，歷年顛沛，妻喪子亡，極人世不堪之境，今玉女已得金夫，此心差堪少慰。況鵬兒髫齔，提挈無人，事成之後，孤兒寡婦，倚賴於汝夫婦者正多。姑念垂老之父，更一念已死之兄，當不惜犧牲一己之自由，而顧全此將危之大局矣。」梨娘語至此，不覺一陣傷心，淚隨聲下。筠倩心大動，亦掩面而泣。

筠倩與夢霞，固曾有半面之識者。夢霞之詩若文，固又嘗為梨娘所稱道者。雖非宋玉、潘安❽，要亦翩翩濁世之佳公子也。筠倩二八年華❾，方如迎風稚柳，才解風情，一點芳心，尚無著處。雖與夢霞，了無關係，然其腦海中，固早有夢霞二字之影象，深伏於其際。此時聞梨娘言，心仍怦然，念事已至此，

---

❼ 遇人不淑：所嫁之人不善。

❽ 潘安：潘岳，字安仁。工詩賦。潘岳姿容秀美，少年時曾出洛陽道，途中遇見的婦女，都將水果向他投去，往往滿載而歸。後常用作俊男的代稱。

❾ 二八年華：十六歲。

正如被誣入獄，周納⑩已深，勢難解脫。但未知此事為夢霞之主動歟？老父之主動歟？抑更有他人暗中為之作合歟？彼執柯者又屬何人歟？此中疑竇頗多，要惟梨娘能知其詳。然此何事而喋喋向人，不亦可羞之甚耶！此悶葫蘆，一時暫難打破，今所急須籌畫者，對付梨娘之數語耳。梨娘視筠倩支頤無語，心中若有所忖度者，乃亦止泣而靜待其答辭。筠倩意殊落落，長嘆謂梨娘曰：「嫂乎，妹零丁一身，愛我者惟父與嫂耳。妹不忍不從嫂言，復何忍故逆父意。今日此身，已似沾泥之絮，不復有自主之能力。此後妹之幸福，或不因之而減缺，而妹之心願，則已盡付東流，求學之心，亦從此死矣。」

梨娘出，語其翁曰：「適與姑言，彼已首肯，事諧矣。」崔父亦喜曰：「筠兒有主，余事畢矣。余深喜彼之不余忤也。今亦不必先告石痴，夢霞固非外人，俟其歸，與之訂定婚約，然後轉語石痴，俾執吳剛之斧。如此辦法，豈不直捷，可以省卻一番手續也。」崔父平日深愛夢霞，但昔為其疏遠之侄，今為其親密之婿。其愛之也，自必增加數倍。時已薄暮，意夢霞將歸，跂望⑪之心甚切，乃老眼欲穿而足音不至。待到黃昏，門外仍無剝啄⑫之聲。可笑哉夢霞，殆學作新婿，羞見丈人耶？不然何事羈留，而勞家人之久盼也？

是夜夢霞竟未歸寓，蓋為石痴邀往其家，開樽話舊，飲興雙酣。比酒闌燈灺⑬，更漏已深，夢霞連

⑩ 周納：使之周密而無遺漏。後來引申為羅織罪狀，故入人罪。

⑪ 跂望：舉踵眺望。跂，通「企」。踮起腳尖。

⑫ 剝啄：狀聲詞。扣門聲。

⑬ 灺：燈燭灰燼。音ㄒㄧㄝˋ。

釂⑭十餘巨觥⑮。酒入歡場，興殊不淺，玉山已頹，金尊尚滿，醉眼模糊，步履欹仄，夜深途黑，更烏能扶得醉人歸耶？石痴乃遣人往告崔家人，言夢霞醉，不能歸，請閉關高臥，不必挑燈痴待矣。兩人均酡然，狂態畢露，笑譜雜作。酒兵已罷，繼以茗戰⑯，旋掃榻而抵足焉。

次晨皆起，石痴即欲挾夢霞同謁崔父詢昨日事。夢霞以事或不諧，同去反致奚落；且世安有雙方議親，而新郎隨其媒妁，求婚於丈人之前者，縱不怕羞，亦太忘形矣。乃託詞以謝石痴曰：「我尚須赴校上課，不能奉陪。一夔足矣⑰，安用我為？」夢霞此言，蓋以石痴微有足疾，故戲之也。石痴不允，隨夢霞到校，俟其課畢，卒挾之同行。既至，先入夢霞書舍，坐談有頃，而崔父忽扶杖至。蓋兩人來時，館僮即入內報告也。夢霞迎崔父入，笑謝曰：「昨夜為秦兄嬲飲，不覺過量，醉不能歸，勞吾丈盼望矣。」石痴即攙言⑱曰：「老伯勿信渠誑言。侄昨夜何嘗設宴相邀，渠自無顏歸見丈人，強就侄索飲，推醉不肯行。侄督促再四，渠終哀求留宿。侄見其可憐，乃留之下榻東軒。今晚罷課，渠又思規避，侄乃強之俱來，一路尚費盡挾扶之力也。」夢霞怒且笑曰：「一派胡言，汝卻從何處想來，亦太惡作劇矣。」石痴面有得色，曰：「聊以報今晨之卻我耳！」崔父亦大笑曰：「我侄可謂善戲謔矣。聯姻一節，老夫固

⑭ 釂：飲盡杯中酒。音ㄐㄧㄠˋ。

⑮ 觥：飲酒及盛酒器。音ㄍㄨㄥ。

⑯ 茗戰：鬥茶。

⑰ 一夔足矣：夔，人名。相傳堯時為樂正，僅有一足（一條腿）。據韓非子外儲左下載：孔子答哀公問，說「足」是足夠的意思。即有夔一人，就足以制樂。這裏即用孔子之意。

⑱ 攙言：搶話。

甚願意，商諸小女，亦無異言。謹如尊命。」語時目視夢霞，夢霞俯首無語。石痴起而笑曰：「既承金諾，小侄亦不枉一行。崔家女配何家郎，洵屬天然佳話，美滿姻緣，如此者寧復有幾。所惜者小侄不才，殊有忝冰人之職耳！」因顧語夢霞曰：「丈人允許矣，還不拜謝。」夢霞怒之以目，若甚羞惱者。

崔父復曰：「吾侄勿怪。不揣冒昧，老夫尚有一言：鰥獨半生，僅一弱息⑲，膝下依依，聊娛晚景，不願其遠適他鄉也。況鵬孫年稚，余老邁龍鍾，行將就木，恐已不及見其成人。家室飄搖，門庭寥落，來日大難，何堪設想。今吾侄既不嫌范叔之寒⑳，願結朱陳之好㉑，大足為蓬門生色。擇婿得人，豈第筠兒之幸，抑亦崔氏之幸也。鵬孫得沾化雨，將來可望有成，幸吾侄終督教之。老夫之意，欲屈吾侄作淳于髡㉒，事乃兩全。未知吾侄能俯從否？」石痴目視夢霞而笑曰：「如何？」夢霞躊躇有頃，答曰：「有母兄在，此事小侄未敢擅專。容函告家中，如得同意，小侄固無不願也。」崔父曰：「此是正當辦法，老夫亦烏敢相強。請吾侄即時作書，就母夫人取決，如有好音，即以示我。」夢霞唯唯。崔父旋辭出，石痴復與夢霞嘲謔良久。時已黃昏，夢霞欲留之同榻。石痴不可，別去。

夢霞即就燈下作兩書，一以告老母，一以復劍青。書中所言，即日間崔父所言。蓋夢霞深為其母所

---

⑲ 弱息：稱自己的子女。

⑳ 范叔之寒：戰國范雎，字叔，人稱范叔。曾穿著破衣去見故人須賈。須賈憐其寒，贈以綈袍。這裏用以比喻家境清貧。

㉑ 朱陳之好：朱陳，村名。在江蘇豐縣東南。白居易有朱陳村詩。蘇軾有陳季常所蓄朱陳村嫁娶圖詩。後也用作締結婚姻之辭。

㉒ 淳于髡：戰國齊國稷下人。以博學、滑稽、善辯著稱。為贅婿。這裏即用入贅之意。

鍾愛，曩者方命拒婚，母知其意在自擇佳偶，曾許以結婚之完全自由權。故此次姻事，夢霞竟得自主，所須商酌者，入贅之說，或非老母所願，不能不俟命而行也。然以意測之，其母既許其自由，不加干預，入贅與否，亦無甚關係，十八九當在贊成之列。若劍青則又深知其中秘密，而希望好事之成就者。今得佳音，欣忭之不暇，安有加以破壞之理。自表面觀之，此事尚有一重阻力，自實際言之，一時雖無成議，夢霞固不啻已為崔氏之贅婿矣。

海濱歸客，湖上寓公。浮雲一相別，明月幾回圓。石痴自東渡後，蓉湖風月，不知閒卻幾許。歸去來兮，復作林泉之主。水雲猿鶴，一例歡迎。江山未改，松菊猶存。誼事重提，故人無恙。乃未敘離情，先成好事；既成好事，再敘離情。茫茫海宇，能尋幾個知音；落落生平，那得許多快事。夢霞之愁懷已釋，石痴之豪興方酣。一觴一詠，暢敘幽情；亦步亦趨，共探佳境。放浪形骸之外，流連水石之間。時或雞黍留賓，為長夜飲。夢霞竟作不歸之客。如是者十餘日，石痴倦遊而夢霞病酒矣。

夢霞與石痴共晨夕，幾不復問崔家事，而梨娘消息，亦復沉沉。夢霞雖時時念及，亦不致深求。此數日中，直無事可記矣。屈指石痴歸來，已歷三來復㉓，每值星期休課，非夢霞往就，則石痴過訪，相與銜觴賦詩，盡竟日之樂。至第三星期日，夢霞困於宿醒，過午方起，而心情甚懶，無意出門，乃焚香掃地，獨坐空齋以待石痴之至。久之足音亦復杳然。坐困書城，頗覺昏悶，起而散步於庭階之畔。日影在地，雲思滿天，院落深深，人聲寂寂，而忘機㉔之小鳥，巢葉穩棲，見人亦不驚起。有時風掃落葉，

㉓　來復：往還，一去一來。易復：「反復其道，七日來復，天行也。」因稱七曜日（一週）為一來復。

㉔　忘機：謂無巧詐之心。

簌簌作細響，此外竟不復有一絲聲息。

徙倚良久，興味索然。方欲回步入室，忽聞有聲出於廊內，隨風悠揚，泠泠㉕入聽。夢霞訝曰：「噫，異哉！此風琴之聲也，胡為乎來哉？」尋聲而往。斯時廊下悄無一人，夢霞忘避嫌疑，信步行去。廊盡即為後院，院東為梨娘香閣，而琴聲則出自院西一小室中，不知為何人所居。夢霞駐足窗外，側耳細聆，但聞其聲，不見其人，亦不辨其為何譜。須臾又聞窗內曼聲低唱曰：

阿儂生小不知愁，秋月春風等閒度。
怕繡鴛鴦愛讀書，看花時向花陰坐。
嗚呼一歌兮歌聲和，自由之樂樂則那！

嚦嚦歌喉，輕圓無比，與琴聲相和，恍如鸞鳳之和鳴。再聽之，又歌曰：

有父有父髮皤皤，晨昏孰個勸加餐。
空堂寂寂形影單，六十老翁獨長嘆。
嗚呼再歌兮歌難吐，話到白頭淚如雨。

續歌曰：

㉕ 泠泠：形容聲音清脆。

有母有母土一抔，母骨已寒兒心摧。
悠悠死別七年才，魂魄何曾入夢來。
嗚呼三歌兮歌無序，風蕭蕭兮白楊語。

又歌曰：

有兄有兄胡不俟，二十年華奄然死。
我欲從之何處是，泉下不通青鳥使。
嗚呼四歌兮歌未殘，中天孤雁聲聲寒。

指上調從心上轉，斷雲零雨不成聲，而再而三而四，琴調漸高，歌聲漸苦，怨徵清商，寒泉迸瀉，非復如第一曲之瀧瀧㉖入耳矣。夢霞聞此哀音，不覺淒然欲絕，不忍卒聽，又不忍不聽。此時人意與琴聲俱化，渾身癱軟，不能自持。適身畔有石，即據坐其上，而窗內之聲又作矣：

有嫂有嫂春窈窕，嫁與東風離別早。
鷓鴣淒涼說不了，明鏡韜光心自皎。
嗚呼五歌兮歌思哀，棠梨花好為誰開？

㉖ 瀧瀧：形容水聲。這裏形容樂聲流暢。

五歌既闋㉗，突轉一急調。繁聲促節，入耳洋洋，如飄風驟雨之並至。顧琴調雖急而歌聲甚緩，蓋歌僅一字，譜則有數十聲也。高下抑揚，纏綿宛轉，其聲之尖咽，雖風禽啼於深竹，霜猿嘯於空山，不是過也。其歌曰：

儂欲憐人還自憐，為誰擺佈入情天。
好花怎肯媚人妍，明月何須對我圓。
一身之事無主權，願將幸福長棄捐。
嗚呼六歌兮歌當哭，天地無情日月惡。

歌至此，琴聲劃然㉘而止。風曳餘音，自窗隙中送出，旋繞於夢霞之耳鼓。曲終人不見，窗外夕陽紅。夢霞聞此歌聲，雖未見其人，而已知其意。回憶六歌，字字深嵌腦際，細味其語，不禁憤從中來，自怨自艾，恨不即死以謝此歌者，表明我之心跡，償還彼之幸福。要知落花空有意，流水本無情。蕭郎原是路人㉙，天下豈無佳婿。既為馬牛之風㉚，怎作鳳鸞之侶。謝絕鴆媒㉛，乞還鴛帖，豈不美哉！夢

㉗ 闋：樂終。
㉘ 劃然：忽然。
㉙ 蕭郎原是路人：唐范攄雲溪友議載：元和間，秀才崔郊姑母有一婢女，姿容秀麗，與崔郊相好。後女被賣入權貴之家。崔郊思念不已，作贈去婢詩云：「侯門一入深如海，從此蕭郎是路人。」
㉚ 馬牛之風：即「風馬牛」。比喻事情毫不相干。
㉛ 鴆媒：屈原離騷：「吾令鴆為媒兮，鴆告余以不好。」比喻佞賊害人。後用以指用讒言害人的人。這裏指有

霞一人，獨自深思，竟忘卻身在窗外，非應至之地，亦非應聞之語。

徘徊間，忽聞窗內有人語聲。一人入曰：「阿姑作甚麼？適聞琴聲，知此間無能此者，必姑也。特來訪姑，一聆雅奏，幸勿以余非知音人而揮諸門外也。」一人答曰：「此調不彈久矣。寒窗弔影，苦無排遣，新譜數曲，恨未入妙，試一弄以正節拍，不虞為嫂所聞。歌譜具在，乞嫂為妹一點纂之何如？」一人又曰：「白雪陽春㉜之調，高山流水之音，箇中人㉝知其妙。姑音樂大家也，余愧無師曠之聰，並乏巴人之識㉞，而姑言乃如此，殆有意戲余耶？」一人又答曰：「嫂勿過謙。曩聞嫂月下吹離鸞一曲，令人意消。簫與琴雖二器，理實相通。以嫂之敏慧，苟一習之，三日可畢其能事矣。」兩人絮絮答答，夢霞佇聽良久，恐為所窺見，不敢久留，乃躡足循牆而出。

害的媒妁。

㉜ 白雪陽春：均為古樂曲名。為高雅音樂。

㉝ 箇中人：此中人，局中人。

㉞ 巴人之識：指基本的音樂知識。巴人，古樂曲名。為通俗音樂。

第二十三章 翦情

茜紗窗下，我本無緣；黃土隴中，卿胡薄命❶。此聯為寶玉誄晴雯之語，而他日夢霞即可移以誄筠倩者。蓋婚約已成，而筠倩之死機伏矣。筠倩所處之地位，等於晴雯。所異者，晴雯與寶玉，彼此情深，而事卒未成，為人構陷，以至於死。筠倩與夢霞，彼此均非自主，實說不到愛情二字，強為人撮合，遂成怨偶。斯時筠倩尚未知夢霞之情之誰屬，而夢霞則已知筠倩之情之不屬己矣。未婚之前，隔膜若此，既婚之後，兩情之相左，不問可知。其能為比翼之鴛鴦，和鳴之鸞鳳耶？夢霞愧對筠倩，筠倩必不願見夢霞，用情與晴雯異，結果與晴雯同。異日夢霞之誄筠倩，亦惟有以「我本無緣，卿胡薄命」二語，表其哀悼之誠、惋惜之情耳！

從此筠倩遂輟學矣。青春大好，芳心已灰，往日所習，悉棄不理。日惟悶坐書窗，致力於吟詠，以淩惋之詞，寫悲涼之意。苦吟傷心，對鏡自嗟，儼然小青化身矣。而彼梨娘，自婚約既成之後，竟與夢霞不相聞問，匝旬以來，並未有一紙之通情，一詩之示愛，兩人不期而遽形淡漠。夢霞恝然❷若忘，梨娘亦棄之如遺。雙方若互相會意，而寄其情於不言中者。此中理由，殊非局外人所能知其究竟，意者其

❶ 茜紗窗下四句：紅樓夢第七十八回芙蓉誄：「自為紅綃帳裏，公子情深；始信黃土壟中，女兒命薄。」

❷ 恝然：毫不在意的樣子。恝，音ㄐㄧㄚˊ。

有悔心歟！然大錯鑄成，悔之何及。又三日，而兩人之齟齬乃生。風平情海，陡起驚波。此後之玉梨魂，由熱鬧而入於冷淡，由希望而趨於結束，一篇斷腸曲，漸將唱到尾聲矣。

夢霞於無意中，偷聽得一曲風琴，雖並非知音之人，正別有會心之處。念婚姻之事，在彼固無主權，在我亦由強制。彼此時方嗟實命之不猶，異日且嘆遇人之不淑。僵桃代李，牽合無端；彩鳳隨鴉，低徊有恨。揣彼歌中之意，已逆知薄情夫婿，必為秋扇之捐❸矣。夫我之情既不能再屬之彼，我固不願彼之情竟能專屬之我。設彼之情而竟能屬我者，則我之造孽且益深，遺恨更無盡矣。我深幸其心腦中，並無夢霞兩字之存在也。所最不安者，彼或不知此事因何而發生，或竟誤謂出自我意，且將以我為神奸巨慝，欺彼無母之孤女，奪他人之幸福，以償一己之色欲。則彼之怨我恨我，更何所底止。我於此事雖不能無罪，然若此則我萬死不敢承認者。筠倩乎，亦知此中作合，自有人在。汝固為人作嫁，我亦代人受過乎！雖然，此不可不使梨娘知也。

筠倩與梨娘，相惜相憐，情同姊妹者也。此次假歸十日，不復再整書囊，鼓棹向鵝湖而去。是年冬假，已屆畢業之期，九仞之功，虧於一簣。梨娘深惜之，促之再四。筠倩終不為動，嘆曰：「嫂休矣，妹心已灰，此後杜門謝客，不願再問人間事。青燈古佛，伴我生涯，妹其為紅樓夢之惜春矣。」言畢欷歔，梨娘為之愕然。筠倩在校中，成績最優，深為校長所嘉許。同學亦莫不愛之敬之。以其久何不來，共深懸託，問訊之函，絡繹而至。筠倩權託詞謝絕之，而別作一退學書，呈之校長。鵝湖一片土，從此

---

❸ 秋扇之捐：班婕妤團扇歌：「常恐秋節至，涼飆奪炎熱。棄捐篋笥中。恩情中道絕。」以團扇喻人，最終被拋棄。

竟不復有筠倩之蹤跡。有名之女學，失一好學生，亦大為之減色。校中人知其不來，無不同聲惋惜，而卒莫明其退學之故也。

梨娘以筠倩突變常態，悒悒不歡，亦自驚疑，而不能作何語以為勸慰。兩人並無惡感，而相見時冷若霜雪，絕無笑容，亦不作諧語。姊妹間圓滿之愛情，竟逐漸減缺，幾至於盡。以筠倩之性情灑落，氣度雍容，似不應至此。況彼與梨娘，固愛之蔑❹以加者。平日每當梨娘愁悶難舒之際，筠倩以故作嬌憨之態，以趣語引逗其歡心，梨娘輒為之破顏。今筠倩易地以處，梨娘欲轉有以慰藉之，而竟不生效力。問所以其致此之故，則婚姻問題未發生以前，筠倩固猶是舊時之筠倩也。在梨娘初意，固以此事雙方允洽，十分美滿。為夢霞計者固得，為筠倩計者，亦未嘗不深。以貌言，則何郎風貌，足媲潘郎；以才言，則崔女清才，不輸謝女。兩人異日者，合歡同夢，不羨鴛鴦；飲水思源，毋忘媒妁。萬千辛苦，抽盡情絲；百六❺韶華，還他豔福。我雖無分，心亦可以少慰矣。孰知人各有心，情難一例。才作紅絲❻之繫，便賦白頭之吟。良緣竟是孽緣，好意翻成惡意。弄巧成拙，變喜為愁。筠倩無片時之歡笑，梨娘其能有一日之寧貼耶？在筠倩不過以一身無主，自恨自憐，對於夢霞，並非有所深惡，對於梨娘，亦並未有所

---

❹ 蔑：無。

❺ 百六：古時術數家以四百五十六年為一「陽九」，為陽數之窮；以二百八十八年為一「百六」，為陰數之窮；謂百六、陽九為厄運。

❻ 紅絲：五代後周王仁裕開元天寶遺事載：郭元振少時，才貌雙全。宰相張嘉貞欲招為婿。元振道：「知公門下有女五人，未知孰陋，事不可倉卒，更待忖之。」張曰：「吾欲令五人各持一絲，幔前使子取便牽之，得者為婿。」元振欣然從命。遂牽一紅絲線，得第三女，頗有姿色。後因以紅絲比喻姻緣。

不懌。而為梨娘者，一片痴心，指望玉成好事，乃事才入港，遽有此不情之態，映入眼簾，費卻幾許心機，喚得一聲懊惱，將何以自解而自慰乎？自是厥後，兩人雖多見面之時，無復談心之樂。一則含恨不平，一則有懷難白，不言不笑，若即若離。嗟乎梨娘，又添一種奇苦矣。而不料夢霞之書，更於此無可奈何中，送到妝臺之畔。

梨娘之得書也，意書中必無他語，殆彼已得家報，而以箇中消息，慰我無聊歟？否則必一幅琳琅，又來索和矣。霞郎霞郎，亦知余近日為汝重生煩惱，憂心悄悄，日夜不寧，有甚心情，再與汝作筆墨間之酬答耶！梨娘執書自語，固以此書為掃愁帚，為續命湯，昵愛如筠倩，今亦如此，捨彼更無能以一紙溫語相慰藉者矣。孰知拆閱內容，乃不覺大失望。蓋書中之語，竟全出於梨娘意想之外，而為梨娘所不願聞者也。書作何語？怨望之詞耶？決絕之言耶？人情輕薄，覆雨翻雲，厭故喜新，大抵如是。夢霞忍哉，方得蜀，便棄隴耶？然情摯如夢霞，夫豈食言而肥⑦，而願作薄倖人者。其作此書也，乃有激而發，惟對於梨娘，有生死不解之情，聞琴而後，悔恨交加，急欲一訴，措辭之間，不覺出之以怨懟，初不知梨娘與筠倩亦已大傷情感也。如知之，此書固屬多事，亦決不肯再作不情之語，重增其苦痛矣。此書全篇，記者已不能盡憶，僅記其中幅有曰：

……齊大非吾偶也⑧。吾誤從卿言，悔之無及。渠之心理，實大不滿意於此事，吾已偵知之。卿

⑦ 食言而肥：食，消。食言，謂言而不行，如食之消盡。用以指背棄諾言，也指偽言。左傳哀二十五年：「（孟）武伯為祝（上壽酒），惡郭重，曰：『何肥也！』（哀）公曰：『是食言多矣，能無肥乎？』」

與之朝夕相處，亦曾一探其衷曲否耶？此事本由卿一人之主張，吾恐傷卿意而勉從之，今乃知為卿所誤矣。吾自怨，吾尤不得不怨卿；吾自惜，吾尤不能不為人惜。蓋吾固不慣受人冷眼，尤不願人為吾而失其幸福也。……卿必欲成就此事，果何意耶？豈欲脫自身之關係，而陷二人於不堪之境耶？……吾愛卿，吾決不放卿自由，吾決不受卿愚弄。卿休矣，戀我耶？絕我耶？吾均不問。欲出奈何天，除非身死日……

書語若此，唐突甚矣，而謂梨娘能堪乎！方夢霞作書時，雖亦自覺過激，然語皆出於至情，意梨娘必能相諒。若在平日，此書亦等諸尋常通訊之詞，必不至誤會而生齟齬。今適當左右為難之際，方冀其有以慰我，乃亦從而怨我，不覺其言外自有深情，但覺其字裏都含芒刺。梨娘誦畢此書，為之目瞪口呆，大有水盡山窮之感。筠倩失其自主之權，未免稍含怨望，猶無足怪。夢霞固深知其中委曲者，我之苦費心機，玉成此事，不為渠，卻為誰耶？乃亦不能相諒，以一封書來相責問。試思筠倩之終身，干余底事，我因無以償彼深情，故欲強作鴛盟之主。早知如此，我亦何苦為人作嫁，而使身為怨府乎！嗚呼夢霞，汝非鐵作心肝者，而忍出此。宇宙雖寬，我直無容身地矣。至此不覺一陣心酸，淚珠疾瀉，愈思愈哭，愈哭愈苦，一幅雲箋，霎時間盡為淚花浸透，字跡模糊，不可復識。此一陣哭，較之月夜哭冢，聲益淒慘，蓋傷心之極，悲不自勝矣！若使夢霞聞之，其痛心又當何如耶？

---

❽ 齊大非吾偶也：左傳桓六年載：齊釐公想將文姜嫁鄭太子忽為妻，太子忽推辭不受。有人問何緣故，太子忽說：「人各有耦，齊大，非吾耦也。」後以齊大非耦指男女締婚門第不相當。耦，同「偶」。

二更天氣，一隙燈光，鵬郎課畢入內。夢霞自起扃戶，獨坐觀書，夜深人倦，不遽就枕，掩卷假寐。忽聞叩門聲甚急，問何人，不應。門啟，鵬郎飄然入，置一紙裹於案上，返身便去，並無一言。夢霞頗錯愕，取而去其外裹，則內有函一封，書一冊，另有素帕裹物一。先視其書，即梨娘前攜去之紅樓影事詩也。此詩為兩人愛情之紹介，夢霞曾囑梨娘善藏之，以為永久紀念。今並未見索而忽歸趙璧，其意何居，殊令人不解。再視其帕，係一半舊羅巾，斑斑點點，淚漬甚多，新痕猶濕。按之則輕軟如綿，不知內藏何物。急啟視之，一黝然有光之物，突呈於眼前，乃才翦之青絲一縷也。夢霞驟睹此物，驚極而怖，繼而大悟，泣曰：「梨娘殆絕我矣。金剪無情，下此毒手，忍哉忍哉！」語已而哭，淚滴帕上，與梨娘之啼痕，混合為一，如水投乳，一色瑩然。良久乃拭淚取函閱之，且讀且哭，未終幅而夢霞已慘無人色矣。是書為梨娘憤極所作，墨淡不濃，行疏不整，大變其昔日簪花體格，想見其握管時之心煩意亂也。錄其詞如左：

君多情人也。梨影飫君之情，願為君死。而自顧此身，已為墜溷之花⑨，雖受東風抬舉，無可奈何，出此下策，翼以了我之情，償君之恨，雙方交益，計至得也。不料因此一念，更墜入萬重暗霧中，昏黑迷離，大有倀倀⑩何之之概。所藉以自慰者，君固深知我心，我為君故，雖任勞任怨，

⑨ 墜溷之花：梁書范縝傳載：范縝不信佛教因果輪迴之說，曾對竟陵王蕭子良說：「人生如樹花同發，隨風而墮，有拂簾幌墮於茵席之上者，殿下是也；有關籬牆落於糞溷之中者，下官是也。」溷，廁所。

⑩ 倀倀：無所適從。

亦所不辭也。今讀君書，我竟不能自解。君言如此，是君直未知我心也，是君心直並未有我也。亦知我不為君，則羅敷自有夫，使君自有婦，何預我事，而為此移花接木之舉耶？嗚呼，君與我皆為情所誤耳！君固未嘗誤我，我亦何曾誤君哉！今君以我為誤君，我復何言。我誤君，我不敢再誤君；君怨我，我卻不敢怨君。半截相思，一場幻夢，嗟乎霞郎，從此絕矣！紅樓影事詩一冊，謹以奉還，斷情根也。青絲一縷，贈君以留紀念，不能效陶母之留賓⑪，亦不願學楊妃之希寵⑫，聊以斬我情絲，絕我痴念耳。我負人多矣，負生負死，負君負姑，負人已甚，自負亦深。而今而後，木魚貝葉⑬，好懺前情，人世悲歡，不願復問。望君善自為謀，鵬兒亦不敢重以相累。人各有命，聽之可也。本來是色即空⑭，悟拈花⑮之微旨；倘有餘情未了，願結草⑯於來生。

⑪ 陶母之留賓：晉書列女傳載：東晉名將陶侃母，姓湛氏。范逵曾去看望陶侃，正值天大雪，陶母割所睡草席餵馬，又剪了頭髮去換酒菜招待客人。范逵知道後，嘆息道：「非此母不生此子。」

⑫ 楊妃之希寵：樂史楊太真外傳載：天寶九年，楊貴妃竊寧王紫玉笛吹，由此忤旨，唐明皇命宦官張韜光送楊妃出宮。楊妃剪下一束頭髮，託韜光帶給明皇，表示自己對明皇的情意。

⑬ 木魚貝葉：木魚，佛教用以警戒僧眾晝夜思道的法器，以刻木像魚形，故名。貝葉，古印度佛教徒用鐵筆在貝多羅樹葉上刻寫佛教經文，攜往中亞及中國等地。因稱佛經為貝葉書。這裏用以表示信佛念經之意。

⑭ 是色即空：佛教認為世俗世界的一切都是人幻覺的產物，一切色法即是空幻不實。般若波羅蜜多心經：「色不異空，空不異色。色即是空，空即是色。」

⑮ 拈花：相傳釋迦牟尼在靈山會上，拈花示眾。是時眾皆默然，惟伽葉破顏微笑。

⑯ 結草：左傳宣十五年載：晉國大夫魏武子臨死命其子魏顆以妾殉葬。魏顆不從命而改嫁妾。後魏顆與秦力士杜回戰，見一老人結草使杜回仆地，遂將杜俘獲。夜間，魏顆夢見一個老人說：「余，而所嫁婦人之父也。」後因以銜環結草為報恩的典故。

第二十四章　揮　血

淚長如線，燈暗無花。夢霞得此意外之驚耗，急痛攻心，為之暈絕。良久始稍清醒，危坐如痴，神色沮喪，復取書復閱之，繼取髮摩撫之，心更大痛不可止。淚珠歷落，襟袖盡滿。旋目注詩冊，若有所感，變色而起，執卷就燈焚之，須臾已成灰燼。悲憤之情，不能自抑，如飛蛾之撲火者然。然而其心苦矣。

既焚稿，復就坐，沉思至再。欲作一覆書，而急切不知作何語。驟受劇烈之痛苦，神經盡為之瞀亂。知梨娘此時之悲哀激切，當必有較甚於己者，不再有以慰之，不知又將續演出若何慘劇矣。讀者諸君，梨娘之為此，出於一時憤激，繼知夢霞見之，必不能堪，亦自覺其過甚。當夢霞躊躇不決之時，正梨娘追悔莫及之際。在夢霞，則以釁自我開，不怪梨娘之無情，而惟恨己之無情，無端以一書傷其心，致彼憤而出此，實無顏以對知己矣。嗚呼，兩人之情，深摯若此，纏綿若此，非至死時，豈尚有解決之希望者。今欲一朝決絕，亦徒自增其煩惱耳。夢霞此時，急欲作一謝罪之函，以解梨娘之怒，而心亂如麻，苦不能成隻字。時已鐘鳴一下矣，乃仍以紙納函，以帕裹髮，置之枕旁，忍痛就睡。

就睡後，輾轉不能成夢，約二小時。夢霞忽推枕起，時燈焰漸熄，就案剔之，光明復現。尋檢一潔白之素箋，復取一未用之新筆，齧指出血，以筆蘸血，而書之紙上。其咬處在左手將指❶之下，傷處甚深，血流不止。而夢霞若不知痛苦者，隨出隨蘸，隨蘸隨書，頃刻間滿紙淋漓，都作深紅一色。書成而血猶未盡，此時稍覺微痛，函封既竣，乃徐徐以水洗去指上血痕，以巾裹其傷處。復和衣就榻臥，晨光已上窗矣。嗚呼，男兒流血，自有價值，今夢霞乃用之於兒女之愛情，毋乃不值歟！雖然，天地一情窟也，英雄皆情種也。血者，製情之要素也；流血者，即愛情之作用也。情之為用大矣，可放可捲，能屈能伸，下之極於男女戀愛之私，上之極於家國存亡之大，作用雖不同，而根於情則一也。故能流血者，必多情人，流血所以濟情之窮。痴男怨女，海枯石爛，不變初志者，此情也。偉人志士，投艱蹈險，不惜生命者，亦此情也。能為兒女之愛情而流血者，必能為國家之愛情而流血，為兒女之愛情而惜其血者，安望其能為國家之愛情而拚其血乎！情摯如夢霞，固有血性之男子也。彼直視愛情為第二生命，故流血以贖之耳。情自可貴，血豈空流，雖云不值，亦何害其為天下之多情人哉！

次日，梨娘得書。驚駭幾絕。血誠一片，目炫神迷，斑斑點點，模模糊糊，此猩紅者，何物耶？霞郎霞郎，此又何苦耶？梨娘此時，又驚又痛，手且顫，色且變，眼且花，而心中且似有萬錐亂刺，若不能一刻耐者。無已❷，乃含淚讀其辭。

嗚呼！卿絕我耶，卿竟絕我耶！我復何言，然我又何可不言。我不言，則我之心終於不白，卿之憤亦終於不平。卿誤會我意而欲與我絕，我安得不剖明我之心跡，然後再與卿絕。心跡既明，我

❶ 將指：手的中指，腳的大趾。

❷ 無已：不得已。

知卿之終不忍絕我也。前書過激，我已知之，然我當時實驟感劇烈之激刺，一腔怨憤，捨卿又誰可告訴者。不知卿固同受此激刺，而我書益以傷卿之心也。我過矣，我過矣！我先絕卿，又何怪卿之欲絕我。雖然，我固無情，我並無絕卿之心也。我非木石，豈不知卿為我已心力俱瘁耶？我感卿實達於極點，此外更無他人，能奪我之愛情。卿固愛我憐我者也。卿不愛我，誰復愛我？卿不憐我，誰復憐我？卿欲絕我，是不啻死我也。卿竟忍死我耶？卿欲死我，我烏得而不死？然我願殉卿而死，不願絕卿而死。我雖死，終望卿之能憐我也。我言止此，我恨無窮。破指出血，痛書二紙付卿。將死哀鳴❸，惟祈鑒宥❹。

己酉十一月十一日四鼓夢霞齧血書

梨娘閱畢，心大不忍，哭幾失聲。其驚痛之神情，與夢霞之得彼書時，正復相似。無端情海翻波，還說淚珠有價。其實兩人均有誤會，逞一時之憤激，受莫大之痛苦，自作之孽，夫又奚尤！兩人生於情，死於情，層層情網，愈縛愈緊，使其果能決絕也，亦何待於此日。夢霞曰：「欲出奈何天，除非身死日。」斯言是也。不到埋香之日，安有撒手之期。不慎語言，自尋煩惱，徒自苦耳，甚無謂也。得書後之梨娘，早易其怨憤之心，復為憐惜之心矣。彼以堂堂七尺，為一女子故，出此過情之舉，甘作謝過之詞，並忘剜膚之痛，余罪大矣。今無他法，惟有權作溫語以慰之耳。

❸ 將死哀鳴：論語泰伯：「鳥之將死，其鳴也哀；人之將死，其言也善。」

❹ 鑒宥：諒解。

錦箋往返，忙煞鵬郎。夢霞再得梨娘書，心乃大慰。意謂幸有此一點血誠，得回梨娘之心，此後再不能多言挑釁矣。梨娘函尾，尚有一絕句，其起聯曰：「血書常在我咽喉，一紙焚吞一紙留。」其下二句，則記者不能復憶，但計其押劉字韻而已。夢霞亦續賦二律以答之曰：

春風識面到今朝，強半光陰病裏消。
一縷青絲拚永絕，兩行紅淚最無聊。
銀壺漏盡必同滴，玉枕夢殘身欲飄。
風雨層樓空悵望，錦屏秋盡玉人遙。

時有風濤起愛河，遲遲好事鬼來磨。
百年長恨悲無極，六尺遺孤累若何。
豔福輸人緣命薄，浮名誤我患才多。
萍根浪跡今休問，眼底殘年疾電過。

次日，梨娘復以簡約夢霞往，夢霞從之。此次為兩人第二次會晤。前次相見時，梨娘曾有今日之事，可一不可再之言，今何以忽有此約？梨娘非得已也，欲一見以剖明其衷曲，解釋其疑團也。以雙方誤會之故，一則亂斬情絲，一則狂拚熱血，演出離奇慘痛之怪劇，情思之纏綿曲折，本非管城子所能達其萬一。青鳥無知，慣傳訊信，黃昏待到，便是佳期。兩人相見後，自有一番情話，然亦不過如上文所云，大家以溫存體貼之言，互相和解，今亦不必贅述。惟當時夢霞曾賦六絕句，錄之以為此章之煞尾：

深深小巷冒寒行，一步回頭一步驚。
計此時光夜將半，半牆殘月趁人明。

迴廊曲曲傍高垣，舊地重經路轉昏。
行到階前還細認，逡巡未敢便敲門。

拈毫日日費吟神，苦說燈前一段因。
後會不知何處是，卿須憐取眼前人❺。

情愛偏從恨裏真，生生世世願相親。
桃源好把春光閉，莫遣飛花出舊津。

保此微軀尚為劉，我生不免淚長流。
當初何不相逢早，一局殘棋怎樣收？

❺卿須憐取眼前人：晏殊浣溪沙：「滿目山河空念遠，落花風雨更傷春。不如憐取眼前人。」

誓須攜手入黃泉，到死相從願已堅。
一樣消磨愁病裏，明知相聚不多年。

第二十五章 驚鴻

花前偎淚，燈下盟心，去影匆匆，餘情惘惘。夢霞別後，梨娘猶悄對殘釭，追思往事。遙聽牆外柝聲，似催人睡；推出窗前月影，莫照心來。人去情留，愁來夢杳。鬟低弄影，手倦支頤。視案上吟箋，墨痕猶濕，低哦一過，惻然神傷。顧影低徊，縈思宛轉，即援筆續其後曰：

寄書幾度誤青鸞，因愛成猜解決難。
見面又多難訴處，了無數語到更闌。

情絲抽盡苦纏綿，此後悲歡事在天。
只是病軀秋葉似，如何支得二三年！

薄命原知命不長，並頭空自妒鴛鴦。
最憐費盡心機巧，只博燈前哭幾場。

深院鉤簾坐小窗，無言暗泣對殘釭。
飛蛾莫撲釵頭焰，留照情人淚兩雙。

萬千辛苦恨難平，一死頻拼死不成。
如此風波如此險，可憐還為戀情生。

碧牕❶記得曾攜手，青鳥回來重寄詞。
雁夜鶯春愁一樣，楚魂湘血怨同時。

噫，豈料悲吟，竟成凶讖。薄命女非長命女，生前心是死前心。二三年固不能支，孰知天劫紅顏，將立演出月缺花殘之慘劇，並二三月亦不能支耶！噫，此酸楚之哀音，竟為兩人最終之酬答，而此夜之幽期，即為兩人最後之交際，從此更無一面緣矣。

窮陰殺節，急景凋年，越三四星期，而冬假之期已至。石痴復欲離家，夢霞亦須旋里。君自南歸我自東，鞭絲帽影各匆匆。兩人一去，蓉湖風月，大為之減色。歡會無蹤，別情如畫。兩人這回分手，從此亦竟消息沉沉，音容渺渺。知音之感無窮，聚首之緣莫卜。石痴未行之前，以明年校務，仍挽夢霞主持，夢霞意欲辭職，石痴維縶甚堅，不得已諾焉。既行，夢霞料理校中試驗事，三日而畢，亦束裝歸。

❶ 牕：同「窗」。

於斯時也，梨娘又久未通辭矣。夢霞歸心爆急，亦不復一探其消息。且謂開校之期，一瞬即至，暫時相別，無足介意，臨行寄語，徒亂人懷。而不知此時之梨娘，病已中乎膏肓，魂已遊於墟墓，去埋玉❷之期，已不甚遠矣。一行便隔仙凡，再到難尋人面，是豈夢霞所及料者哉！

梨娘之死，死於夢霞，實死於筠倩。蓋彼與夢霞再會之後，深知夢霞之心，誓死不肯移易，可笑亦復可憐。感泣之餘，而念及夫筠倩，姻事我所主張，原冀其他日偶俱無猜，享閨闈之樂，我則一身乾淨，斷情愛之媒。以今觀之，此事後來，終無良好之結果。我以愛夢霞者誤夢霞，以愛筠倩者誤筠倩矣。我一婦人，而誤二人，因情造孽，不亦太深耶！我生而夢霞之情終不變，筠倩將淪於悲境；我死而夢霞之情亦死，或終能與筠倩和好。我深誤筠倩，生亦無以對筠倩，固不如死也。我死可以保全一己之名節，成就他人之好事，則又大可死也。自是以後，梨娘遂存一決死之心。坐亦思死，臥亦思死，念念在茲，躊躇滿志，竟不復有他種念慮，縈其腦際。

死念已堅，生機漸促。痛哉梨娘，惟求速死，竟將瘦弱之軀，自加戕賊。茶飯不常下嚥，睡眠每喜臨風，一意孤行，十分糟蹋。憔悴餘花，怎禁得幾許摧殘蹂躪。人見其無恙，而不知其已深種病根，樂尋鬼趣矣。曾幾何時，心血盡枯，形神俱化。引鏡自照，兩頰若削，嘆曰死期近矣。遂臥不復起，時夢霞猶未行也。

越三日，夢霞不別歸，梨娘病亦漸劇。家人咸來問訊，見容顏雖減，神識甚清，意此微疾耳，不久可癒，故多不甚注意。惟筠倩憂形於色，視之而泣曰：「嫂病深矣，幸嫂自愛。」讀者須知，筠倩固未

❷埋玉：比喻美女死亡。

嘗有所怨於梨娘，不過兩人各有難言之心事，以至稍形疏遠。今梨娘病矣，病且劇矣，筠倩對於梨娘，非無一點真愛情者，能不留心視察，加意護持耶？顧筠倩雖殷勤，而梨娘殊冷淡，似不自知其病之深者。蓋筠倩固未知梨娘已早存死志也。為之延醫，卻不欲。筠倩陰告父，嫂病象不佳，當速治。崔父乃急遣人招醫生至。醫生費姓，即前視夢霞之病者，鄉僻間之名醫也。診畢而出，斟酌良久，始成一方，曰：「姑試之，然吾決其無效。此病係積憂久鬱所致，本非藥石可療；且外感亦深，未病之前，飲食起居，已久失其營衛❸。夫人體質又弱，欲治之，恐難為力也。」

家人聞醫言，始知梨娘之病，幾成絕症，一時群相驚擾，環侍不去。蓋梨娘平日，事上盡禮，待下有恩。雙手持家，久耗心血，一生積善，廣種福田❹。破落門庭，有此賢能之主婦，真不啻中流之一柱，大廈之一木也。故以崔氏之門衰丁少，實賴梨娘為之主持一切。翁未終養，姑未與醮❺，子未成人，瘦削香肩，擔負綦重，茫茫身世，未了猶多，此時烏可以遽死？然而梨娘竟無意求生，有心覓死。未病之前，死機早伏，既病之後，危象漸呈。微特崔父與筠倩等銜憂莫釋，求神問卜，無所不至；即婢媼輩亦均愁顏相對，有嘆息者，有暗泣者，心慌神亂，此去彼來，咸願盡其心力，以癒梨娘疾。忙亂數日，病卒不減，梨娘又不肯服藥，迫以翁命，勉盡一盞，然藥入腹中，竟無影響。視彼病容，日形萎損，惟有

---

❸ 營衛：中醫指血氣的作用。靈樞：「人受氣於穀，穀入於胃，以傳與肺，五藏六府皆以受氣。其清者為營，濁者為衛，營在脈中，衛在脈外……營衛者，精氣也；血氣者，神氣也。故血之與氣，異名同類焉。」

❹ 福田：佛家謂積善行可得福報，猶如播種田地，秋獲其實。

❺ 醮：古代婚禮時所行的一種儀節。

同喚奈何而已。

夢霞行十日矣，遊子遠歸，慈烏❻含笑。況此次入門帶喜，家庭之間，尤多樂意。夢霞以姻事已成。此後與梨娘相聚之日正長，心中之愉快，更不可言喻。初不料有情好月，未曾圓到天中；無主殘花，不久香埋地下。一面已慳，百身莫贖。去時未悉病情，別後猶勞夢想。此時之梨娘，已屬半人半鬼，此時之夢霞，固依然如醉如痴也。又三日，乃得一可驚可愕之凶耗，凶耗非他，即梨娘最後之手書也。

哀鴻一聲，愁魔萬丈。此函乃梨娘力疾所書，以遺夢霞，作訣別之紀念者。夢霞於希望之餘，得此絕望之函，如小鹿撞胸，如冷水澆背，一時驚絕駭絕，腦筋之震動，一分時不知其幾千百次。驚痛過劇，雙目瞪然，轉無一點淚，惟有對書木坐，口中喃喃，默祝天佑伊人，消此災難而已。書語錄下：

梨影病矣，病十日矣。方君行時，梨影已在牀席間討生活。所以不使君知者，恐君聞之而不安，且誤歸期也。君臨去竟無一言誌別，想係成行匆迫所致。我未以病訊告君，君亦不以歸期語我，二者適相等，可毋責焉。

梨影病中，亦無大苦，不過一時感冒，並無十分危險。君聞此信，為梨影憐則可，為梨影愁則不可也。但孱軀弱質已受磨於情魔，怎禁再受磨於病魔。偶攖微疾，便自疑懼，不死不休，即死何惜。環縛於情網而不知脫，沉沒於愛河而不知拔，是無異行於死柩之中而求生也。以梨影平日之心情，固早知其必死，一病之餘，便覺泉臺非遠。深恐旦暮間，溘朝露❼，離塵海，我餘未盡之

❻ 慈烏：烏鴉的一種。也稱慈鴉、孝烏、寒鴉。相傳烏能反哺其母，故稱慈烏。

情，君抱無涯之戚。況梨影生縱無所戀，死尚有難安。七旬衰老，六尺遺孤，扶持而愛護之，捨知己又將奚託？此梨影今生未了之事。梨影若死，君其為我了之。然梨影固猶冀須臾緩死，不願即以此累君，但未卜天心何若耳。瞑眩之中，不忘深愛，伏枕草草，淚與墨並。霞郎霞郎，恐將與君長別矣。我歸天上，君駐人間。一枝木筆，銷恨足矣，又何惜梨花竟死。孽緣有盡，豔福無窮，伏惟自愛。

己酉十二月十九日白梨影伏枕泣書

❼ 溘朝露：江淹恨賦：「朝露溘至，握手何言！」溘，忽然。比喻人的生命如早晨的露水，極其短暫。

第二十六章　鵑化

斷腸遺字，痴付青禽；薄命餘生，痛埋黃土。夢霞讀此書後，驚定轉生疑竇。憶疇昔之夜，月冷燈昏，曾親香澤，雖玉容慘淡，眼角眉梢，覩見渠深鎖幾重幽怨，而丰神玉立，心跡冰清，愁恨之中，乃不減其天然嫵媚，固絕無一分病態也。今幾日耳，何遽至抱病，病亦何至便死。此中消息，殊費疑參。如書言則方我歸時，渠已為病魔所苦。我火急歸心，方寸無主，臨行竟未向妝臺問訊，荒唐疏忽，負我知音。彼縱不加責，我能無愧於心乎？所異者，彼可愛之鵬郎，平日間碌碌往來，為兩人傳消遞息，凡其母之一顰一笑，一梳一沐，無不悉以告我，獨此次驟病，亦為緘口之金人，不作傳言之玉女。鵬郎何知，殆亦受梨娘之密囑，勿泄其事於先生，書中故有恐誤歸期之言也。嗚呼梨姊，汝果病耶？汝病果何如也？汝言病無大苦，真耶？抑忍苦以慰我耶？初病時不使我知，今胡為忽傳此耗，則其病狀誠有難知者矣！嗟乎梨姊，汝病竟危耶？今世之情緣，竟以兩面了之耶？天道茫茫，我又何敢遽信為必然耶？夢霞此時，目注淚箋，心馳香閣，自言自語，難解難明。欲親往一探，而無辭以藉口，行動未得自由，聽之則心實難安。從此言笑改常，寢食俱廢，幾有見於羹見於牆❶之象。不得已賦詩二律，以相寄慰：

---

❶ 見於羹見於牆：後漢書李固傳載讒人誣陷李固，有語云：「昔堯殂之後，舜仰慕三年，坐則見堯於牆，食則見堯於羹。」後用作思慕之詞。

苦到心頭只自知，病來莫誤是相思。
拋殘血淚難成夢，嘔盡心肝尚愛詩。
錦瑟年華❷悲暗換，米鹽瑣屑那支持。
知卿玉骨才盈把，猶自燈前起課兒。

江湖我亦鬢將絲，種種傷心強自支。
應是情多離恨少，不妨神合是形離。
琵琶亭下帆歸遠，燕子樓中月落遲。
一樣窗紗人暗泣，此生同少展眉❸時。

吟箋疊就，鳥使未逢，欲寄相思，惟餘悵望。蓋此時梨娘方在病中，設貿然以此詩付郵，烏能直上妝臺；徑投病榻，不幸為旁人覷破箇中秘密，且將據之以為梨娘致病之鐵證，梨娘將何以堪？是欲以慰之而反以苦之也。況乎二詩都作傷心之語，絕非問病之詞，病苦中之梨娘，豈容復以此酸聲淒語，再添其枕上之淚潮，藥邊之苦味。籌思及此，夢霞乃擱筆輟吟，不作一字之答覆。惟將梨娘來書，反覆展玩，

---

❷ 錦瑟年華：李商隱錦瑟：「錦瑟無端五十絃，一絃一柱思華年。」此詩為悼亡詩。瑟本二十五絃，斷弦成五十絃。斷弦為喪妻的代稱。華年即二十五歲。

❸ 少展眉：元稹遣悲懷：「惟將終夜長開眼，報答平生未展眉。」此詩為悼亡詩。未展眉，指在世時一直為困苦所煩擾。

有時拍案驚起，仰天呼號，有時枯坐竟日，不言不笑。非病非癲，家中人亦莫測其因何也。如是者三日，夢霞固無一刻忘梨娘，惟痴望玉人無恙，速以大佳消息，慰我淒涼。豈知木筆驕春，才借題紅之筆；梨花葬月，突來飛白❹之書。值元旦之良辰，得情天之凶耗。爆竹揚灰，不報平安之竹；桃符❺作怪，竟為催命之符。嗚呼，梨娘竟死矣！

梨娘死矣，吾書今須述梨娘死前之病情，與夫死時之慘狀。然記者於此，實不忍下筆，吾字未成，吾淚已濕透紙背。蓋梨娘之死，極天下之至慘，事雖與吾無關，而人孰無情？天乎何罪，多情如梨娘，多才如梨娘，命薄於雲，身輕若絮，埋愁壓恨，泣血椎心，一旦玉碎珠沉，香銷魂化，奈何天裏不能久駐芳顏，前度人來，無復相依倩影。茫茫後果，鴛鴦空祝長生；負負前緣，蝴蝶遽醒短夢。吁可痛已！以才盡之江郎，寫傷心之情史，箋愁賦恨，痛死憐生，握管沉吟，枯腸寸斷。情根不死，低頭願拜梨花；文字無靈，寄恨徒憑香草。伊人結局，絕類顰兒；鯫生❻不才，欲為殷浩。叩碧翁而無語，碧海沉沉；起黃土兮何年，黃塵莽莽。可憐知己無多，況出飄零紅粉；漫說干卿底事❼，不教狼藉青衫。吾本箇中

❹ 飛白：相傳東漢靈帝時修飾鴻都門，工匠用刷白粉的掃帚寫字，蔡邕得到啟發，作「飛白」書。筆劃中絲絲露白，如枯筆寫成。這裏隱寓告喪之意。

❺ 桃符：桃符板，又叫桃板。舊時過年時所用的一種避邪的裝飾品。用兩塊七八寸長的木板，掛在門上，上面畫著神荼、鬱壘二神像，或者寫上二神的名字，用以驅鬼禦凶。因用桃木削成，故名。

❻ 鯫生：淺薄無知的人。鯫，小人。音ㄗㄡ。

❼ 干卿底事：馬令南唐書載：五代馮延巳作謁金門詞，有句云：「風乍起，吹皺一池春水。」中主李璟戲謂延巳曰：「『吹皺一池春水』，干卿底事？」

人，誰非有情物，為梨娘哭，更為普天下薄命女郎之如梨娘者哭。聲聲帶恨，字字斷腸，想閱者諸君，亦願賠此一掬同情之淚也。

梨娘之死，其事至可奇，而其情至可哀。蓋梨娘固不可以死者，且又可以不死者。不可以死而死，可以不死而竟死，則情實誤之。古今來痴女子之死於情者亦多矣，顧未有如梨娘用心之苦者。未病之前，自知必病，既病之後，自知必死。死而情可已，事不可了，故力疾作書以與夢霞，諄諄以後事相囑託，而又吞吐其詞，若未必果死者。蓋彼之意，固不欲夢霞知其病，更不欲夢霞知其死耳。此書也，在他人視之，為病中之書，在梨娘視之，即絕命之書矣。

自是以後，病勢日危一日，時而清明，時而昏惘，旦夕之間，其態萬變。家人見狀，相顧失色。醫藥祈禱均無效，而梨娘至此，水漿不入於口者，已兩星期矣。骨瘦如柴，顏枯如鬼，又加之以嗽，益不能支。自知不起，即亦無慮，萬念皆空，瞑目待死。顧病者無求癒之心，而家人希望之心，乃與病而俱增。鎮日忙亂，如午衙之蜂❽，而卒無補於萬一。梨娘病中，厭與人語，戚黨之來問疾者，概行謝絕，即家中之婢嫗，輕易亦不令其望見顏色。帷中悄悄，日侍其側者，一鵬郎，一筠倩也。

筠倩見梨娘病情大惡，終日隨侍不去，捧湯進藥，皆躬親其役，若欲與萬惡之病魔，爭此垂死之病人者。梨娘殊不欲，言扶持一切，自有鵬郎及秋兒在，萬不敢以此猥瑣之事，累及吾妹而益重吾罪也。筠倩聞言，益涕泣不肯去。梨娘乃長嘆無語。嗚呼，自梨娘病臥以來，筠倩心滋戚戚，未嘗有一日離於病榻之側，襟袖間淚痕時濕，惟不使梨娘見之耳。而梨娘對之，乃不能如從前之親熱，雖病中心緒不佳，

❽ 午衙之蜂：眾蜂簇擁蜂王，如朝拜屏衛，稱蜂衙。

亦不應淡漠若此。筠倩於是憶及前以婚姻問題，致兩情微有不懌，其言若此，似尚未能去懷，或者此番病根，即種因於此，亦未可知。筠倩默念至此，悔恨不勝，祝望益切。其心謂若梨娘而克癒者，吾猶可以自贖，脫不幸而竟死者，則吾實殺吾姊，此恨不啻終天❾，欲懺悔而無從矣。筠倩作如是想，益不肯稍弛其調護之力，以為補過之謀。噫，豈知梨娘之心，實有不可以遽告筠倩者。今見筠倩若是其懇摯，益不自安，齧被忍痛，惟求早死一日，早免一日之苦。嗚呼慘矣！

燈光撮豆，枕淚傾潮。梨娘徹夜呻吟，筠倩衣不解帶，達旦不寐。強之睡，不可，則亦聽之。一夕，病勢突覺銳減，嗽亦間作，神志清明如曩日。筠倩心竊喜。梨娘謂之曰：「妹厚我甚矣，我恨無以報。妹妹亦弱質，能有幾許精神，疲勞如此，不將與我俱病耶！今我病已覺少可，倦而思睡，今夜毋需人伴，妹亦請自安睡以資養息。」筠倩猶徘徊不去，梨娘再三迫之，乃回房就寢。斯時室中尚有鵬郎在也。

鵬郎自梨娘病後，輟學侍疾，終日依依牀側，曾不少離。雖幼不解事，而孺慕❿性成，亦知保護其病中之母。母憂亦憂，母泣亦泣，淚痕時暈其小頰。是夕見病勢突減，亦不覺喜形於色，就燈下弄釵，口唱小歌，以娛其母。梨娘呼而語之曰：「汝倦乎？倦即睡。」鵬郎急曰：「我不倦，我須俟阿母睡著乃亦睡耳。」梨娘笑曰：「痴兒，我若永遠不睡，汝亦永遠不睡耶？我竟長睡不醒，則汝又將如何？」鵬郎不解其語，但以目視梨娘。梨娘語時，微合其眼，若欲睡者。鵬郎遂默無聲，恐多言以擾其安眠也。半晌，忽又呼鵬郎，命取牀頭一小箱。箱以玳瑁為之，小僅盈尺，製作絕巧，乃閨閣中用以藏貯妝飾品

❾ 終天：謂如天之久遠無窮。

❿ 孺慕：指幼童對親人的思慕。

者也。鵬郎取至，置於枕旁。梨娘曰：「啟之。」既啟，則中有錦箋一束，梨娘一一檢閱之。閱畢，令移燈近前，輒舉而就火焚之。鵬郎驚而撲救，已盡為灰燼矣。繼命攜箱復置原處，將地上紙灰，收拾淨盡。時夜已午，視梨娘神色如常，並無變態，鵬郎亦倦極，乃和衣睡於其旁。

鵬郎既睡，鼾聲旋作。約二小時，梨娘忽大嗽。鵬郎睡夢中，聞聲驚覺，視梨娘兩眼直視，十指撫心，急氣塞喉，喘聲如牛，狀至可怖。連呼阿母，搖首不答。幸燈焰尚未盡熄，乃急起拔關⓫出，至筠倩寢門外，直聲呼曰：「阿姑！阿姑！阿姑速起，阿母病又大變矣！」其聲高以促，雜以哭泣之音。筠倩亦驚醒，踉蹌披衣出，隨鵬郎入視。時梨娘嗽方大作，喘絲不絕如線，若畢命即在俄頃間。筠倩見狀，手足無措，移時忽作倒噎，若喉間有物欲躍出者然，急以盂承之，梨娘遂大吐，驀覺一陣腥橫衝鼻觀，吐畢就燈視之，則滿盂皆血也。筠倩大驚，幾欲失聲而訝。再視梨娘，氣息奄奄，顏色慘白，微言曰：「我覺喉間有腥味，盂中得毋有異否？」筠倩曰：「無之，皆痰耳。」語時以目語鵬郎，令速藏盂，復取溫茶半杯，與梨娘漱口。

時天已大明，家人皆起，咸來詢夜來病狀。入則見筠倩與鵬郎，皆已成為淚人，知必有變，相顧錯愕。筠倩搖手令勿聲，囑鵬郎靜守，已則往尋其父。家人亦隨出。筠倩含淚述病狀，言黃昏時病勢似殺，余亦就睡。天將明聞鵬郎泣呼，驚起入視，見彼痰喘甚急，旋咯血一盂，嗽止而面無人色矣。家人聞之，皆吐舌不能答。崔父立遣急足召醫生。醫生診視畢，出謂家人曰：「心血已竭，危象立見，草根樹皮，無能為力，速理後事，恐彌留在半日間耳！」語已，返其酬金，乘車而去。

⓫ 關：門栓。

至是家人咸知梨娘不救，各失聲哭。崔父亦痛揮老淚，楚囚相對，開闢一淚世界焉。有頃，筠倩收淚起曰：「徒哭無益，今病者尚省人事，醫言亦胡可遽信。一線生機未絕，或者祖宗有靈，念此後老翁稚子，事育無人，冥冥中挽回其壽命，則疾尚可為也。脫果絕望者，則預備後事，在所不免。衰落門庭，無多戚族，誰來弔唁，又誰來襄理？衣衾棺槨，均須妥為購置，夫豈一哭可以了之者。」崔父曰：「筠兒之言是也。為今之計，姑入視病者，察其有無變態，僥倖得有轉機，便是如天之福。」言已，與筠倩入，家人從之。

天雞唱午，夢熟黃粱⑫，眾人咸集病室中。無數模糊之淚眼，視線所集，咸注射於病者之面。時梨娘兩目垂簾，喘絲斷續，氣息甚微，形神全失。良久，忽見其面色轉紅，豔若桃花，知其回光返照也。於是眾人益形慌亂，束手無策，鵬郎見狀，以為病有佳朕，不覺喜形於色。繼見眾人無不慌亂，始知其非妙，則復斂笑而泣。梨娘忽張目視翁，微言曰：「兒病不起矣。兒無命，不能終代子職，中道棄翁，又使翁垂老之年，歷斯慘境。兒死後，翁不可過痛，以增兒冥中之罪孽。有阿姑在，晨昏可以無缺。兒歸泉下，亦瞑目矣。」繼復注視筠倩，欲言不言者再，旋曰：「吾負妹，吾負妹！妹不忘十年來相愛之情，此後鵬兒，幸垂青眼。」筠倩聞言，悲痛不能勝，僅呼一聲曰：「嫂……」已淚隨聲出，以袖掩面，不復能言矣。梨娘言畢，復大喘。移時，呼鵬郎至前，執其手而囑之曰：「兒乎，吾可愛之兒乎！兒無父，今更無母矣！吾棄汝去，汝亦勿哭。此後事阿翁仍如平日，事阿姑當如事我，事先生如事汝父。此

---

⑫ 夢熟黃粱：唐沈既濟枕中記載盧生於邯鄲客店中遇道士呂翁，自嘆窮困。呂翁乃授之枕，使入夢。盧生夢中歷盡榮華富貴。及醒，店主炊黃粱尚未熟。後用以比喻富貴終歸虛幻，或欲望破滅。

三言汝謹記勿忘。」鵬郎涕泣受命。梨娘一一囑畢，含笑而逝。死時異香滿室，空中隱隱有璈管[13]之聲。時己酉十二月大除夕四時一刻也，年二十有七。

嗟嗟，臘鼓[14]一聲，殘花自落；筠牀[15]三尺，餘淚猶斑。家事難言，身後幾多未了；痴情不死，胸頭尚有微溫。一霎紅顏，不留曇影[16]；千秋碧血，應逐鵑魂[17]。此恨綿綿，他生渺渺，悲乎痛哉！

---

[13] 璈管：絃管，指美樂。

[14] 臘鼓：古時於臘日或臘前一日擊鼓驅疫的民俗。臘，歲末。

[15] 筠牀：竹牀。

[16] 曇影：如曇花一現之影。

[17] 鵑魂：杜魂，杜鵑鳥的別名。傳說古蜀帝杜宇，死後化為杜鵑，聲聲啼血，哀厲淒切。

第二十七章 隱痛

絕代佳人，一場幻夢，血枯淚竭，還他乾淨身軀；蘭盡膏殘，了卻纏綿情緒。梨娘之死慘矣！然其致死之由，梨娘苦於不能自言，家人固不得知，即朝夕相處如筠倩，生死相從如夢霞，此時亦未能遽悉。忍淚吞聲，不明不白，此梨娘之死所以慘也。既死之後，家人咸哭，筠倩尤椎胸大慟，嗚咽而呼曰：「嫂乎，嫂竟棄我而去乎！我於世為畸零人，誰復有愛我如嫂者？天乎無情，復奪我愛嫂以去，留此薄命孤花，飄泊倩誰護惜？其不隨嫂而死者，曾幾何時耶？嫂而有知，白楊衰草間，毋虞❶寂寞，不久有人來與嫂同領夜臺滋味矣！」且哭且呼，淚落衾畔，幾成小河。力竭矣，聲嘶矣，而痛尤未殺。筠倩與梨娘，姑嫂之情耳，並無浹髓淪肌之愛，鏤心刻骨之情。今梨娘死，筠倩哭之，即對於親姊，亦無斯哀痛，此則旁觀者所不解也。夫以梨娘之貌，梨娘之才，梨娘之命，苟非鐵作心肝者，誰不憐之愛之惜之痛之？況平日端莊賢淑，溫順如處子，慈善有佛心，一旦仙姿遽萎，遺愛猶留，如斯人者，於臨歿時欲得人幾副眼淚，殊非難事。然而感情有厚薄，斯哀思有淺深。他人之哭梨娘，不過一時觸目傷心之慘痛，如太空之浮雲，一過便無蹤影，蓋無深感故亦無深痛也。筠倩之哭梨娘，與他人迥異，其痛刺心，其痛入骨，若非梨娘復生，其痛終無止境，除是此身亦死，其痛乃有已時。時筠倩於梨娘，胡竟抱此深痛，蓋感於

---

❶ 虞：憂慮。

生前者，固屬非淺，感於死時者，尤有難言。人知梨娘病死，而筠倩則固知梨娘決非病死也。梨娘致死之由，梨娘不為家人言，梨娘決非病死，筠倩知之。而生前不能問梨娘，死後亦不能語家人，忍令此可憐之軀殼，斷送模糊影響之中。難言之痛，與忍死之痛，兩重併作一重，更不容稍加遏抑，此眾人哭梨娘之淚，筠倩所以獨多歟！

天寒日慘，愁雲蔽空，薤歌❷一聲，路人魂斷。家人各收淚料理後事；筠倩哭泣模糊，已不成人狀；鵬郎則匍匐於梨娘身旁，號咷大哭；崔父亦雙袖龍鍾，痛揮老淚。一室之中，惟聞哭聲嗚嗚，惟見淚波汩汩，人世殆無其慘。良久，筠倩止泣，為梨娘沐浴，褻衣❸甫解，胸前突露一物，狀類書函，是函蓋梨娘絕筆，於病中乘間書此，留以貽筠倩者。筠倩此時，亦不遑啟視，乃取而納諸懷中。薰香滌梨娘屍體，整冠易衣畢，延羽士❹持誦。蓋南方俗例，人死必延羽士，為死者指引冥途，猶西人之延牧師也。羽士至，家人復哭，棺衾已備，旋即大殮，哭聲益縱。蓋棺時筠倩幾欲躍入棺中，與梨娘俱逝，家人力勸始止。

比安靈已畢，天已大明，忽聞爆竹聲聲，震動耳鼓，家人如夢方醒，乃知今日之為元旦良辰也。傷哉薄命，三九年華❺，節屆歲除，魂歸離恨，竟不得續一絲餘命，度此殘宵。人與歲俱除，恨又與歲俱

❷ 薤歌：挽歌。

❸ 褻衣：內衣，貼身之衣。

❹ 羽士：道士。

❺ 三九年華：二十七歲。

新矣。萬戶千門，春聲盈耳，桃符換舊，一色煊紅。惟崔氏門前則一片喪幡，檐端高掛，門庭冷落，風日淒清，亦新年之怪現象也。

香魂已渺，哀思難刪，是夜家人咸各睡息，筠倩猶獨守空幃，淒然弔影。一星幽火，冷照靈牀，痛死憐生，無窮哀感，方取出梨娘遺筆，噙淚而誦其詞。

余有隱事，不能為妹言，但此事於妹終身頗有關係，不為妹言，則負妹滋甚，而余罪將不可逭❻。今余將死，不能不將余心窩中蓄久未泄之事，為妹傾筐倒篋而出之，以贖余生前之愆。而事太穢瑣，礙難出口，欲言而噤者屢矣。余病已深，自知去死不遠，而此事不能終秘妹。不能與妹明言，當與妹作筆談。余今握管書此，即為余今生拈弄筆墨之末次。余至今日，甚悔自幼識得幾個字也。僅草數行，余手已僵，余眼已花，余頭涔涔，而余心且作驚魚之跳，余淚且作連珠之濺矣。天乎！余於未言之先，欲有求於妹者一事。蓋余之言不能入妹之耳，妹將閱之而色變眦裂，盡泯其愛我憐我之心，而鄙我恨我，曰若是死已晚矣。余不能禁妹之不恨我，妹果恨我，余且樂甚，蓋恨我愈甚，即愛我益深。余無狀，不能永得妹之愛，亦不敢再冀妹之愛。余死後之罪孽，或轉因妹之恨我，冥冥中為之消滅，故余深望妹之能恨我也。

此事為余一生之污點，實亦前世之孽根。余雖至死，並無悔心，不過以事涉於妹，以余一人之私意，奪妹之自由，強妹以所難，此實為余之負妹處。至今思之，猶不勝懊惱也。然余當初，亦為

❻逭：逃避。音ㄏㄨㄢˋ。

愛妹起見，而竟以愛妹者負妹，此余始料所不及也。余今以一死報妹，贖余之罪，余死而妹之幸福，得以保全矣。妹乎，此一點良心，或終能見諒於妹乎！

余書至此，余心大痛，不能成字，擲筆而伏枕者良久，乃復續書。余死殆在旦暮間矣，不於此將余之心事，掬以示妹，後將無及，故力疾書此。妹閱之，妹當知余之苦也。余自求死，本非病也，而家人必欲以藥苦我，若以余所受之苦為未足者。余不能言，而一心乃益苦。妹以余病，愛護倍至，日夜不肯離，余深感妹，而愧無福以消受妹之深情。欲與妹言，而未能遽言，余心之苦，乃臻至極點。余因欲報妹，而反以累妹，余之罪且將因之而增加。眼前若是其擾擾，余死愈一日不可緩，而此書乃愈不能不於未死之前忍痛疾書，然後瞑以待死。

余年花信❼，即喪所天，寂處孤幃，一空塵障。縷縷情絲，已隨風寸斷，薄命紅顏，例受摧折，余亦無所怨也。孰知彼蒼者天，其所以折磨我者，猶不止此，復從他方面施以種種播弄，步步逼迫，必欲置之死地而後已。余情如已死之灰，而彼竭力為之挑撥，使得復燃；余心如已枯之井，而彼竭力為之鼓盪，使得再波。所以如此者，殆使余生作孀雌，尤欲余死為寃鬼，不如此不足以死余也。自計一生，此百結千層至厚極密之情網，出而復入者再。前之出為幸出，後之入乃為深入。既入之後，漸縛漸緊，永無解脫之希望。至此余身已不能自主，一任情魔顛倒而已。余之自誤耶？人之誤余耶？余亦茫然。然無論自誤被誤，同一誤耳，同一促余之命耳。今已有生無幾，去死匪遙，彼至忍之天公，與萬惡之情魔，目的已達，可以拍掌相賀然。余也前生何孽，今世何

❼ 年花信：二十四番花信風，即年二十四歲。

愆，而冥冥中之所以處余者，乃若是其慘酷也！

此事首尾，情節頗極變幻，此時余亦不遑細述。妹後詢夢霞，可得其詳。今欲為妹言者，余一片苦心，固未嘗有負於妹耳。妹之姻事，余所以必欲玉成之者，余蓋自求解脫，而實亦為妹安排也。事成之後，妹以失卻自由，鬱鬱不樂，余心為之一懼。而彼夢霞，復抵死相纏，終不肯移情別注，余心更為之大懼。蓋余已自誤，萬不可使妹亦因余而失其幸福，而欲保全妹之幸福，必先絕夢霞戀余之心，於是余之死志決矣。移花接木，計若兩得，今乃知用心之左❽也。

上所言者，即余致死之由，然余幸無不可告妹之事。偶惹痴情，遽罹慘劫，此一死非殉情，聊以報妹，且以謝死者耳。余求死者非一日矣，而今乃得如願。余死而余之宿孽，可以清償，余死余情可以拋棄，以余之遭遇，直可為普天下古今第一個薄命紅顏之標本，復何所戀而寶貴其生命哉！妹閱此，當知余之所以死，莫以余為慘死之人，而以余為樂死之人，則不當痛余之死，惜余之死，且應以余得及早脫離苦海而為余賀也。

余固愛妹者，妹亦愛余者，姑嫂之情，熱於姊妹。十年來耳鬢廝磨，蘭閨長伴，妹無母，余無夫，一樣可憐蟲，幾為同命鳥，妹固不忍離余而去，余亦何忍棄妹而逝哉！然而筵席無不散之時，楸枰無不了之局。余已作失群之孤雁，妹方為出谷之雛鶯。春蘭秋菊，早晚不同；老幹新枝，榮枯互異，余之樂境，已逐華年而永逝；妹之樂境，方隨福命以俱長。則余與妹之不能久相與處者，命也，亦勢也。然余初謂與妹不能長聚，而孰知與妹竟不能兩全也。今與妹長別矣，與使余忍恥

❽ 左：不當，不便。

偷生，而使妹之幸福因以減缺，則余雖生何樂，且恐其苦有更甚於死者。蓋此時妹之幸福完全與不完全，實以余之生死為斷。余生而妹苦，余亦並無樂趣，無寧余死而妹安，余亦可了情痴也。余言至此畢矣。尚有一語相要，余不幸為命所磨，為情所誤，心雖糊塗，身猶乾淨。今以一死保全妹一生之幸福，妹能諒余苦心，幸為余保全死後之名譽也。至家庭間未了之事，情繫骨肉，妹自能為余了之，毋煩余之喋喋矣。

第二十八章 斷腸

墨痕慘淡，語意酸辛，此一幅斷腸遺稿，字字皆血淚鑄成。筠倩閱之，乃恍然於梨娘之所以死，初不料貞潔如梨嫂，亦有此放佚之行也。既而嘆曰：韶華未老，歡愛已乖，蓮性雖馴，藕絲難殺，深閨寂處，傷如之何！名士坎坷，佳人偃蹇，相逢遲暮，未免情牽，此不足為梨嫂病也。況乎兩下飄零，相憐同命，一身乾淨，未染點污，雖涉非分之譏，要異懷春之女。發乎情，止乎禮義，感以心，不以形跡。還珠有淚，贈珮無心，其痴情可憫，其毅力足嘉，彼司馬、文君，應含羞千古矣。惜乎設想痴時，忽生幻想，痴情深處，未脫俗情。太空無物，著來幾點浮雲❶；底事干卿，吹皺一池春水。地老天荒，已痴矢❷來生之願；桃僵李代，欲強全今世之緣。而余也以了無關係之身，為他人愛情之代價，以姻緣簿作如意珠，此實用情之過，亦不思之甚矣。雖然，嫂固愛我者也，因愛我而發生此事，因愛我而成就此緣，其心可諒，而其情尤可感也。卒也逆知事無結局，先自殺以明志。我未為人作嫁，人已由我而死。在彼則得一知己，可以無恨，在我則失其所愛，能不傷心。痛哉梨嫂，真教人感恨俱難矣！嫂乎，汝為我而

❶ 太空無物二句：世說新語言語載：太傅蕭道子齋中夜坐，當時天明月淨，一塵不染。在座的謝景重說：「意謂乃不如微雲點綴。」蕭道子戲道：「卿居心不淨，乃復強欲滓穢太清邪？」

❷ 矢：誓。

棄其生命，我安忍賣嫂以求幸福。休矣！我何惜此薄命微軀，而不為愛我者殉耶？感念至此，寸寸柔腸，如著利剪，不覺撫棺大慟，一聲愛嫂，淚若綆縻❸。嗟乎！筠倩之心傷，筠倩之命短矣。

風雪天寒，棠梨花死。這番青鳥使，化作白衣人。夢霞夢霞，得此可驚可痛之慘耗，其將何以為情耶？方其得梨娘書也，知其病，知其病且危，而苦不能行，尤苦不能答。耐來幾日工夫，鬱住一腔心事，猶冀東皇偶發慈悲，護持此瘦弱之花魂，不令其遽被東風吹斷。而孰意紅顏老去，竟不及待到春殘，驚心觸目之死耗，乃與病者之手書，繼續而呈於痴望者之眼簾。

節屆元辰，人多喜氣，夢霞方與家人骨肉，食歡喜團圓❹，而一幅素箋，突然飛至。無邊哀痛，乃即以元旦日為開始之期。夢霞訂婚後，嘗陳梨娘之賢於家人，今聞其死，無不扼腕嘆惜，老母心慈，亦賠下幾點眼淚。夢霞此時，驚與痛均達至極點，幾疑身入夢境，非復人間。人受劇烈之痛苦，而可以言，可以哭，則其痛苦因能泄即能漸減，若所受者為無名之痛苦，既不能言，又不能哭，激刺於外，鬱結於中，有恨自飲，有淚自嚥，痛心疾首，莫可名言，則其痛苦終不能泄，遂終不能減。其最後之痛苦，則或病或痛，其次者或成癲癇之疾，或作逃禪❺之想，終身不能回復其有生之樂趣。如夢霞者，即其人矣。

一聲去了，咽住喉嚨，欲放聲一慟，則恐家人生疑；而目瞪口呆，鼻酸心刺，並人世間無盡之歡娛，亦不能償此時夢霞一刻之痛苦。淚潮有信，若相候於兩眶間，欲強自遏制，而一霎時推波助瀾，不知不

❸ 綆縻：比喻雨水下注。

❹ 歡喜團圓：即湯糰。

❺ 逃禪：逃避世事，歸依佛法。

覺間，已泛濫於目眶之外良久。嘆息語家人曰：「余非痛死者，痛生者耳。六旬衰老，痛抱喪明❻，僅此遺孳，尚不能承歡終老。孫未成人女未嫁，哀哀煢獨，極人世之慘境矣。」繼請於母，欲親往弔奠。母曰：「崔家舊屬葭莩❼，今又新聯秦晉❽，遭斯慘變，苦煞老翁矣。兒欲往唁，禮也，余何阻焉！」乃草草具賻儀❾，覓舟子，詰朝❿遂行。

片帆無恙，前路已非。一葉扁舟，又載征人遠去；兩行別淚，竟隨江水長流。痛哉此行，如登鬼域，此七八十里之水程，在夢霞不啻以冥冥之泉路視之矣。使前日聞病即往，則藥煙淚雨之中，猶及見伊人一面，今何及矣！然而罡風孽雨，苦摧短命之花；三島十洲，難覓返魂之藥。相見更難乎為別，目睹尤慘於耳聞，我且以不及見梨娘之死，為夢霞幸也。所痛者，相知未及一年，此恨遽成千古。梨娘為夢霞有生以來第一知心之人，則梨娘之死，實為夢霞有生以來第一痛心之事。而意中好事，方期秋月重圓；劫後餘花，不道春風再肅。病不知其由，死不在其側，殮不憑其棺。天公作惡，刻扣良緣，平時會少離多，並此最後之死別，亦故靳之而不與，此尤為痛之不可解者。而今日者，煙波一棹，不為問津之漁郎，翻作登門之弔客。俯聽江流，幾聲嗚咽；舉頭天際，一色杳茫。水復山重，化作愁城恨海。而江花汀草，

---

❻痛抱喪明：禮記檀弓上載：孔子弟子子夏因哀傷其子之死而雙目失明。後因稱子死為喪明之痛。

❼葭莩：這裏用以指遠親。

❽秦晉：春秋時秦、晉二國世為婚姻，後因稱兩姓聯姻為秦晉之好。

❾賻儀：送給喪家的財物。賻，音ㄈㄨˋ。

❿詰朝：明旦，明朝，即次日早晨。

點綴閒情；鷗港漁磯，別饒野趣。一路江春早景，大足以娛行客，在夢霞視之，則形形色色，皆組織愁絲之資料，招徠愁魔之媒介也。

人來前度，魂斷當年。夢霞之泛棹蓉湖，今日為第四次矣。者番⑪意興，大異從前，恨與時積，情隨境遷。昔日之行，無殊身到桃源⑫，步步趨入佳境。今日之行，恰是身臨蒿里⑬，行行漸近愁關。故昔日之行，惟恐其遲，今日之行，則惟恐其速。可恨江神不解事，今朝偏助一帆風，僅半日許，而數十里之長途，瞥然過去。人世間有一無二至慘至痛之境，已黯然呈於夢霞之眼前矣。

野渡無人，衡門⑭在望。有一物焉，隨風飄揚於屋角檐梢，翩躚作態。遠望之，疑為白蝴蝶之飛舞，又如酒家招客之青簾。此何物耶？此非喪家之標識耶？而謂夢霞之眼簾，能容此物耶？睹此一尺布幡，而夢霞之心旌，亦隨之而搖曳，飄飄蕩蕩，靡所底止。噫！此種境地，是人間而非人間，到此地者，殆皆尋死趣而來，其去人間世，固已遠矣。

舟無恙，客無恙，岸上之人家無恙。天台耶？蓬島耶？作客於此，遇仙於此，闢詩界於此，營情窟於此。曾日月之幾何，而歡喜事去，煩惱事生，愁雲慘霧，籠罩一村矣。離恨天耶？相思地耶？茫茫一

---

⑪ 者番：這回。

⑫ 桃源：東晉陶淵明作桃花源記，描寫了一個與世隔絕的樂土，其地人人豐衣足食，怡然自樂。後因稱這種理想境界為世外桃源。

⑬ 蒿里：本山名。在泰山之南，為死人的葬地。也為古挽歌名。蒿，音ㄏㄠ。

⑭ 衡門：橫木為門，比喻簡陋的房屋。

塊土，生離於此，死別於此，幾番悲慘之活劇，於是⑮開場，亦於是收場焉。彼鼓棹而來者，雖非此地之主人翁，而不得謂為與此地無緣，然亦不得謂為與此地有緣。謂為無緣，胡為以並無關係之人，忽焉而萍飄絮蕩，偶到是鄉，羈留於此者一年，醉吟於此者一年。謂為有緣，則何以此一年之中，所遇者皆失意之人，所歷者皆傷心之境，過去之情懷，未來之幸福，一至此皆消歸烏有，而惟戀戀於現在之悲歡離合。戴奈何天，唱懊儂曲，迷迷惘惘，了而不了，以一年最短促之時期，乃有此一段至複雜之情史。南國青年，竟做了潯陽白傅；月底西廂，忽變了夢裏南柯⑯。然則斯地也，乃情天之幻境耳。入幻境者，無不為幻境所迷，身心俱為幻境所束縛。迨至參透箇中幻象，欲跳出幻境範圍，而軀殼雖存，靈魂已死。一生事業，強半蹉跎，猶不如飄流荒島者，處萬死一生之地，終有一線不絕之希望也。夢霞來此，在今日為末次，此後將與此地長別。問迷津而來，航恨海而去。夢霞無恙，而平昔之氣概之抱負，已悉為情魔攘奪而無餘。惜哉此人，其將長此終古乎！雖然，夢霞多情人，實至情人也。天下惟至情人，必不輕殉私情，則夢霞之結果，或尚有驚人之舉在。

夢霞之來也，距梨娘之死，僅二日耳。此二日之距離，以時計之，不過四十八小時。年華之遞嬗不常，人事之變遷太速。此四十八小時中，時已隔歲，人且隔世矣。似此門庭冷落，家室飄搖，路人見之，亦增忉怛，矧當斯境者，為箇中人乎？為多情之夢霞乎？叩門則雙扉虛掩，牆邊之睡犬不聞；菭庭則四

---

⑮ 於是：在這裏。

⑯ 夢裏南柯：唐李公佐作傳奇小說南柯太守傳，記淳于棼夢至大槐安國，娶公主，出任南柯太守，享盡榮華富貴。後公主死，棼失寵，被送歸。夢醒，始知所遊即庭前大槐樹下的蟻穴。

顧無人，枝上之棲鴉並起。淒涼狀況，觸目何堪，足為之軟，而步為之蹇矣。登堂則老翁相見，揮淚而訴病情；入室則稚子含悲，伏地而迎弔客。夢霞此時，難以慰己，而轉以慰人；無以弔生，更何以弔死。斟幾滴無情之酒，淚味含酸；爇一炷斷頭之香，心灰寸死。餘藥猶存，案上之銅爐未熄；倩魂不返，棺中之玉骨已寒。死者長已矣，生者將何以為情；恨事太無端，後事更不堪設想。淚世界非長生國。歸來歸來兮，此間不可以久留，然夢霞猶未忍掉頭竟去也。

空庭如洗，冷風乍淒，撼樹簌簌響。庭之畔荒土一抔，纍纍墳起，斷碑倚之，苔蘚延繞幾遍，四圍小草，環冢成一大圈，幽寂不類人境。時夜將半，有人焉，惘然趨赴其處，藉草為茵，坐而哭，哭甚哀。噫，此何地？斷腸地也。伊何人？即手闢此斷腸境界，手植此斷腸標識者也。其標識為何？曰梨花香冢。

然則哭者為夢霞無疑。夢霞自葬花之後，以眼淚沃此冢土者，不知其幾千萬斛。然尚有一人，與夢霞同情，為夢霞賠淚，此人即花之影也。花之魂夢霞葬之；而為花之影者，感此葬花者而哭之，哭花之魂，哭已為花之影也。為花之影，即同花之命，花魂無再醒之時，花影安有常留之望。一剎那間，而花影花魂，無從辨認。人耶花耶？同歸此冢。彼葬花者，以傷心人而寄情於花，惜此花而葬之。不料此已死之花，竟從此與之不絕關係，香泥一掬，遂種孽因。始則獨哭此花，繼則與人同哭此花，今則復哭此同哭此花之人。花魂逝矣，花影滅矣，哭花以哭人，復哭人以哭花。兩重哀痛，併作一至，在此而夢霞之淚，所餘能有幾耶？嗚呼，花可活而人不蘇，淚有盡而恨無窮。而此一部悲慘之玉梨魂，以一哭開局，亦遂以一哭收場矣。

第二十九章　日記

余書將止於是，而結果未明，未免留閱者以有餘不盡之根，爰濡餘墨，績❶登如下。恨余筆力脆弱，不能為神龍之掉❷也。

余與夢霞，無半面之識，此事蓋得之於一友人之傳述。此人與夢霞有交誼，固無待言，且可決其為與是書大有關係之人。蓋夢霞之歷史，知之者曾無幾人，而此人能悉舉其隱以告余，其必為局中人無疑也。閱者試掩卷一思，當即悟為石痴矣。

石痴者，某六年前之同學也。余家琴水❸，石家蓉湖。散學後天各一方，不復知其蹤跡。庚戌❹之冬，余自吳門歸，案頭得一函，乃自東京早稻田大學發者。函外附紙裹一，類印刷品，啟視之殊非是，乃絕妙一部哀情小說資料也。函即石痴所貽，外附之件，即為玉梨魂之來歷。茲將石痴函中與吾書有關係者，節錄如左：

---

❶ 績：繼，續。

❷ 神龍之掉：神龍掉尾，比喻結尾奇幻。

❸ 琴水：即琴川，在今江蘇常熟。

❹ 庚戌：宣統二年。

……何君夢霞，古之傷心人也。去年掌教吾鄉，因與相識。為人放誕不羈，風流自賞，豐於才而嗇於命，富於情而慳於緣。造物不仁，置斯人於愁城恨海之中，偃蹇侘傺❺，蹭蹬籠東❻，負負狂呼，書空咄咄。賈生流涕，抱孤憤以難鳴；荀倩傷神❼，負痴情而莫訴。茫茫若此，倀倀何之，殊可嘆也。

所幸者元龍豪氣❽猶存，司馬雄心未死，身陷情關，卒能自拔，雖欷歔鬱抑，落落寡歡，而珍重此身，猶足係蒼生之望。今其人亦在東京，每與余道及前事，輒痛哭不置。既忽慨然謂余曰：「若人因愛余而致死，在義余應以一死相報。然男兒七尺軀，當為國效死，烏可輕殉兒女之痴情。且若人未死之前，固嘗勸余東遊，為將來奮飛計。今言猶在耳，夢已成煙。余之忍痛抱恨而來此者，即從其昔日之言，暫緩須臾勿死，冀得一當以報國，即以報知己於地下耳。」余聞其言，深服之。夢霞蓋至情中人，能以身役情，而不為情所役，比之負心薄倖之徒，固判若霄壤。即彼瑯

---

❺ 侘傺：失意而精神恍惚的樣子。

❻ 籠東：猶「東籠」。摧敗披靡的樣子。

❼ 荀倩傷神二句：荀粲，字奉倩。曹操主要謀士荀彧子。世說新語惑溺載：荀粲重色，謂「婦人德不足稱，當以色為主」。曹洪女有美色，粲聘為妻，專房歡宴歷年。婦病故，粲痛悼不能自已，不哭而傷神，歲餘亦亡，由此獲譏於世。

❽ 元龍豪氣：陳登，字元龍。東漢末年為廣陵太守，有威名。劉備曾在劉表處談論天下人物，座中許汜道：「元龍湖海之士，浩氣未除。」劉備問其故，許汜道：「昔見元龍自上大牀臥，使客臥下牀。」劉備曰：「君求田問舍，言無可采，是元龍說諱也。如我當臥百尺樓上，臥君於地，何但上下牀之間耶？」

瑯之情死，寶玉之逃禪，等性命於鴻毛，棄功名如敝屣，雖一往情深，畢竟胸懷太窄，未能將愛情之作用，鑑別其大小，權衡其輕重也。

余愛夢霞，余佩夢霞，余於是欲將其歷史，著之於篇，可作青年之鏡。而愧無妙筆，負此良材，率爾操觚❾，轉以抹煞一段風流佳語。素知君有東方仲馬❿之名，善寫難言之情愫，故將其人其事，錄以寄君，請君以纏綿之筆，寫成一篇可歌可泣之文章，可以博普天下才子佳人，同聲一哭。君亦多情人，當樂於伸紙抽毫，為情人寫照也。是編一出，洛陽紙貴⓫矣。余準備手盥薔薇之露，眼洗雲水之光，以待新編之出世……

余讀石痴書，復閱其所述夢霞之歷史，辭氣抑揚之際，所以傾倒斯人者備至。余當時竊有所疑。梨娘待彼之情，若是其深摯，夢霞始則挑之，終則死之，既以越分玷梨娘，復以虛名誤筠倩，至於香消玉碎，伯仁由我而亡⓬。為夢霞者，追韓憑化蝶之蹤，以一死報知己，尚不失為愛力界中一敢死之健將；今乃偷息人間，遁跡海外，明明已作王魁⓭，復託詞以自遁，此實無賴之尤，何得謂為情種。余以是心

❾ 操觚：執簡。謂作文。觚，古人書寫時所用的竹簡。

❿ 仲馬：指十九世紀法國作家小仲馬。清末林紓譯其作品巴黎茶花女遺事，風行於世。

⓫ 洛陽紙貴：西晉左思構思十年，作三都賦，豪富之家爭相傳寫，洛陽為之紙貴。後用以形容文章風行一時。

⓬ 伯仁由我而亡：東晉周顗字伯仁，與王導交情很好，後被王導堂兄王敦所殺。他在出事前曾告訴王導，王導沒有表態。後來王導得知周顗曾在元帝前為王敦謀反事，多次為自己辯護，於是痛哭流涕說：「吾雖不殺伯仁，伯仁由我而死。幽冥之中，負此良友！」後以「伯仁由我而死」借指自己間接殺人。

鄙其人，遂無意徇石痴之情。且石痴之書，僅述至梨娘之死，而於筠倩結果，則付闕如。雖飄泊孤花，其運命不難推測，而全書既為實錄，若稍有臆造，即足掩其真相。若置之夏五郭公⑭之列，則關節屬於緊要，佚之即不成完璧。職是之故，余乃不願浪費閒筆墨，寫此斷碎破裂之情史，適以滋閱者之惑，而為通人所譏也。

擱置既久，遂不復省憶。而余也歷碌風塵，東奔西逐，亦不獲閉戶閒居，從事塗抹，几案生塵矣。越一年，義師起武漢⑮間，海內外愛國青年，雲集影從，以文弱書生，荷槍挾彈，從容赴義者，不知凡幾，後有友人黃某自鄂⑯歸，為余道戰時情狀。言是役也，革命軍雖勇氣百倍，而從軍者多自筆陣中來。棄三寸毛錐，代五響毛瑟⑰，腕弱力微，槍法又不熟諳，徒憑一往直前之概，衝鋒陷陣，視死如歸，往往槍機未撥，而敵人之彈，已貫其腦，而洞其胸矣。血肉狼藉，肢體縱橫，厥狀至慘。曾親見一人，類留學生，面如冠玉，其力殆足縛雞，時已身中數彈，血濡盈袴，猶舉槍指敵，連發殪⑱三人，然後擲槍

---

⑬ 王魁：宋羅燁醉翁談錄載：宋時書生王魁下第，入山東萊州，與妓女敫桂英邂逅，兩情相好，定下婚約。次年，敫桂英備川資，送王魁入京。王魁狀元及第後，竟負約另娶。桂英悲憤自殺，化為厲鬼，活捉王魁。元、明戲曲、小說，多以此作題材。後王魁成為遭報應的薄情郎的代稱。

⑭ 夏五郭公：春秋桓十四年書「夏五」，無「月」字；又莊二十四年書「郭公」，下無事，顯然有缺漏。後因以「夏五郭公」比喻文字有殘缺。

⑮ 義師起武漢：指西元一九一一年推翻清皇朝的武昌起義。

⑯ 鄂：湖北的簡稱。

⑰ 毛瑟：毛瑟槍。

倒地，身簌簌動。余遠在百碼以外，望之殊了，中心震悼。俟敵已去遠，趨詢所苦，其人瞪目直視，良久言曰：「君操吳音，非江蘇人乎？余亦蘇產，與君誼屬同鄉。今創甚，已無生望。懷中有一物，死後乞代取之。」余方欲就問姓名，而氣已絕矣。檢其衣囊，得小冊一，余即懷之而歸。至其遺骸，後有一老教士，收而埋諸教堂之側。不知誰家少年郎，棄其父若母，妻若孥，葬身槍林彈雨之中，其存其沒，家莫聞知⑲。可憐無定河邊骨，猶是春閨夢裏人⑳。言之殊淒人心脾也。

余友述至此，即出其所得小冊示余。翻閱未半，余忽有所省。蓋上半冊皆詩詞，係死者與一多情女子唱和之作，題曰雪鴻淚草。惟兩人皆不署名，情詞哀豔，使人意消，而余閱之，恍如陳作。余腦海中已早有諸詩之餘韻，纏綿繚繞於其間，不知於何處見過，力索之，恍憶石痴書中，彷彿曾有是作。因於故紙堆中，檢得石痴函，與是冊參閱之，若合符節。噫，異哉！死者其果為何夢霞耶？

石痴前函，既詳述其事，此一小冊，又取諸其懷，則死者非夢霞而誰歟！夢霞死矣，夢霞殉國而死矣！余曩之所以不滿於夢霞者，以其欠梨娘一死耳。孰知一死非夢霞所難，徒死非夢霞所願，彼所謂得一當以報國，即以報知己者，其立志至高明，其用心至堅忍。余因不識夢霞，故以常情測夢霞，而疑其為惜死之人、負心之輩，固安知一年前余意中所不滿之人，即為一年後革命軍中之無名英雄耶！吾過矣，吾過矣！今乃知夢霞固磊落丈夫，梨娘尤非尋常女子。無兒女情，必非真英雄；有英雄氣，斯為好兒女。

---

⑱ 殪：死。

⑲ 其存其沒二句：語出李華弔古戰場文。

⑳ 可憐無定河邊骨二句：語出陳陶隴西行。

梨娘初遇夢霞之後，即力勸東行，以圖事業，彼固深愛夢霞，不忍其為終窮天下之志士，心事何等光明，識見何其高卓，柔腸俠骨，兼而有之。夢霞不能於生前從其言，而於死後從其言，暫忍一死，卒成其志。此一年中之臥薪嘗膽，苦心孤詣，蓋有較一死為難者。夫殉情而死與殉國而死，其輕重之相去為何如？曩令夢霞竟死殉梨娘，作韓憑第二，不過為茫茫情海，添一個鬼魂，莽莽乾坤，留一椿恨事而已。此固非夢霞之所以報梨娘，而亦非梨娘之所望於夢霞者也。天下惟至情人，乃能一時忽然若忘情。夢霞不死於埋香之日，非惜死也，不死正所以慰梨娘也。卒死於革命之役，死於戰，仍死於情也。夢霞有此一死，可以潤吾枯筆矣。雖然，飛鳥投林，各有歸宿。而彼薄命之筠倩，尚未知飄泊至於何所，吾書又烏能恝然遺之？

余方欲求筠倩之結果，而一時實無從問訊。夢霞之死耗，余於意外得之。彼筠倩者，從二人於地下乎？抑尚在人間乎？非特閱者在悶葫蘆中，即記者此時亦在悶葫蘆中也。余乃欲上碧落，問月下老人，取姻緣簿視之；又欲下黃泉，謁閻羅天子，乞生死籍檢之。正遊思間。而此小冊若詔我曰，伊人消息，可於此中得之，無事遠求也。迨閱至冊尾，乃得一奇異之記載。

此奇異之記載，上冠日期，下敘事實，不知所始，亦不知所終，閱之乃轉令人茫然。凝目注之，突有數字直射於余之眼簾，曰：「夢霞。」曰：「梨嫂。」余乃憬然悟，喟然嘆曰：「噫，筠倩真死矣！此非其病中之日記耶？」此日記語意酸楚，不堪卒讀，余亦不遑詳閱，但視其標揭之時日，自庚戌六月初五日起，至十四日止。意者此日記之開局，即為筠倩始病之期，此日記之終篇，即為筠倩臨終之語。而此日記為夢霞所得，則夢霞於筠倩死後，必再至是鄉，收拾零香剩粉，然後脫離情海，飛渡扶桑。此雖屬余之臆測，揆諸事實，蓋亦不謬。然筠倩病中之情形如何？死後之狀況如何？記者未知其詳，何從下筆。無已，其即以此日記介紹於閱者諸君可乎？

六月初五日。自梨娘死後，余即忽忽若有所失。余痛梨娘，余痛梨娘之為余而死。余非一死，無以謝梨娘。今果病矣。此病即余亦不知其由，然人鮮有不病而死者。余既求死，烏得不病？余既病，則去死不遠矣。然余死後，人或不知余之所以死，而疑及其他，則余不能不先有以自明也。自今以往，苟生一日，可以扶枕握管者，當作一日之日記。春蠶到死絲方盡，蠟炬成灰淚尚流[21]。此方方之硯，尖尖之筆，殆終成為余之附骨疽矣。

初六日。自由自由，余所崇拜之自由！西人恆言：「不自由，無寧死！」余即此言之實行家也。憶余去年此日，方為鵝湖女校之學生，與同學諸姊妹，課餘無事，聯袂入操場，作種種新遊戲，心曠神怡，活潑潑地，是何等快樂。有時促膝談心，憤家庭之專制，慨社會之不良，侈然以提倡自由為己任，是又何等希望。乃曾幾何時，而人世間極不自由之事，竟於余身親歷之。好好一朵自由花，遽墮飛絮輕塵之劫，強被東風羈管，快樂安在？希望安在？從此余身已為傀儡，余心已等死灰，鵝湖校中，遂絕余蹤跡矣。迄今思之，脫姻事而不成者，余此時已畢所業，或留學他邦，或掌教異地，天空海闊，何處不足以任余翱翔，余亦何至抑鬱以死。抑又思之，脫余前此而不出求學者，則余終處於黑暗之中，不知自由為何物，橫逆之來，或轉安之若泰，余又何至抑鬱而死。

---

[21] 春蠶到死絲方盡二句：語出李商隱無題。

而今已矣，大錯鑄成，素心莫慰。哀哀身世，寂寂年華，一心願謝夫世緣，孤處早淪於鬼趣。最可痛者，誤余而制余者乃出於余所愛之梨嫂，而嫂之所以出此者，偏又有許多離奇因果，委曲心情，卒之為余而傷其生。此更為余所不及知而不忍受者。天乎天乎，嫂之死也至慘，余敢怨之哉？余非惟不敢怨嫂，且亦不敢怨夢霞也。彼夢霞者，亦不過為情顛倒，而不能自主耳。梨嫂死，彼不知悲痛至於胡地矣。煩惱不尋人，人自尋煩惱。唉，可憐蟲，可憐蟲，何苦何苦！

初七日。余病五日矣，余何病？病無名，而瘦骨稜稜，狀如枯鬼。久病之人，轉無此狀，余自知已無生理矣。今晨強起臨窗，吸受些兒新空氣，胸膈間稍覺舒暢，而病軀不耐久立，搖搖欲墜，如臨風之柳，久乃不支，復就枕焉。舉目四矚，鏡臺之上，積塵盈寸，蓋余未病之前，已久不對鏡理妝矣。此日容顏，更不知若何憔悴，恐更不能與簾外黃花，商量肥瘦矣㉒。美人愛鏡，愛其影也。余非美人，且已為垂死之人，此鏡乃不復為余所愛。余亦不欲再自見其影，轉動余自憐之念，而益增余心之痛也。

初八日。昨夜又受微寒，病進步益速，寒熱大作，昏不知人，向晚熱勢稍殺，人始清醒。老父以醫來，留一方，家人市藥煎以進，余乘間傾之，未之飲也。夜安睡，尚無苦。

初九日。晨寒熱復作，頭涔涔然，額汗出如瀋。余甚思梨嫂也。梨嫂善病，固深領略此中況味者，卒乃脫離病域，一瞑不視。余欲就死，不能不先歷病中之苦，一死乃亦有必經之階級耶！死非余所懼，而此病中之痛苦，日甚一日，余實無能力可以承受也。嫂乎，陰靈不遠，其鑒余心，其助

㉒ 恐更不能與簾外黃花二句：李清照醉花陰：「莫道不消魂，簾捲西風，人比黃花瘦。」

余之靈魂與軀殼哉！

初十日。傷哉無母之孤兒也！人誰無父母？父母誰不愛其兒女？而母之愛其所生之兒，往往甚於其父。余也不幸，愛我之母，撇余已七年矣。煢煢孤影，與兄嫂相依。乃天禍吾宗，阿兄復中道夭折，夫兄之愛余，無異於母也。母死而愛余者，有父有兄有嫂，兄死而愛余者益寥寥無幾矣。豈料天心刻酷，必欲盡奪余之所愛者，使余於人世間無復生趣而後已。未幾而數年來相處如姊妹之愛嫂，又隨母兄於地下敘天倫之樂矣。今日余病處一室，眼前乃無慰余者。此幽邃之曲房，幾至終日無人過問，脫母與兄嫂三人中有一人在者，必不至冷漠若此也。余處此萬不能堪之境，欲不死殆不可得。然余因思余之死母，復思余之生父。父老矣，十年以來，死亡相繼，門戶凋零，老運可云至惡。設余又死者，則歡承色笑，更有何人？風燭殘年，其何能保！余念及斯，余乃復希望余病之不至於死，得終事余之老父。而病軀萎損，朝不及夕，此願殆不能遂。傷哉余父，垂老又抱失珠之痛，其恕兒之無力與命爭也。

十一日。醫復來，余感老父意，乃稍飲藥，然卒無效。老父知余病亟，頻入視余，時以手按余之額，覘冷熱之度，狀至憂急。余將死，復見余親愛之父，余心滋痛矣。

十二日。今日乃不能強起，昏悶中合眼，即見余嫂。豈憶念所致，抑精誠所結耶？泉路冥冥，知嫂待余久矣。余之歸期，當已不遠。余甚盼夢霞來，以余之衷曲示之，而後目可瞑也。余與彼雖非精神上之夫妻，已為名義上之夫妻，余不情，不能愛彼，即彼亦未必能愛余，然余知彼之心，未嘗不憐之惜之也。余今望彼來，彼固未知余病，更烏能來？即知余病，亦將漠然置之，又烏能來？余不久死，死後彼將生若何之感情，余已不及問。以余料之，彼殆無餘淚哭其未婚之妻矣。余不得已，竟長棄彼而逝。彼知之，彼當諒余，諒余之為嫂而死也。

十三日。余病臥大暑中，乃不覺氣候之炎蒸。余素畏熱，今則厚擁重衾，猶嫌其冷。手撫胸頭，僅有一絲微熱，已成伏繭之僵蠶矣。醫復來，診視畢，面有難色，躊躇良久，始成一方。竊囑婢媪，不知作何語，然可決其非吉利語也。是日老父乃守余不去，含淚謂余曰：「兒失形矣，何病至是？」余無語，余淚自枕畔曲曲流出，濕老父之衣襟。痛哉余心，實不能掬以示父也。

十四日。余病甚，滴水不能入口，手足麻木，漸失知覺，喉頭乾燥，不能作聲，痰湧氣塞，作吳牛之喘㉓，若有人扼余吭者，其苦乃無其倫。老父已為余致書夢霞，余深盼夢霞來，而夢霞遲遲不來，余今不及待矣。余至死乃不能見余夫一面，余死何能瞑目！余死之後，余夫必來。余之日記，必能入余夫之目。幸自珍重，勿痛余也。余書至此，已不能成字，此後將永無握管之期。

㉓ 吳牛之喘：太平御覽引風俗通載：吳牛（江南的水牛）怕熱，在夏天夜晚看到月亮也以為是太陽，喘息不止。

第三十章 憑弔

此篇日記，筆跡與上半冊相符，係夢霞手抄，非筠倩親筆，而日記之末，尚有夢霞附記數語，因並錄之。寥寥百餘字，亦以見夢霞固未嘗忘情於筠倩也。

此余妻之病中日記也。余妻年十八，沒於庚戌年之六月十七日。此日記絕筆於十四，蓋其後三日，正病劇之時，不復能作書也。余聞病耗稍遲，比至已不及與余妻為最後之訣別。聞余妻病中，日望余至，死時尚呼余名，此日記則留以貽余者。余負余妻，余妻乃能曲諒余心，至死不作怨語。余生無以對之，死亦何以慰之耶？無才薄命不祥身，直遺凶災到玉人。一之為甚，其可再乎！余妻之死，余死之也。生前擔個虛名，死後淪為孤鬼，一場慘劇，遽爾告終，余不能即死以謝余妻，余又安能不死以謝余妻。行矣行矣，會有此日，死而有知，離恨天中為余虛一席❶焉可也。

宛轉纏綿，淒涼悱惻，余讀筠倩之日記，余為筠倩傷矣。一枝木筆，未受東風吹拂，遽遭苦雨摧殘。筠倩之薄命，與梨娘同；筠倩之遭際，殆較梨娘而尤酷。夢霞，情種也，亦情魔也。因鍾情於一人，復牽連及於一人，顛倒情緣，離奇因果。以誤用其情之故，卒使玉人雙殞，好夢成空，鐵血孤埋，征魂不

❶ 虛一席：即留一個位子。

返。茫茫萬古，銷不盡者相思；草草一抔，填不平者長恨。余亦傷心人，寫此斷腸史，事不相干，情胡能已，擲筆欷歔，誠不知涕泗之何從也！

余書今可與諸君告別矣。然佳人才子，結果固已如斯，彼窮老孤兒，近狀又復奚若？是不可不窮其究竟，以收拾此一局殘棋也。梁谿、琴水，猶邾、魯❷耳，余何惜費幾日之工夫，作一番偵探。意既決，乃獨駕扁舟，作蓉湖之遊。余之此行擬先訪石痴，因介紹見崔翁，可得余意中所欲知者。設石痴而不遇，則余將失望。余於崔氏素無瓜葛，未便造廬而謁也。

比至則石痴負笈歸來，尚未及旬日，見余頗愕錯。余與石痴，別七年矣，歲月漸增，形容都改，乍見幾不相識焉。既而開樽話舊，倍極留連。石痴因詢余來意，余曰：「余此來，為君去歲一封書耳。」石痴初若不省憶者，尋思半晌，乃曰：「有之。託君之事，今若何矣？能以全豹示我否？」余乃告以前此擱置之故，石痴默然。余卒然問曰：「今其人安在耶？」石痴曰：「武漢事起，留學生紛紛歸國，夢霞先余行半月，臨別為余言，此行或不返里，當效力於民軍，償余素志。今別近匝月，尚未知其消息。君不來，余方擬買棹往伊家一探也。」余曰：「夢霞蹤跡，余頗知之，余尚欲請君觀一物也。」探懷出小冊授石痴。石痴閱未數行，即訝曰：「此夢霞之袖中秘也，在東京時，彼曾以出示余，君於何處得之？」余黯然曰：「夢霞死矣！」

石痴大驚，轉詰余：「君言云何？」余乃以武昌歸友之言，詳為石痴道，且曰：「此一小冊，經滄海，歷戰場，余友得之於槍林彈雨之中，卒輾轉而入於余手。孰牽引之？孰介紹之？此中或非無意。不

---

❷ 邾魯：邾，春秋時邾國，故地在今山東鄒縣，與魯國相鄰。這裏用以比喻梁谿、琴水兩地鄰近。

然，武漢之役，少年仗義之徒，不著姓氏，輕擲頭顱者眾矣。而夢霞獨藉一冊子留遺於世，其名遂不至湮沒而無聞。或者彼已死之梨娘，一縷芳魂，常繞情人左右，冥冥中陰為佈置，俾其所愛者之至情偉績，得藉文士之筆墨，傳播於人間，事非偶然也。」石痴聞言，慨焉嘆息，曰：「彼別余時，侃侃數言，余早知其必能實行其志，今果烈烈轟轟，流血而去。渠死可以無恨，而此小冊既入君手，則為死者表揚，君不得辭其責。前函具在，事跡可稽，今有此一死，更足令全書生色，可以濡染大筆，踐余昔日之請矣。」余應曰唯唯。

既而請於石痴曰：「余尚有所詢。彼黃髮❸垂髫❹無恙耶？」石痴愀然曰：「崔翁乎？骨已朽矣。言之殊惻人懷。自梨、筠二人，相繼殞謝後，彼矍鑠之老翁，乃若碩果之僅存，老境太覺不堪，未幾即感疾死。渠家戚族無多，翁死遂無人主持，僅有外戚某氏，遠隔城鄉，聞訃奔至。後經眾提議，將鵬郎寄養於某氏，遺產亦委某氏代為經理，俟成人授室後，再整舊日門庭。議既決，某氏遂攜鵬郎去。其遺宅則由某氏雇僕媼二人以守之，幸未至鞠❺為茂草。數年之間，一家盡毀，吾鄉中死亡之慘，衰敗之速，殆未有若彼家之甚者。想君聞之，亦當生一種滄桑之感也。」余喟然曰：「興廢不常，盛衰有準，循環往復，理所當然。積善之家，餘慶未絕。有佳兒在，遲以十年，夏少康❻中興之業成矣。」

❸ 黃髮：老人髮白，白久則黃，因以黃髮為壽高之象。也指老人。這裏指崔翁。
❹ 垂髫：古時兒童不束髮，頭髮下垂。髫，兒童垂下的頭髮。這裏指鵬郎。
❺ 鞠：窮極。
❻ 少康：傳說中夏代國主。后羿推翻夏代統治，寒浞又殺后羿奪取政權。少康在同姓部落幫助下，殺寒浞，恢

石痴頷余言，復曰：「君既來此，有意至夢霞葬花處，一弔埋香遺跡乎？余當導君往。」余曰：「甚願。此去或拾得零香剩粉，歸可為余書煞尾，著一點江上青峰❼也。」

幾株敗柳，一曲清溪，老屋數椽，重門深鎖。時值孟冬，百草皆死，門以外一片荒蕪，不堪入目，境地至為幽寂。石痴語余曰：「此即崔氏之舊居也。夢霞寓此時，余常來此，今絕跡者已年餘矣。此其後舍，守者即居於此，前門則久為鐵將軍所據，無人問津，門上恐已生薉草也。」且行且言，已至門次。石痴舉掌叩門，作敗鼓聲。良久，有老嫗拔關出，見余等，注視不語，若甚訝來客之突兀者。旋問曰：「客來何事？殆訪崔家舊主人乎？惜來遲一年，今渠家已無人矣。」石痴曰：「姥姥不識我耶？」嫗熟視石痴，乃笑曰：「君非秦公子耶？余老眼花矣！」石痴告以來意。嫗即導余等入內，過一小圃，晚菘❽盈畦，青滑可擷。曲折達一書舍，室門上加以鎖，積塵封焉。前有庭，庭廣不足一畝。庭中景象，絕類古剎，牆階之上，遍鋪苔衣，不露一罅縫痕，蓋絕人跡者久矣。

石痴引余至一處，有土墳起，累然成小阜，云即夢霞葬花處。欲尋碑石，則已不見。殆歷時既久，為地心吸力所吸入歟？抑為人攜去，珍之為秦磚漢瓦歟？不可得而知。冢上短草艽艽❾，生意歇絕，草根之下，槁泥凝結成小塊無數，彷彿猶有傷心人血淚痕也。憑弔久之，彷徨四顧，余突謂石痴曰：「君

復夏代統治。舊史稱「少康中興」。

❼ 江上青峰：錢起省試湘靈鼓瑟，結句「曲終人不見，江上數峰青」，詩境奇幻，情思綿綿，有餘音繞梁之妙。

❽ 菘：蔬菜名。別稱黃芽菜。

❾ 艽艽：荒涼。音ㄑㄧㄡˊ ㄑㄧㄡˊ。

誑我，空庭如洗，安有所謂梨花與辛夷耶？」石痴曰：「異哉！是誠有之。今何並枯枝敗葉，亦俱杳然。意者美人已返瑤臺❿，而此美人之靈根⓫，亦為司花吏拔去，移植天上耶？」因呼嫗問之，嫗言聞前庭中實有二樹。梨夫人死後，春來梨樹即不發花，辛夷雖吐蕊，亦不能如往年之盛。是年六月，筠姑娘又死，二樹均日就枯萎，柔條曼葉，失盡舊觀。比老主人死，余等來時，僅見枯幹兩株，兀然直立，枝葉皆化為烏有。問枯幹何在，則曰：「已斫作柴燒矣。」余曰：「惜哉！是亦焦桐⓬之類也。」草木無知，乃為人殉，斯真所謂情種矣。孑然一枯幹，大足以供後人之憑弔，何物老嫗，大煞風景，此已死之情根，尚不能久留於世。彼痴男怨女，情死情生，宜其一霎時便成為情史上之人物也。與石痴嘆息者久之。

余旋指書舍問石痴曰：「此即夢霞寓居之所耶？」石痴曰：「然。余昔年時與夢霞促坐閒談於此。猶憶某年秋余訪夢霞，夢霞貰酒⓭留飲，半酣，夢霞指庭畔香冢語余曰：『此余之埋愁地，銷魂窟也。余死苟得埋骨於此，則此身長伴花魂，死可無恨。』又指庭前二樹謂余曰：『此余之膩友，亦余之愛妻也。林和靖⓮妻萼綠華⓯，為千秋佳話，余今妻此二花，和靖且輸余豔福矣。』言已大笑，復曰：『明

❿ 瑤臺：神話中神仙所居之地。

⓫ 靈根：指身。

⓬ 焦桐：即蔡邕焦尾之琴。

⓭ 貰酒：賒酒。貰，音ㄕˋ。

⓮ 林和靖：林逋，字君復。北宋詩人。隱居杭州西湖孤山，賞梅養鶴，終身不娶，世稱其「梅妻鶴子」。卒謚和靖先生。

⓯ 萼綠華：指綠色萼片的梅花。

年此花開時，君能歸來，當再與君對花痛飲一醉，以余瀝澆花為二花壽。』噫，孰知酒杯才冷，人事已非。人既云亡，花亦不壽，徒剩傷心之境地，尚入余之眼際。情長緣短，室邇人遙，既含宿草⑯之悲，再下哭花之淚。余獨何人，乃能堪此，自今以後，亦不能再至是間矣。」石痴言時，淚盈襟袖，余至此亦覺觸目淒涼，百感交集，恨無以塞石痴之悲也。

石痴復令嫗啟書室門，與余俱入，則見塵埃滿地，桌椅俱無，窗上玻璃，碎者碎，不碎者亦為塵所蒙，非復光明本質。石痴一一指示余，此夢霞下榻處，此夢霞設案處，此余與夢霞對飲處。四顧壁立，空無一物，惟門側倚一敗簏，字紙充實其中。石痴就而翻檢焉。室中空氣惡濁，余不能耐，呼石痴曰：「去休，是間不可以多駐矣。」石痴忽檢得一紙，欣然向余曰：「君試閱之，此情天劫⑰後之餘灰也。」余受而審視，上有秋詞二闋，詞曰：

秋光驚眼。把前塵後事，思量都遍。極目處、一片苔痕，記手折梨花，那時曾見。病葉西風，這次第、光陰輕變。算相思只有、三寸瑤箋，與人方便。　蓬萊水，清且淺。只魂飛夢渡，來去無間。最難是、立盡黃昏，知對月長吁，一般難免。薄命牽連，真憐惜、空深依戀。還祇恐、未償宿債，今生又欠。

——右調解連環

⑯ 宿草：隔年的草。後指墓地，用作喪逝的典故。

⑰ 劫：劫火。佛家語。指世界毀滅時的大火。

舊恨猶長，新愁相接，眉頭心上頻攢。獨客空齋，孤枕伴清寒。醉時解下青衫看，數淚點、曾無一處乾。道飄零非計，秋風菰米，強勸加餐。

老去秋娘還在。總是一般淪落，薄命同看。憐我憐卿，相見太無端。痴情此日渾難懺，恐一枕梨雲夢易殘。算眼前無恙，夕陽樓閣，明月闌干。

——右調送入我門來

世俗人情類

紅樓夢　曹雪芹撰　饒彬校注
脂評本紅樓夢　曹雪芹原著　脂硯齋重評　馬美信校注
金瓶梅　笑笑生原作　劉本棟校注　繆天華校閱
老殘遊記　劉鶚撰　田素蘭校注　繆天華校閱
平山冷燕　天花藏主人編次　張國風校注　謝德瑩校閱
品花寶鑑　陳森著　徐德明校注
野叟曝言　夏敬渠著　黃珅校注
綠野仙踪　李百川著　葉經柱校注
禪真逸史　方汝浩撰　黃珅校注
海上花列傳　韓邦慶著　姜漢椿校注
九尾龜　張春帆著　楊子堅校注
醒世姻緣傳　西周生輯著　袁世碩、鄒宗良校注

三門街　清・無名氏撰　嚴文儒校注
花月痕　魏秀仁著　趙乃增校注
孽海花　曾樸撰　葉經柱校注　繆天華校閱
魯男子　曾樸著　黃珅校注
遊仙窟　玉梨魂（合刊）　張鷟、徐枕亞著　黃瑚、黃珅校注
筆生花　心如女史著　黃明校注　亓婷婷校閱
浮生六記　沈三白著　陶恂若校注　王關仕校閱
玉嬌梨　天藏花主人編撰　石昌渝校注
好逑傳　名教中人編撰　石昌渝校注
啼笑因緣　張恨水著　束忱校注
歧路燈　李綠園撰　侯忠義校注

公案俠義類

水滸傳　施耐庵撰　羅貫中纂修　金聖嘆批　繆天華校注

兒女英雄傳　文康撰　饒彬標點　繆天華校注
三俠五義　石玉崑著　張虹校注　楊宗瑩校閱
七俠五義　石玉崑原著　俞樾改編
楊宗瑩校注　繆天華校閱
小五義　清・無名氏編著　李宗為校注
續小五義　清・無名氏編著　文斌校注
蕩寇志　俞萬春撰　侯忠義校注
綠牡丹　清・無名氏著　劉倩校注
羅通掃北　鴛湖漁叟較訂　劉倩校注
楊家將演義　紀振倫撰　楊子堅校注　葉經柱校閱
萬花樓演義　李雨堂撰　陳大康校注
粉妝樓全傳　竹溪山人編撰　陳大康校注
七劍十三俠　唐芸洲著　張建一校注
包公案　明・無名氏撰　顧宏義校注
謝士楷、繆天華校閱
海公大紅袍全傳　清・無名氏撰
楊同甫校注　葉經柱校閱
施公案　清・無名氏編撰　黃珅校注
乾隆下江南　清・無名氏著　姜榮剛校注

歷史演義類

三國演義　羅貫中撰　毛宗崗批　饒彬校注
東周列國志　馮夢龍原著　蔡元放改撰
劉本棟校注　繆天華校閱
東西漢演義　甄偉、謝詔編著　朱恒夫校注
劉本棟校閱
隋唐演義　褚人穫著　嚴文儒校注　劉本棟校閱
說岳全傳　錢彩編次　金豐增訂　平慧善校注
大明英烈傳　楊宗瑩校注　繆天華校閱

神魔志怪類

西遊記　吳承恩撰　繆天華校注
封神演義　陸西星撰　鍾伯敬評
楊宗瑩校注　繆天華校閱
濟公傳　王夢吉等著　楊宗瑩校注　繆天華校閱
三遂平妖傳　羅貫中編　馮夢龍增補　楊東方校注
南海觀音全傳　達磨出身傳燈傳（合刊）
西大午辰走人、朱開泰著　沈傳鳳校注

諷刺譴責類

儒林外史　吳敬梓撰　繆天華校注
官場現形記　李伯元撰　張素貞校注　繆天華校閱

文明小史 李伯元撰 張素貞校注 繆天華校閱

鏡花緣 李汝珍撰 尤信雄校注 繆天華校閱

二十年目睹之怪現狀 吳趼人著 石昌渝校注

何典 斬鬼傳 唐鍾馗平鬼傳（合刊）
張南莊等著 鄔國平校注 繆天華校閱

擬話本類

拍案驚奇 凌濛初撰 劉本棟校注 繆天華校閱

二刻拍案驚奇 凌濛初原著 徐文助校注
繆天華校閱

喻世明言 馮夢龍編撰 徐文助校注 繆天華校閱

警世通言 馮夢龍編撰 徐文助校注 繆天華校閱

醒世恒言 馮夢龍編撰 廖吉郎校注 繆天華校閱

今古奇觀 抱甕老人編 李平校注 陳文華校閱

豆棚閒話 照世盃（合刊）
艾衲居士、酌元亭主人編撰
陳大康校注 王關仕校閱

石點頭 天然癡叟著 李忠明校注 王關仕校閱

十二樓 李漁著 陶恂若校注 葉經柱校閱

西湖佳話 墨浪子編撰 陳美林、喬光輝校注

西湖二集 周楫纂 陳美林校注

型世言 陸人龍著 侯忠義校注

著名戲曲選

竇娥冤 關漢卿著 王星琦校注

漢宮秋 馬致遠撰 王星琦校注

梧桐雨 白樸撰 王星琦校注

琵琶記 高明著 江巨榮校注 謝德瑩校閱

第六才子書西廂記 王實甫原著 金聖嘆批點
張建一校注

牡丹亭 湯顯祖著 邵海清校注

荊釵記 柯丹邱著 趙山林校注

荔鏡記 明・無名氏著 趙山林等校注

長生殿 洪昇著 樓含松、江興祐校注

桃花扇 孔尚任著 陳美林、皋于厚校注

雷峰塔 方成培編撰 俞為民校注

倩女離魂 鄭光祖著 王星琦校注

國家圖書館出版品預行編目資料

遊仙窟玉梨魂合刊／張鷟,徐枕亞著;黃瑚,黃珅校注.
－－二版一刷.－－臺北市：三民，2023
面；　公分.－－(中國古典名著)

ISBN 978-957-14-7564-6（平裝）

857.44　　111017544

中國古典名著
遊仙窟玉梨魂合刊

作　　者　張　鷟　徐枕亞
校注者　黃　瑚　黃　珅

發行人　劉振強
出版者　三民書局股份有限公司
地　　址　臺北市復興北路 386 號 (復北門市)
　　　　　臺北市重慶南路一段 61 號 (重南門市)
電　　話　(02)25006600
網　　址　三民網路書店 https://www.sanmin.com.tw

出版日期　初版一刷 2007 年 8 月
　　　　　二版一刷 2023 年 1 月
書籍編號　S856770
ISBN　978-957-14-7564-6